D1640422

Danke an alle Menschen, die zur Verwirklichung dieser Bücher beigetragen haben

Bibliografische Information der Deutschen Nationalbibliothek:
Die Deutsche Nationalbibliothek verzeichnet diese Publikation in der Deutschen Nationalbibliografie; detaillierte bibliografische Daten sind im Internet über http://dnb.dnb.de abrufbar.

2. Auflage 2021
Gesamtgestaltung/Bilder/Grafiken: MIK
Tonfiguren Bild Seite 3: Tomás Casero Rodriguez von La Gomera

Herstellung und Verlag: BoD - Books on Demand, Norderstedt
ISBN 978-3-7386-4246-9

Die Tempelträumer

von Suidinier

Danke aus ganzem Herzen
allen Lesern dieser Trilogie!
Danke für Eure Liebe!

MIK

Die Tempelträumer

sind allen fühlenden Menschen dieses Planeten gewidmet, die wissen, dass es neue Wege braucht für ein achtsames Leben im Einklang mit der Natur, sich selbst und allem Lebendigen gegenüber. Auch beim Lesen dieses 2. Buches mögen die Leser und Leserinnen hinfühlen und hineinhören. Die verwendete Sprache entstand im Fluss des einfachen Tagebuchschreibens in Romanform.

Tagebücher eines neuen Zeitalters

Gina Ai & Sonke Jar

Diese Tagebücher sollst du nicht denken, sondern darfst sie fühlen. Dann vermögen sie in dir Wunder entstehen zu lassen. Sie sind geschrieben, wie man Tagebücher schreibt. Man vertraut ihnen Geheimnisse an. Und so sollten diese Bücher auch gelesen werden: Wie Schätze ewig Liebender.

Tagebuch 2

Vorwort

Geführt von ihrer tiefen Liebe zueinander, durchschreiten Gina und Sonke Hand in Hand die Höhen und Tiefen ihres Lebens, ohne dabei ihr Selbst aus den Augen zu verlieren.
Unabhängig von ihren Familien, sind sie entschlossen, den Weg ihres Herzens zu finden und zu gehen. Sie reisen durch die Welten des Universums und stoßen dabei auf zahlreiche Herausforderungen. Es begegnen Ihnen die Hüter der Pflanzen, aber auch andere Wesenheiten.
Der größte Wunsch dieser beiden Liebenden scheint es, dass die Menschen die Kraft der Liebe in sich wieder entdecken, sich für die Liebe entscheiden und diese durch ihr TUN und SEIN auf dem Planeten Erde verströmen und letztlich erkennen, dass sie von diesem Augenblick an einen Wandel selbst herbeiführen können.
Die Magie der Klänge und die Absicht der Gedanken spielen eine wesentliche Rolle, während die Seifenblase der Illusion sich mehr und mehr auflöst und der Schleier über dem Geheimnis der Zeit gelüftet wird.

Wir träumen alle denselben Traum... bewusst oder unbewusst.
Möge dieses Buch, durch welches die nahe Zukunft des Planeten Erde bereits fühlbar wird, das Erwachen der Menschheit beschleunigen helfen.

Eva Lindner

SONKE JAR - Tagebucheintrag 1

Alles nur ein Traum?

Es war morgens drei Uhr. Als ich aufwachte, tastete ich neben mich. Doch das Bett war leer. Von Draußen leuchtete der Mond in mein Zimmer.
Ich war verwirrt. Gerade eben war ich doch noch...

War alles nur ein Traum? Ich riss die Bettdecke vom Körper, sprang auf und schaltete das Licht an. Dann rannte ich in die Küche und schaute mich um. Es sah so aus, als wäre ich nie weg gewesen!
Welches Datum schrieben wir heute? Ich raste ins Wohnzimmer und schaltete hastig den Fernseher ein. 12. Februar! Ich rechnete. Dabei sah ich in den Nachrichten: Bürgeraufstände in fast allen großen Städten weltweit... und Schneestürme in Deutschland.
Auf dem Weg zurück in die Küche sah ich im Flur meine Tasche stehen. Genau, die hatte ich mit dabei! Mit einem Satz kippte ich den Inhalt aus. Mein Laptop, Handy, MP3 Player, das Einhorn und ein paar Klamotten lagen nun kreuz und quer herum.
Wo waren die Geschenke aus der Elfenstadt geblieben?
Ich grub meine Hände tief in die Seitentaschen und fand dabei eine kleine goldene Schachtel mit einer silbernen Rose drauf.
Ich atmete tief durch und öffnete sie. In ihr lag ein kleiner zusammen gefalteter Zettel. Ich nahm ihn eilig raus und riss ihn auf.
„Am 12. Februar, um 6.00 Uhr morgens. Komm zur Perlenwiese!“
Ich ließ alles fallen und hüpfte unter die Dusche. Dann zog ich mir schnell ein paar Sachen über, stopfte den Zettel, meinen Laptop und das Handy wieder in meine Tasche zurück und rannte zur Garage.
Auf der Fahrt grübelte ich. Es schneite leicht. Ich rechnete mit erheblichen Behinderungen auf den Straßen und hegte ernsthafte Bedenken, die fast 200 Kilometer bis zur Perlenwiese rechtzeitig zu schaffen. Ich schaltete den CD-Player ein. Klaviermusik beruhigte mich.
Zwischenzeitlich wurde es immer klarer in mir und ich begann, mich langsam zu erinnern. Ich versuchte, meine erlernten

Fähigkeiten der Gedankenübertragung einzusetzen, öffnete meinen Telepathiekanal im Gedankenfeld und rief nach meinem Vater. Doch erhielt ich keine Antwort. Ich rief nach Gina und erhielt wieder keine Antwort.
Die innere Stimme meines Herzens verkündete leise: „Fahr zum Ziel der Perlenwiese und mach dir nicht so viele Gedanken."
Ja natürlich! Auf diesem Weg befand ich mich doch bereits! Aber warum antwortete niemand?
Ich probierte viele verschiedene Wesen durch: Elina, Arin, Lit, sogar Terai und Mister Leeis Ai. Doch es blieb still. Stattdessen geriet ich in einen Schneesturm. Die Straßen wehten immer mehr zu, so dass ich bald nicht mehr weiter fahren konnte. Was war geschehen?
Ich saß im Wagen. Meinen Kopf hielt ich in beide Hände gestützt. Ein leichter Schauer durchlief meinen gesamten Körper und es fühlte sich ziemlich flau in der Magengegend an. Auf einmal erinnerte ich mich an Engel Raphael und nahm die Kraft in meinem Herzen zusammen. Dabei dachte ich ganz intensiv an Engel Raphael.
Es dauerte nicht lange, da spürte ich eine tiefe, fließende Liebe in mir. Vor meinen inneren Augen tauchte sanft ein grüngoldenes Licht auf. Tränen überströmten mein zitterndes Gesicht.
Tief im Inneren meiner Seele fühlte ich: Es war kein Traum! Auf der Suche nach einem Taschentuch fand ich schließlich in meiner Jackentasche das Tagebuch.
Jetzt erkannte ich mich selbst wieder. Sonke, Sohn des Elfenkönigs! Ich hatte keine Fragen mehr und wollte nur noch zur Perlenwiese fahren! Der wundersame Ort, an welchem alles vor ein paar Monaten für mich begonnen hatte.
Doch zuvor schlug ich mitten im Tagebuch eine Seite auf und las sie mir selbst laut vor.
Nachdem ich aufgehört hatte, mich ständig nach irgendwelchen Dingen zu fragen und mir Sorgen zu machen, wurde mir Vieles einfach klarer. Ich glaube, am meisten musste ich lernen, mir selbst und anderen zuzuhören.
Ein paar Minuten war ich alleine mit Ginas Mutter. Jeanna schaute mich liebevoll an und gab mir einen Kuss auf die Stirn. „Sonke, ich liebte dich schon auf Akturus. Die Elfenmänner sind besondere Wesen, mit sehr feinsinnigen und sensiblen Gaben. Ich freue mich auf die Zeit, in welcher wir alle wieder beisammen sein werden."

Ich wurde verlegen und schaute zu Boden. Sofort fragte ich mich, was ich als Elf auf Akturus verloren hatte? Diese Frage sollte mir gleich beantwortet werden.
„Auch auf Akturus warst und bist du ein Elfenkind. Es war eine Entscheidung von Eltern, Kindern und Großeltern, gemeinsam auf diesen Planeten zu gehen und in fließender Liebe zu wirken. Einige andere Familien des Universums trafen zum selben Zeitpunkt ähnliche Entscheidungen. Zahlreiche Lebenswege und Geschichten wiederholten sich. So viele Halbmenschen, wie hier auf dem Erdenplaneten existieren, so viele Familien der gesamten Galaxie sind beteiligt. Sie kommen von überall her! Es ist ein sehr großes Projekt, mein Lieber. Du wirst dich nun mit jedem Tag deiner Erdenzeit mehr und mehr daran erinnern. Ich kann sehen, wie in dir die wahre Kraft erwacht!
Gina ist auch auf Akturus die Tochter von Melek Leeis Ai, Kommandant der SHIMEK, eine der wichtigsten Raumflotten für Licht und Frieden des Universums. Er liebte einst ein Elfenmädchen im Tempel Suidinier. Sie wurde Arena gerufen und war ein besonderes Kind des Lichtes, mit der Gabe, sich überallhin zu teleportieren - in jede Zeit, in jedes zukünftige oder vergangene Ereignis, selbst in die Ewigkeit oder an den Rand der letzten Galaxie des Universums. Sie verließ diesen Tempel nie wieder. Wir wissen bis heute nicht, warum. Mr. Ai, ...“
Sie unterbrach kurz und wischte sich eine Träne aus dem Gesicht. „... mein Sohn war sehr traurig, bis heute hat er keine andere Frau. Ich glaube, er liebt sie immer noch. Gina wuchs auf Akturus ohne ihre Mutter auf. Wir haben eine sehr tiefe und liebevolle Verbindung, weil ich ihr mehr wie eine Großmutter war.“
Ich lächelte: „Ja, Kinder lieben ihre Großmütter über alles!““

Ich schloss meine Augen und dachte an Gina. Dabei spürte ich noch immer das grüngoldene Licht in mir. Es klärte meinen Geist und meine Empfindungen gründlich. Ich dachte lächelnd an meine Reise zum Planeten Sirius. Ich erinnerte mich zeitgleich auch daran, dass man auf diesem Planeten Wetterzonen mittels Gedankenkraft herstellen konnte.
So rief ich im Herzen nochmals Raphael und meine Elfen - Ahnen und bat sie darum, mir den Weg schneefrei zu halten.
Ich hielt meine Augen weiter geschlossen. Als ich sie nach ein paar Minuten wieder öffnete, war es windstill. Aller Schnee von

der Straße war wie weggefegt und ich musste schleunigst weiterfahren, wenn ich pünktlich sein wollte!

GINA AI - Tagebucheintrag 2

Die Walhöhle

Im Teleporter wurde es dunkel. Als die Türen sich wieder öffneten fand, ich mich unerwartet in einer außergewöhnlich großen Höhle wieder. Ich setzte mich auf einer Anhöhe nieder und beobachtete, wie unter mir klares, grünlich schimmerndes Meerwasser plätscherte. Von irgendwoher fiel Licht in die Höhle. Aber ich konnte keine tatsächlichen Öffnungen finden.

Das Licht schien ein ätherisches Licht zu sein und mich willkommen zu heißen. Es zog sich nebelförmig durch den gesamten inneren Höhlenraum und leuchtete smaragdgrün, goldgelb und zartviolett. Erst jetzt fiel mir auf, dass Sonke gar nicht mehr bei mir war und ich erschrak heftig!

Doch das Wasser lenkte meine ganze Aufmerksamkeit sofort wieder auf sich. Langsam begann es sich zu bewegen und nach einiger Zeit erschien ein mächtiger, felsenartiger Wal. Sofort begann er in Gedanken mit mir zu sprechen:

„Verzeih uns, liebe Gina, dass wir dich einfach hierher teleportiert haben. Wir befinden uns 5000 Meter unter dem Meeresspiegel. An diesem Ort sind die Energien der Erde kraftvoll und rein. Die Elemente des Wassers und der Erde treffen sich hier unten zur andauernden Harmonisierung. Von hier aus werden auf eurer Erde die Energiefelder der Ozeane, solange uns das noch möglich ist, ausgeglichen. In diesen Zeiten der Veränderungen des Planeten hat dieser besondere Platz, wegen den riesigen Umweltbelastungen, sehr viel auszugleichen.

Ich möchte dich fragen, ob du bereit bist, einen von unseren Lichtcodes zu tragen? Unsere Walart wird den Planeten Erde sehr bald verlassen. Wir tragen seit vielen Tausenden von Jahren unserer Erdenzeit eine wichtige Aufgabe. In unseren Körpern stecken außergewöhnliche und sehr alte Seelen. Wir bewegen uns im ständigen Kontakt zum Planeten Sirius und vielen anderen außerirdischen Zivilisationen. Wir geben Informationen zu ihnen hin und sie geben wieder welche zu uns zurück. Diese Energiefelder wurden über Jahrtausende mit unserer Hilfe immer wieder in die Materiestruktur der Erde eingewebt.“

Ich wunderte mich. Tiefe Gefühle von Stille und Angekommensein bewegten sich in meinem Herzen. Von hier aus durchströmten viele Gezeiten meinen gesamten physischen Körper. Der Wal sprach langsam weiter: „Du wunderst dich und

wir wissen das! Ich spreche für die gesamte Gruppe unserer Walart. Bitte komm doch zu mir herunter und berühre mich."
Ich stieg vorsichtig die Felsen hinab zum Wasserrand. Neben dem Wal tauchte sein Junges auf. Mir liefen Freudetränen die Wangen hinab. So eine tiefe Nähe zu so seltenen Tieren hatte ich noch nie erlebt!
Schrittweise stieg ich weiter ins Wasser hinein. Es fühlte sich weich und kühl an. Der riesige Mutterwal war mindestens 20 Meter lang. Das Junge dagegen weniger als fünf Meter. Ich fühlte mich unter ihnen wie eine junge Ameise, die jetzt im Wasser untertauchte und vorsichtig zu den beiden Walen hinüber schwamm. Dann berührte ich sie achtsam. Ich spürte eine wunderbare, ausgeglichene Kraft, die von ihnen ausging und fragte neugierig: „Was habe ich denn als Trägerin eurer Lichtcodes zu tun?"
Der Wal antwortete: „Du wirst zu einem Informationsportal für die Erde und die außerplanetaren Wesen. Aber das Wichtigste ist, dass du durch diesen Code eine Energie, eine Art geistiges Gen übermittelt bekommst, bei welchem du das Gefühl haben wirst, dass es dir hier immer gefehlt hätte."
„Erdung?", fragte ich leise. „Es wird dein Bewusstsein dauerhaft ins Zentrum der Gnade erden. Weißt du, als wir in den ersten Jahren den Planeten Erde hier besiedelten, hatten wir auch immer die Befürchtung nicht hierher zu gehören. Durch lange Gezeiten hindurch wurde an der Gesamtcodierung gearbeitet. Wir sind auch Wesen, die physisch eine Kreuzung zwischen innerirdischen und außerirdischen Genen sind - genau wie du.
Gemeinsam mit vielen Naturwesen wurden die sogenannten Walcodes hier eingebracht. Wir haben unser Äußeres etwas verändert und an die Natur angeglichen. So konnten wir hier auf dem Planeten glücklich sein und uns heimisch fühlen. Alles ist eng miteinander verbunden: das Tier- und das Pflanzenreich, die Menschen, Mutter Erde und alle Planeten im Universum. Sie werden gehalten von einem Lichtband und einem Gitternetz, sodass jeder seinen Platz behält. Alles hat eine Funktion, ist miteinander fließend verbunden und auf wunderbare Weise strukturiert. Wenn nun verschiedene Teilchen die Struktur verlassen, entsteht erst mal ein Ungleichgewicht. Damit dieses Ungleichgewicht, wenn wir endgültig gehen, keinen Totalzusammenbruch der Systeme in der Natur auf eurem Planeten verursacht, werden Teile unserer Lichtcodierung auf

dem Planeten gelassen. Was das im Einzelnen bedeutet, wissen auch wir nicht. Denn alle Geschehnisse und Begebenheiten auf dem Planeten Erde sind für alle Wesen im Universum ein Experiment."
Ich spürte die liebevolle, sanfte Energie der beiden Wale und blickte währenddessen in die gesamte Lichtstruktur des Universums. Ich wusste nicht genau, worauf ich mich da einließ, aber spürte ganz deutlich, dass in mir eine tiefe seelische Verbindung zu diesen Lichtcodes bestand. Als hätte ich in diesen Ebenen bereits gewirkt.
„Die Lichtcodes sind durch die Berührungen übertragen worden. Wir danken, dir geliebtes Wesen! Durch diese Codes bildest du jetzt mit den Meeren und Walen eine besondere Einheit. Tief verbunden kannst du mit uns Informationen teilen oder uns rufen, wenn du Hilfe benötigst.
Wir kennen uns in allen Ozeanen des Planeten Erde sehr gut aus. Es gibt nahezu keinen Winkel im Meer, welchen wir nicht kennen. Es existieren viele geheimnisvolle Meeresschätze, Gestirne, Pflanzen, Tiere, Höhlen und wundersame Energieplätze unterhalb der Ozeane. Sie sind Teil Eures Planeten. Der Mensch weiß von ihnen nur sehr wenig! Auch wenn er uns jahrhunderte lang gejagt hat, getötet hat und wir dies zugelassen haben, damit er weiterhin glaubt, er ist der Einzige auf der Welt, der alles beherrscht. Aber die Meere gehören den uralten Walen und Delphinen, auch wenn von uns nicht mehr so viele übrig sind! Tief in den Untergründen der Ozeane bewegen sich so viele wunderbare Wesen, die den Augen der Menschen bis heute fern geblieben sind.
Da der Mensch unsere Gewässer immer weiter verschmutzt, werden nun im Kosmos und auf der Erde spezielle Energiegitter geöffnet. Diese speziellen Energiegewebe haben die Aufgabe, alle Ozeane förmlich umzudrehen, um sie zu reinigen. Durch diese Umwälzungen werden ganz neue Lebewesen an die Oberfläche gehoben und alte Wesen verschwinden für immer im Nirgendwo.
Wir, die Wale, tragen das gesamte uralte Wissen der Erde. In uns ist dieses Wissen gespeichert. Durch die Übergabe der Codes an einige Halbmenschen wird dieses uralte Wissen aufbewahrt. Zum gegebenen Zeitpunkt werden diese Codes wieder neu verankert und auch in die Bibliotheken der Akasha - Chroniken gelegt. Es werden neue Lebewesen existieren, die sie weitertragen und

ausdehnen. Sie dienen als unendliche Liebes-, Gezeiten- und Wissensspeicher.
In tiefer Liebe führen wir diese Aufgabe seit Anbeginn der Zeit aus. Geh sorgsam mit deinem kostbaren Leben um, Gina. Denn du bist nun eine der Codeträgerinnen. Eines Tages wirst du diesen Code an ein neues Wesen, einen neuen Wächter der Erde, übergeben oder in den Akasha - Chroniken ablegen.
Wir sind dir zu tiefstem Dank verpflichtet! Unserem Freund, dem Elf da oben, haben wir das Walamulett übergeben. Es ist in Form eines Armreifs in der Elfenstadt geflochten worden. Es ist nicht aus Gold oder aus Silber, sondern aus einem Stoff, der viel weniger dicht ist. Ihr auf der Erde kennt diesen Stoff noch nicht. Dieses außergewöhnliche Gewebe wird von den Menschen erst, wenn sich die Ozeane gewendet haben, entdeckt werden. Unser Amulett enthält heilige Geometrien und wird sich in deine persönlichen Codes einbetten. Diesen wirst du nicht spüren und er bleibt bei dir bis zum Tag der Übergabe. Mehr kann ich dir auch noch nicht sagen! Lichtwesen werden dich durch diesen Code erkennen. Dadurch bist du besonders geschützt und erhältst noch zusätzliche unsichtbare Helfer aus dem Universum. Die Tiere werden noch mehr mit dir verbunden sein uns sich in deiner Vision unterstützen.
Wir ziehen uns jetzt zurück, Gina. Doch tief im Herzen sind wir verbunden. Auf Wiedersehen."
Ich war sehr überwältigt von den berührenden Worten fließender Liebe des Wals. Das Wasser hier unten war ganz klar und man konnte auf den Boden schauen. Ich verlor mich im Schauen und planschte in diesem tiefklaren Wasser, bis mich auf einmal eine bekannte Stimme rief.
Ich schaute nach oben. Langsam schwamm ich zum Rand und klettere den Felsen wieder hinauf.
„Schutzzone Stufe 8. Ich habe dir trockene Sachen mitgebracht." Atonas lächelte mich an.
Ich lächelte zurück und sagte verschmitzt: „Heißt das, du bist jetzt mein Leibwächter?"
Wir lachten.
Ich trocknete mich schnell ab und wechselte die Sachen. Dabei fragte ich Atonas: „Wo ist denn Sonke?"
Atonas übergab mir den Armreif. Es hatte den Anschein, als bestünde er mehr aus Licht, wie aus einer dichteren Materieform. Als ich ihn anlegte, wurde er in das Energiefeld meines rechten

Oberarms eingebunden. Ich konnte spüren, wie kraftvoll er in meiner Körperphysik wirkte und mir neue Lebensenergie schenkte.
Atonas sagte dabei: „Sonke ist schon zu Hause."
„Was?" Ich spürte sofort, dass etwas nicht stimmte.
Atonas beruhigte mich. „Er hat noch eine kleine Prüfung zu bestehen. Ich denke er ist auf dem Weg."
Ich sah, dass Sonke die Hürden zwischen den Realitäten nehmen musste! Als Mensch glaubte er immer noch, ein Traum sei ein Traum. Doch dieser Glaube war ein Fehler des Verstandes! Träume waren nicht weniger real, nur weil das Bewusstsein des Menschen nicht weiter reichte, als Traum und Realität zu trennen! Träume musste man als Sprache der Seele begreifen! Parallele Welten. Sie existierten nicht mehr oder weniger, als das was ein Mensch als real begreifen kann. Alles nur eine Frage des Bewusstseins und der Wahrnehmung. Er geht darum die Trennungen und Spaltungen aufzuheben.
Vieles in der Menschenwelt hatte ich nie verstanden. Sonke trug diese Hürde mit dem Verstand. Vielleicht dachte er, dass alles nur ein Traum war? Durch diese Spaltung im Bewusstsein ergab dies eine Trennung von Welten, die eigentlich miteinander verbunden wirkten.
Ich musste sofort nach Hause. Atonas hielt mich zurück. „Diese Hürde muss er allein nehmen. Die Könige aus alten Zeiten würden jetzt sagen: Damit er deiner würdig ist."
Ich wurde unsicher und wunderte mich über Atonas' Worte. Es brauste aus mir raus: „Glaubst du, wir sind durch diese ganzen Prozesse und Erfahrungen gegangen, um uns nun wieder zu verlieren? Das werde ich nicht zulassen! Ich hatte zu viele Jahre diesen einen Traum! Fast hätte ich mich dabei selbst verloren. Fast hättet ihr mich verloren! Wieso jetzt noch eine Prüfung?"
Atonas sah mich tiefen Blickes an. Die fließende Liebe aus seinen hellblauen Augen ummantelte mich: „Ihr seid nicht gemeinsam in den Tempel Suidinier gegangen."
Ich erinnerte mich an den Tempel der Verbindung. „Diese Prüfung wäre ihm dann erspart geblieben. Gemeinsam wärt ihr aufgewacht und auf die Erde zurückgekehrt. Es sollte so sein. Glaub mir, er wird es schaffen! Er muss anwenden, was er inzwischen im Elfenland gelernt hat. Es ist alles halb so schlimm! Er ist auf dem besten Weg. Auch er hat sich in diesen Traum

verliebt! Die Trennungen zwischen Traum und Wirklichkeit werden sich aufheben."
Ich weinte und doch musste ich loslassen. Mein Herz sagte mir, es würde nicht lange dauern. Ohne Sonke konnte ich mir kein Leben auf der Erde vorstellen.
Ich fragte Atonas: „Wo bringst du mich jetzt hin?"
Er antwortete lächelnd. „Das wird mein Sohn in diesen Augenblicken entscheiden."

SONKE JAR - Tagebucheintrag 3

Tempelträumer

Es war noch stockfinster, als ich mein Auto abstellte. Langsam lief ich den restlichen Weg bis zur Perlenwiese. Der Schnee zauberte ein helles Licht auf meinen Pfad und ich konnte die Schatten der Hügel vage sehen, welche in den leuchtenden Armen der Schneewolken gehalten wurden.
Ein frischer Wind wehte und ich spürte die winterliche Kälte auf meiner Haut. Ich dachte an meine erste Begegnung mit der SHIMEK und dem Lichtwesen Chie von der Venus, welches mich damals tiefer in meine Seele führte. Ich erlebte innerlich meine Heilung noch einmal. In Gedanken kehrte ich zurück auf die Energiestation des Raumschiffes und zu Elos. Ich dachte an Gina und daran, dass ich sie vielleicht verloren hatte.
Ruhig und innerlich gefasst betrat ich die Perlenwiese. Auf ihr lag keine einzige Schneeflocke und es war absolut windstill. Ich spürte die Farben und Klänge aus den anderen Welten. Sie berührten mein Herz und ich fühlte mich sogleich von schützender Liebe umgeben.
Ich schloss meine Augen und versuchte noch einmal, Kontakt mit meinem Vater aufzunehmen.
Doch es blieb still. Ich suchte Gina und landete gleichzeitig in einer Art Wachtraum. Dabei fiel ich mit meinem Bewusstsein in eine Höhle. In deren Tiefen plätscherte klares Meereswasser sanft gegen riesige Felswände. Oberhalb der Höhle sah ich eine Frau und etwas weiter entfernt einen Mann sitzen. Als ich näher kam, erkannte ich Gina.
Ich rannte aufgeregt zu ihr hin. „Gina, Gina, wo bist du?“ Erst jetzt spürte ich die tiefe Angst in mir. Angst, sie verloren zu haben. Angst davor, in ein Leben ohne sie und ohne Vision zurückkehren zu müssen.
Gina erhob sich: „Sonke!“ und sie eilte auf mich zu. Wir umarmten uns innig.
Dann schob sie mich beiseite. „Sonke, du träumst! Wenn du mich finden möchtest, musst du mich in der Realität suchen. Verstehst du? Sonst bleiben wir beide ein Traum.“
Mir stockte der Atem. Ich verstand noch nicht. Dann erhob sich der Mann. Ich erkannte meinen Vater: „Vater! Warum habe ich keinen telepathischen Kontakt mehr zu dir, zu euch allen?“

Er umarmte mich und erwiderte: „Je tiefer du dich mit deinem Herzen in einen Traum hineinbegibst, desto weniger Kraft hat er als Realität zu erscheinen. Mein Sohn, suche nach uns in deiner Realität! Hör auf uns zu träumen! Finde Gina in deiner Realität! Dann wird sie zu dir zurückkehren und auch das ganze Universum wird wieder für dich fühlbar und sichtbar sein."
Ich bemerkte, wie ich immer mehr aus diesem bewussten Wachtraum fiel und wieder auf die Perlenwiese zurückkehrte. Ich hörte Ginas Stimme, die mir hinterher rief: „Erinnere dich! Wir waren Tempelträumer im Universum. Wir haben einst diesen Traum für uns auf die Erde geträumt. Weißt du, ich hatte es auch vergessen und träumte mich viele Jahre zu deiner Seele hin. Doch du hast mich nicht gehört. Deshalb haben wir uns in der Realität nicht finden können. Erst als ich dich in meinem Herzen freigegeben hatte, begann sich unsere Realität zu verändern. Bitte vergiss niemals: Träume mich nicht, finde mich in deiner Realität! Ich liebe dich."
Ich spürte noch immer einen leisen Anflug von Angst. Was, wenn alles nicht stimmte?
Mein Herz schmerzte und gleichzeitig sagte es mir: *Zweifle nicht! Gina ist real. Lies dein Tagebuch und finde sie. Vergiss niemals wer du wirklich bist. Sonke, Sohn des Elfenkönigs Atonas*!
Ich bedankte mich im Inneren meiner Seele für die in diesem Wachtraum enthaltene Botschaft und bat meine Ahnen um Schutz und Führung.
Als ich meine Augen wieder öffnete, sah ich in der Ferne zwei Gestalten auftauchen. Wie angewurzelt blieb ich stehen und wartete bis sie näher kamen. Erst als sie vor mir standen, erinnerte ich mich an unsere Begegnung im Raumschiff auf Sirius. Mir war noch in Erinnerung geblieben, dass ich zu diesem Zeitpunkt nicht wusste, warum mein Vater uns ausgerechnet diesen beiden Halbmenschen vorgestellt hatte. Jetzt war ich sehr dankbar für ihre Erscheinung, denn sie brachten Mut und Vertrauen zurück in meine Realität.
„Hallo Sonke! Erinnerst du dich an uns? Ich bin Anton und das ist meine Freundin Sirina", sprach Anton freundlich und reichte mir aufmerksam seine Hände.
Ich wischte eine Träne weg und antwortete: „Ich bin froh, dass ihr mich gefunden habt. Vielleicht könnt ihr mir bei meiner Suche nach Gina helfen?"

Anton erwiderte: „Ja, wir wissen von deinem Vater, dass sie vom Teleporter aus in eine Zwischenwelt geriet und diese erst wieder verlassen darf, wenn du sie vollständig in deiner Realität erlaubst."
Ich verstand nicht so ganz, was er meinte. Warum war Gina nicht gemeinsam mit mir zur Erde zurückgekehrt?
Sirina lächelte: „Ihr geht auf einem sehr schmalen Grat. Eure Körper auf Akturus habt ihr aufgegeben. Ihr hättet in den Tempel der Verbindung gehen sollen. Dort wären die letzten Schatten von euch gefallen. Du musst die Hürde nur in dir selbst nehmen. Du behinderst dich durch deine Ängste! Ihr beide habt euch behindert. Denn ihr hattet diese Vision gemeinsam auf den Planeten Erde zu kommen. Wenn ihr beide möchtet, dass diese Vision nicht zerfällt, dann ist es notwendig in den nächsten Schritten die Anweisungen eurer Ahnen aus den höheren Dimensionen zu befolgen."
Ja vielleicht sprach deshalb mein Vater nicht mit mir. „Überwinde dich selbst", hörte ich in meinem Kanal unerwartet eine weibliche Stimme. Es war Chie, das Wesen von der Venus, welches schon einmal auf dieser Wiese zu mir gesprochen hatte. Ich war heilfroh sie zu hören! Mehr und mehr spürte ich die Integration der Erfahrungen aus den letzten Monaten.
Dessen ungeachtet fühlte ich, dass *wir* unseren ganz eigenen Weg zu gehen hatten. Natürlich waren da unsere lieben Ahnen und Väter! Ich liebte Atonas wirklich sehr. Trotzdem war mir klar, dass Gina und ich unserem ganz individuellen Plan folgen mussten. Ich wollte sie so schnell wie möglich wieder finden! Und ich wusste auch ganz sicher, dass ich mit ihr den Tempel Suidinier erst betreten würde, wenn uns dieses wohl behütete Geheimnis wirklich zu sich rief. Ich fühlte tief in meinem Herzen, dass meine Seele diesen Tempelträumertempel besser kannte als sonst irgendjemand im Universum. So suchte ich unbedingt einen Weg, Gina schnell wieder in meine Realität zu bringen.
Mit einem Mal empfand ich in allen Geschehnissen Leichtigkeit. Gina träumte mich damals in ihre Realität. Jetzt war ich an der Reihe! Aber es gab keinen Zweifel mehr an unserer Liebe. So wusste ich, dass wir jede Hürde nehmen konnten und durch jede noch so dicke Mauer unseren Weg finden würden.
Ich beschloss erst einmal zu Ginas Häuschen zu fahren, welches ganz in der Nähe der Perlenwiese lag. Anton und Sirina begleiteten mich. Auf dem Weg zu Gina kauften wir genug

Nahrungsmittel für ein gemütliches Frühstück. Ich freute mich auf einen richtigen irdischen schwarzen Kaffee.
Den Schlüssel zum Haus fand ich im kleinen Gnomenversteck. Als ich die Türe aufschloss, stürzte eine große Trauer in mein Herz. *Ich ahnte warum.*
Im Haus war geheizt. Es fühlte sich an, als hätte es Gina gerade erst verlassen. Ich wunderte mich und dachte an ihre Worte: „Finde mich in deiner Realität."
Ja, das tat ich auch!
Der frische, schwarze Kaffee war wunderbar! Allein dafür lohnte sich das Leben auf der Erde. Sein vertrauter Duft! Sein unvergleichlicher Geschmack!
Anton erkundigte sich: „Was hast du denn jetzt vor?"
Ich erwiderte: „Keine Ahnung. Gina sagte im Traum, ich solle sie in meiner Realität suchen."
Ich stand auf und lief durch Ginas Wohnzimmer. Dabei entdeckte ich einen kleinen Brunnen, an dessen gläsernen Rand ein Kristallhorn lag. Dies musste ein Kristallhorn von den Einhörnern sein! Ich nahm es vorsichtig in meine Hände und berührte mit der Spitze das Wasser. „Bitte liebes Wasser, lieber Mellin, zeigt mir, wo Gina ist!"
Das Wasser begann sich zu bewegen. Es zeigte die Erde und dann das Meer. Wir tauchten ins Innere des Meeres ein. Es dauerte sehr lange, bis wir die Höhle erreichten, welche in meinem Wachtraum auf der Perlenwiese erschien. Ich schrieb die Koordinaten auf. Die Höhle musste mindestens 5 km unter Wasser liegen!
Anton meinte: „Das schaffst du nicht! Es muss noch einen anderen Weg geben."
Ich schaute ihn an: „Ja, es gibt noch einen anderen Weg. Aber vielleicht müsste ich auf diesem Weg noch 20 Jahre warten, bis ich Gina wieder in meine Arme schließen dürfte."
Anton lächelte: „Nein, wieso denkst du das?"
Sirina verkündete: „Eigentlich müsst ihr doch beide nur den Tempel Suidinier besuchen. Das könntet ihr jetzt gleich tun und Gina wäre sofort wieder hier."
Ich wusste nicht recht was ich sagen sollte. Mein Herz sagte mir, dass dies nicht unser Weg war. *Noch nicht.*
Ich antwortete leise: „Nein, das ist nicht unser Weg. *Nicht jetzt.* Niemand versteht das wirklich. Nicht einmal unsere Ahnen. Gina und ich waren einst Tempelträumer in diesem Tempel Suidinier.

Wenn wir ihn wieder gemeinsam betreten wird unsere Mission auf der Erde erfüllt sein. Wir werden dort einen neuen Traum für uns beide träumen. Wenn wir den Tempel zu früh betreten, dann wird unsere Vision für die Erde unerfüllt bleiben. Ich muss einen anderen Weg finden. Selbst mein Vater sagte mir im Tagtraum, ich sollte sie in der Realität finden. Ich glaube, er hat verstanden."
Anton antwortete: „Ja, ich fühle, das ist dein Weg. Ich habe einen Onkel bei der Marine. Wir sollten ihn aufsuchen. Vielleicht kann er uns behilflich sein."
Ich freute mich: „Ja, das ist eine gute Idee! Lasst uns keine Zeit verlieren!" In diesen Augenblicken öffnete sich die Wohnzimmertür.
„Guten Tag", Lit kicherte.
Ich ging zu ihm hin und reichte ihm aus ganzem Herzen meine Umarmung: „Wenn du wüsstest, wie froh ich bin, dass du da bist!"
Der Gnom verdrehte seine grünen Augen und brummte: „Na ich erst! Ich kann euch doch nicht allein lassen. Ihr braucht etwas Gnomenhilfe. Nicht immer gehen wir durch geöffnete Türen."
Wir lachten. „Doch zuerst hätte ich auch gern was von diesem herrlichen Frühstück. Hm, ich liebe die Erde!"
Mit diesen Worten setzte er sich zu uns an den Tisch. Ein großer Kaffee, welchen er trank und dazu eine Blütenpfeife rauchte, erinnerte mich an Tage der fließenden Liebe im Elfenland. Mein Herz wurde immer leichter und ein inneres Bild begann, sich in mir zu formen. In ihm erkannte ich das Ausmaß unserer Entscheidungen, auf Sirius unsere akturianischen Körper zu verlassen. Ich ahnte nun auch, warum unsere Eltern wollten, dass wir den Tempel aufsuchten. Denn dieser würde unsere Vision auf der Erde beenden. Sie war ohne unsere akturianischen Körper zu gefährlich für uns. Dennoch war mir als Tempelträumer klar, dass ich die alten Träume loslassen musste, damit sich eine neue Vision erfüllen konnte. Für mich war alles auf dem wahrhaftigen Weg. Davon musste ich nun nur noch den Rest des Universums überzeugen!
Ich ging hinaus, um ein paar Minuten allein zu sein. Ich wusste, dass ich mit Gina gemeinsam auf dieser schönen Erde sein wollte! Ich hatte sie doch gerade erst gefunden. Unser Weg und alle Mühe wären umsonst gewesen. Ich hatte ein Gefühl von *Lebenwollen,* genau hier in diesem Körper. Doch bestimmte ich dies allein? Oder war ich ausgeliefert und so tief Teil meiner

Ahnenwelt, die doch immer besser wussten, was für mich gut war!
Nein...! Ich wusste mit Sicherheit, dass ich leben wollte! Mit Gina gemeinsam in dieser Erdenrealität. Ich wusste, dass wir es auch ohne Tempel schaffen würden. Wir würden Suidinier erst wieder betreten, wenn unsere Vision und unsere Aufgabe auf der Erde erfüllt waren oder der Tempel uns zu sich rief.
Ich unterrichtete meine Ahnen und gab ihnen meine Entscheidung durch. Ich bat sie darum, meinen Entschluss zu respektieren und entschuldigte mich dafür, dass ich meinem Weg folgen musste. Ich beteuerte ihnen meine aufrichtige Liebe aus ganzem Herzen.
Während meiner Bitten spürte ich, dass sie Angst um uns hatten. Dennoch achteten sie unseren Weg und beschenkten uns mit ihrem Segen. Ich bat sie wahrhaftig darum, Gina aus der Zwischenwelt freizugeben und uns auf unserem Visionsweg mit ihrer Kraft zu dienen.
Ich spürte, dass es für sie nicht leicht war. Sie hatten uns verloren und nun die aufrichtige Absicht, uns wieder zu gewinnen. Auch wenn unsere gemeinsame Seelenlichter-Vision und Aufgabe dadurch nicht erfüllt werden konnte. Für mich zählte in diesen Augenblicken nur Gina. Ich hatte sie gefunden! Ich wollte aus ganzem Herzen das Leben hier auf dem Planeten Erde mit ihr gemeinsam erfahren! Die Jahre würden ohnehin schnell vergehen. In meinem Herzen stand ganz klar und deutlich: *DAS WILL ICH!* Und nichts auf der Welt konnte mich davon abbringen!

GINA AI - Tagebucheintrag 4

Eine neue Reise

Wir liefen gemeinsam zum Wasserrand in der Höhle. Atonas bewegte die Wellen mit Hilfe eines Lichtstrahls, welcher zielgerichtet aus seiner linken Hand strömte.
Wir beobachteten im Wasserspiegel ein Gesicht. Es war Sonke. Er lächelte. Daneben zeigten sich die beiden Halbmenschen Anton und Sirina. Sie hatten eine Landkarte auf meinem Wohnzimmertisch ausgebreitet und suchten mit einem Zirkel bestimmte Koordinaten im Ozean. Ich schaute fragend zu Atonas.
„Sonke weiß, dass du hier unten bist! Er plant, dich aus dieser Höhle zu bringen“, offenbarte Atonas.
Ich schaute zu Boden und erwiderte: „Ginge das nicht auch leichter?“
Atonas erhob sich. Er schien tief in sich gekehrt und ich konnte seine Gedanken nicht sehen. Ich fühlte, dass er unsicher war, was geschehen sollte. Nach einiger Zeit antwortete er leise:
„Gina, ich werde dich freigeben, weil mein Sohn mich darum gebeten hat. Aber zuvor höre mich an! Ich habe mir gewünscht, dass ihr zu eurem eigenen Wohl in den Tempel Suidinier geht. Ihr habt euch beide dafür entschieden, das Leben von Akturus endgültig zu verlassen und dafür auf der Erde zu leben und eure Vision zu erfüllen. Ihr werdet nun sterben wie normale Menschen und könnt nach eurem Tod nicht zurück in euer akturianisches Zuhause kehren. Dies ist ein bedeutender Einschnitt in die Vorsehung! Es war niemals bezweckt, dass eure akturianischen Körper sich auflösen. Es war ein außerordentlicher Fehler von uns, euch zu euren akturianischen Körpern zu führen. Wir waren der Ansicht, dass euch dies wirklich dienen würde und hatten keine Ahnung, dass es Schwierigkeiten bei der Rückkehr in eure Erdenkörper verursachen könnte.
So habt ihr für euch entschieden. Eure Entscheidung hat das gesamte Konzil des Lichtes und eure Familien tief getroffen. Ihr werdet nach eurem Erdenleben keinen Körper mehr haben. Ihr werdet nicht mehr Teil der lebenden Familie auf Akturus und in der Elfenstadt sein! Und wir wissen, dass ihr das gesamte Ausmaß dessen noch nicht verstehen könnt!

Der Tempel hätte euch im Austausch zu euren Erdenkörpern eure akturianischen Körper wieder gegeben. Wir, der Rat der Älteren, und die Konzile des Lichtes möchten euch davon abraten, eure Vision auf der Erde weiterzuführen. Noch ist es nicht zu spät, dass ihr nach Suidinier zurückkehrt."
Ich schaute in den Wasserspiegel und blickte in Sonkes Gesicht. Er sprühte vor Lebensfreude! Ich berührte Atonas Hände sanft und legte sie in meine: „Wir waren es doch einst, die diese Vision träumten. Warum glaubst du nicht, dass wir sie trotz unvorhergesehener Dinge und Pläne erfüllen können? Warum unterstützt ihr uns nicht einfach bei unserer Vision? Vielleicht können wir in 30 Jahren auch noch nach Suidinier gehen und der Tempel gibt uns unsere akturianischen Körper wieder."
Atonas schob meine Hände noch dichter auf seine: "Gina, ich liebe dich. Ich liebe Sonke. Ein Leben auf Akturus hat für euch in Erdenzeit umgerechnet ungefähr 26 000 Jahre, für manche sogar die doppelte Zeit. Und dabei möchte ich jetzt nicht vom ewigen Leben der Elfen sprechen!"
Er senkte für kurze Zeit seinen Blick und sprach weiter: „Euer Erdenleben hat vielleicht 60 aktive Jahre. Nun, ihr seid Halbmenschen, vielleicht könnten es für euch ein paar Jahre mehr werden. Wir sind eine große Lichtfamilie und haben die Pflicht, euch zu schützen. Menschen können viele Dinge nicht sehen und wahrnehmen. Eure Seelen werden körperlos und müssten sich erst einmal wieder neu in die Lichtfamilie hinein inkarnieren. Das würde alles viel zu lange dauern, um die weiteren Pläne im Universum zu erfüllen. Die Umwälzungen auf dem Planeten Erde und eure Visionen sind ja nur der Anfang."
Ich ahnte worauf Atonas hinaus wollte. Dennoch spürte ich tief in meinem Herzen so einen starken Impuls meiner Seele. Er war angefüllt mit der fließenden Liebe, die mir ganz tief im Inneren meiner Göttlichkeit zu verstehen gab, dass wir unsere Vision auf der Erde und auch für Akturus erfüllen würden. Die Liebe zwischen Sonke und mir war auch im Menschlichen entfacht und ich wusste: *Nichts würde uns davon abbringen*.
Atonas spürte diese Kraft ebenso deutlich und klar. Dann breitete er seine Arme aus. Aus seinen Augen liefen Elfentränen, welche sich in silberne Perlen verwandelten. Sie bildeten um uns herum einen dicken Lichtkreis. Ein Lichtmantel warf sich von oben um uns beide und wir standen blitzschnell wieder im Elfenland vor dem Teleporter.

Er verkündete lächelnd: „Vielleicht müssen wir dann auch Mauern durchbrechen. Sie sind anders geartet als bisher. Ihre Beschaffenheit ist gesetzlos. Es gibt jede Menge uns allen noch unbekannte Schatten. Ich werde euch auf keinen Fall in der Verwirklichung eurer Vision und Aufgabe allein lassen."
Ich strahlte und gab ihm vor lauter Freude einen Kuss auf seine Wange.
Elina war inzwischen zum Teleporter gekommen. Sie hatte sich ganz und gar in dunkelgrüne Menschenkleider gehüllt. Doch ihr helles Herzenslicht durchleuchtete die Verkleidung. Ich fragte irritiert: „Was habt ihr vor?"
Atonas hatte in Gedankenschnelle enge schwarze Sachen angelegt. Seine langen, blonden Haare glitzerten: „Wir bringen dich zurück! Wir werden unser Licht noch mehr zurücknehmen, wenn wir auf der Erde angekommen sind."
Mit diesen Worten stiegen wir alle drei in den Teleporter. Arin war gekommen. Sie brachte uns ein großes Säckchen und überreichte es mir mit den Worten: „Hier, das könnt ihr vielleicht brauchen. Gebt auf einander acht, das Elfenland braucht euch noch!"
Damit verschlossen sich die Türen. Als sie sich wieder öffneten, standen wir im Dimensionstor von Arizona. Atonas legte seinen Elfenkönigumhang um uns und wir wurden für die Menschen unsichtbar. Wir liefen zwei Meilen und erreichten dann das Haus von Kurt. Er hatte mich und Sonke schon damals auf der letzten Reise zu meiner Mutter begleitet. Er schien ganz genau Bescheid zu wissen und wir stiegen sofort in seinen dunkelblauen Mercedes-Jeep.
Auf dem Weg gab Atonas seinen Plan bekannt. „Wir fahren zum Haus deiner Mutter. Während der Explosion, als deine Mutter starb, ging eine Träne von Selta verloren. Diese ist sehr wertvoll. Wir müssen sie unbedingt wieder finden! Währenddessen wirst du die Erbschaftsangelegenheiten klären und das Geld, welches deine Mutter für eure Aufgabe zurückgelegt hatte, von der American Bank abholen. Wir werden, sobald alles erledigt ist, nach Deutschland fliegen."
Unterdessen sahen Atonas und Elina ganz gewöhnlich aus. Ihre Energien hatten sich in eine menschliche Form verdichtet. Nur an ihren leicht gespitzten Ohren und zierlichen, sensiblen Gestalten hätte man sie vielleicht noch erkennen können. Atonas schwarze

Sachen verfinsterten seine lichtvolle Ausstrahlung um ein Vielfaches. Seine Haare glänzten jetzt nur noch Dunkelblond.
Als wir am Haus meiner verstorbenen Mutter eintrafen, verließen Atonas und Elina den Wagen. Ich fuhr mit Kurt indes weiter zur American Bank.
Es verlief alles mühelos. Das gesamte Bargeld konnte ich in zwei Tagen abholen. Bis dahin mussten wir bleiben.
Ich kehrte mit Kurt zum Haus meiner Mutter zurück. Mittlerweile stand auf dem ehemaligen Trümmerhaufen ein ansehnliches Holzhaus, welches unter eine runde Glaskuppel gebaut wurde. Ich spazierte für ein paar Minuten durch den sanft und liebevoll angelegten Garten und betrachtete das neue Haus. Es war eine sagenhafte, fließende Stille auf dem Grundstück und ich fühlte, dass es von verschiedenen Naturwesen behütet wurde.
Ich setzte mich auf die Wiese und versank in die letzten Tage und Stunden mit meiner Mutter. Ich dachte an unsere Reise ins innere der Erde, an Sonke, an Gerda und unsere Rückkehr in die Elfenstadt. Auf einmal stand Elina hinter mir: „Gina, wir müssen gehen! Atonas und ich möchten zurück zu Kurts Haus fahren. Wir wollen nicht zu weit von einem Dimensionstor entfernt sein."
So fuhren wir wieder zurück. Kurt besorgte auf dem Weg für Elina und Atonas Pässe. Ich fand das merkwürdig. Wieso gingen wir nicht durch die Dimensionstore nach Deutschland?
„Es ist wegen der Banknoten. Sie würden sich im Teleporter in Luft auflösen und wir möchten dich auf keinen Fall allein fliegen lassen", teilte sich Atonas freundlich mit.
Ich musste lachen und fragte belustigt: „Seid ihr schon jemals mit einem Flugzeug geflogen?"
„Nein, natürlich nicht! Huhu und ich habe fürchterliche Angst", flunkerte Atonas.
Wir lachten ausgelassen und froh gelaunt.
Am nächsten Tag buchte ich für uns drei Flugtickets nach Berlin. Auf dem Weg zu Kurt hielt ich an einer Post an und erkundigte mich, ob ich nach Europa telefonieren könnte. Aufgeregt wählte ich Sonkes Handynummer.
Es klingelte lange. Dann schaltete sich der Anrufbeantworter ein. Ich sprach hastig meine Worte drauf: „Hi, hier ist Gina! Schade, dass du nicht ran gehst! Ich bin wieder hier! Treffpunkt übermorgen, 12.00 Uhr, im Sternencafe. Bitte nimm meinen Wagen! Ich liebe dich!"

Sonke Jar - Tagebucheintrag 3

Ein neues Bündnis

Anton hatte inzwischen seinen Onkel angerufen und eine Verabredung für den morgigen Tag in Berlin getroffen. Ich hatte dafür ein kleines Cafe ausgewählt, in welchem ich sehr viel Zeit allein zwischen meinen Konzertreisen verbrachte und schrieb.
Wir reisten schon am Vorabend nach Berlin und mieteten uns in einem kleinen Hotel ein. Ich entdeckte im Tageblatt, dass die Band „Visdom" aus Schweden in Berlin ein Konzert gab und fuhr allein weiter in die Konzerthalle.
Als ich die Halle betreten hatte, bemerkte ich Lit. Ich war erschrocken und fragte: „Was willst du denn bei einem Rockkonzert?"
Lit grinste: „Wohl dasselbe wie du!" Ich schüttelte innerlich meinen Kopf, ahnte aber sofort, dass dies wohl nicht dem wahren Grund entsprach.
Nach dem Konzert ging ich ins Backstage. Schon lange hatte ich keine Zeit mehr im Musikergelage verbracht. Dabei dachte ich etwas wehmütig an meine eigenen Erlebnisse zurück. Wir hatten viel Vergnügen während des Austauschs und Erinnerns an vergangene Zeiten, und ich trank ein paar Bier zuviel.
Anschließend stieg ich in meinen Wagen. Lit machte sich neben mir sichtbar und brummte mich an: „Du stinkst. Bestell dir lieber ein Taxi."
Ich schaute ihn verdutzt an, beschloss aber, lieber seinem Rat zu folgen. Es war aber mehr deshalb, dass ich zu so später Stunde kaum Lust hatte, mich mit einem Gnom anzulegen.
Als wir später Richtung Hotel fuhren, gerieten wir in eine Polizeisperre. Unser Taxi wurde durchgewunken.
Lange konnte ich nicht einschlafen. Das Bier lag mir schwer im Blut und alles drehte sich.
Als ich morgens von Lit geweckt wurde, knurrte in meinem Kopf ein dicker Kater. Mein Bett war rundum durchnässt.
Lit grinste: „Vielleicht solltest du solche Exzesse besser bleiben lassen?" Er reichte mir ein Glas mit einer silbrigblauen Flüssigkeit. „Hier, trink das."
Ich leerte das Glas und bestellte mir in der Rezeption zwei große Kaffee. Dann ging ins ich Badezimmer und ließ mir eiskaltes

Wasser über den Kopf laufen. Danach stieg ich ins Duschbecken und spülte die vergangene Nacht weg.
Als ich meine Kaffeetassen beide geleert hatte, fühlte ich mich wieder frisch. Nun durfte der Tag mit einem Frühstück in der Hotelhalle beginnen.
Anton und Sirina saßen schon am Tisch, als ich die Frühstückshalle betrat. Ich holte mir am Buffet zwei gekochte Eier und einen Orangensaft. Überraschend sprach mich eine junge Frau an: „Bist du nicht Sonke? Kann ich ein Autogramm haben?"
Ich betrachtete sie und wusste gar nicht, was ich antworten sollte. Sie hielt mir einen Stift und eine Postkarte mit meinem Gesicht darauf hin. Ohne etwas zu sagen unterschrieb ich die Karte. Die junge Frau bedankte sich und ging an ihren Tisch. Ich bemerkte, wie sie mich die ganze Zeit über beobachtete.
Anton lenkte mich ab: „Na, hast du gut geschlafen?"
Ich gähnte: „Hm, ja ist etwas spät geworden gestern." Sirina vollendete lächelnd meinen Satz: „Und wahrscheinlich waren es ein paar Bier zuviel."
Ich spürte wohl, dass es in meiner neuen Energie nicht möglich war, Alkohol in solchen Mengen zu vertragen und antwortete: „Als Mensch braucht man wohl immer mal wieder eine unmögliche Erfahrung."
Alle lachten. Wir unternahmen noch einen kleinen Stadtspaziergang und holten meinen Wagen ab. Gegen Mittag fuhren wir ins Sternencafe, um Antons Onkel zu treffen. Ich fühlte mich merkwürdig, hatte aber keine Ahnung, woran es liegen konnte.
Lit grinste und verkündete: „Na, vielleicht solltest du mal deinen Anrufbeantworter anhören!"
Ich konnte seine Worte im Augenblick nicht nachvollziehen und hatte auch gar keine Lust das Handy aus der Tasche zu holen. Es erinnerte mich zu sehr an meine alte Zeit zurück und an die Anrufe von Gerda. Ich wollte es abmelden und mir eine andere Nummer besorgen.
Gemeinsam betraten wir das Cafe und setzten uns in eine hintere Ecke, die geschützt war und nicht eingesehen werden konnte. Wir bestellten grünen Tee und Leitungswasser.
Über eine Stunde verstrich, dann ging ich zur Bar. Auf dem Weg dorthin wurde ich von einer Frau vorsichtig in die Damentoilette gezogen.

„Gina!“ Ich umarmte sie stürmisch und hielt sie für einige Zeit fest an mich gedrückt. Langsam spürte ich, wie sich meine gesamte Anspannung entlud und der Boden unter mir schwankte.
Sie lächelte und fragte: „Hast du denn deinen Anrufbeantworter nicht gehört?“, und küsste mich sanft.
Leise überlegte ich und dachte dabei an Lits Worte.
Ich nahm Gina bei der Hand: „Komm, wir sitzen da hinten.“
Sie schaute suchend zu Boden: „Ist dort Platz für drei?“
Ich schaute sie fragend an und antwortete zögernd: „Ja wir sitzen an einem runden Tisch.“
Wir schlenderten Hand in Hand zum Tisch zurück und setzen uns. Alle begrüßten Gina aufgeregt. Wir bestellten noch eine Runde Tee und urplötzlich legte jemand seine Hände auf meine Schultern und sagte zur Bedienung: „Wir nehmen auch noch zwei.“
Wie konnte das sein? Es fühlte sich an wie mein Vater. Ich drehte mich um und erhob mich.
Er sah anders aus. Ganz in schwarze Sachen gehüllt. Damit sein Licht nicht sichtbar wurde? Doch vor mir konnte er es niemals verbergen!
Ich sagte stürmisch: „Nun weiß ich wenigstens, wieso ich immer so einen Hang zu schwarzen Sachen habe!“
Wir lachten und umarmten uns.
Elina und mein Vater setzten sich zu uns an den Tisch. Er rührte in seinem Tee und sprach: „Wir haben beschlossen, euch während eurer Vision und Aufgabe auf der Erde zu begleiten. Natürlich wollen wir euch erst fragen, ob ihr das auch wünscht. Denn damit sind einige große Veränderungen auch für euch verbunden.“
Ich griff nach Ginas Hand und mein Herz schlug von Kopf bis Fuß. Meine Tränen konnte ich nun nicht mehr unterdrücken, denn ich hatte mir nie etwas mehr gewünscht! Und dass er jetzt da war, um in unserer gemeinsamen Vision mitzuwirken, ließ mich vor Freude weinen!
Atonas reichte mir ein Taschentuch. Es war ein Elfentuch. Ich sagte berührt: „Eigentlich wollte ich doch nur, dass Gina zu mir zurückkehrt. Wenn du wüsstest, wie sehr es mich freut, dass ihr beide sie zu mir zurück gebracht habt!“
Ich küsste Gina auf die Wange, hielt einen Moment inne und sprach zögerlich weiter: „Vater, glaubst du denn, dass ihr in dem Sinne handeln könnt, unsere Vision so zu verwirklichen, wie wir

sie geträumt haben? Also ich meine, das bedeutet, dass ihr beide uns dabei unterstützt, hier unsere Arbeit zu tun! Gina`s und meine - und die der anderen Halbmenschen! Ganz unabhängig von den Konzilen des Lichtes, die uns zurückgefordert haben."
Mein Vater blickte mich liebevoll an. Seine Aura begann aufzuleuchten. Elina antwortete entschlossen: „Wir haben uns entschieden, nach unseren Möglichkeiten dem Großen und Ganzen zu dienen. Ihr seid unsere Kinder. Aus tiefstem Herzen möchten wir diese Schritte gehen. Denn auch wir tragen so etwas wie Sehnsucht in uns. Eine Sehnsucht nach dem Dienst und der Verwirklichung des Planes."
„Und die Sehnsucht, unseren Kindern nah zu sein", beendete mein Vater Elinas Worte. Allen am Tisch standen Tränen in den Augen.
Mein Vater fuhr fort: „So werden wir jetzt in zwei Welten dienen! Hier auf der Erde und unserem Naturgeisterreich. Es sind dazu ein paar Einzelheiten zu regeln. Die werde ich mit euch auf der Reise nach Hause besprechen. Wir müssen vorsichtig und achtsam sein."
Ich war still und hörte den Gesprächen am Tisch neutral zu. Dabei beobachtetet ich Gina, meinen Vater und Elina. Es war mir kaum möglich zu erfassen, dass sie hier in meinem Berliner Sternencafe alle an einem Tisch saßen! Aber im Herzen ahnte ich bereits, dass sie nicht bleiben würden.
Erst am späten Nachmittag verließen wir das Cafe. Da wir nicht alle in meinem Wagen Platz fanden, nahm ich uns einen Mietwagen. Langsam rollten wir auf die Autobahn.
Es dämmerte und der Himmel zeigte ein schneegerötetes Gesicht. Ich machte den CD- Player an und ließ die Musik eines Freundes laufen. Sie war sphärisch und trug uns sicher durch die Nacht. Im Wagen herrschte fließende Stille, die von einer hingebungsvollen Liebe getragen wurde.
Ich fuhr langsam. Gina hatte ihre Hand auf mein Bein gelegt und ich fühlte mich einfach glücklich.

GINA AI - Tagebucheintrag 6

Neue Pläne

„Ich freue mich, dass ich euch nun in meinem Haus willkommen heißen darf! Es ist nicht so geräumig wie ein Königshaus, aber wir werden hier alle Platz finden."
Wir standen vor meiner Haustür und es war für mich eine große Ehre, das Elfenkönigspaar hier bei mir zu haben!
Vielleicht waren wir nun doch etwas zu viele Leute für das kleine Häuschen. Atonas, Elina, Anton, Sirina, Lit, Sonke und ich betraten das Haus. Atonas und Elina lächelten.
Lit trat nun hervor und brummte: „Ich werde uns jetzt gleich ein gnomisches Nachtessen mit elfischem Blütenzauber bereiten." Daraufhin verschwand er in der Küche.

Nach dem durchaus köstlichen Abendessen eröffnete uns Atonas seine Ideen. Er zog dazu einen Teil seiner schwarzen Verkleidung aus und leuchtete nun wieder in dem uns vertrauten, fließenden Lichtkleid, welches heilende Liebe ausstrahlte.
Atonas erkundigte sich: „Was habt ihr als nächstes vor, geliebte Kinder? Wobei dürfen wir euch dienen?"
Sonke stand auf und gab mir einen Kuss. „Ähm..."
In seinen Gedanken konnte jeder lesen, dass er sich zunächst einmal ein paar Stunden mit mir allein wünschte.
Atonas lächelte: „Deine Gedanken sind noch immer unüberhörbar laut, mein Sohn."
Alle lachten. Sonkes Gesicht hatte sich leicht gerötet: „Nein! Also ich meine, Gina und ich müssen uns erst einmal wieder finden, damit wir auch wissen und fühlen können, was eigentlich unsere nächsten gemeinsamen Schritte sein sollen. Wollen wir unser Gespräch nicht auf morgen vertagen?"
Atonas gab Sonke leise zurück: „Ich verstehe. Eigentlich wollte ich auch nur sagen, dass es Elina und mir wichtig ist, dass wir in der Nähe eines Dimensionstors wohnen. Ihr wisst doch, Elfen schlafen nicht. So werden wir jede Nacht nach Hause zurückkehren, um dort auch unsere Arbeit und Aufgaben zu erledigen. Wir hatten uns deshalb vorgesellt, dass wir alle zusammen in die Schweiz übersiedeln."
Uns blieb der Mund offen stehen. Ich fragte sofort: „Wieso in die Schweiz? Es existieren doch in Deutschland auch

Dimensionstore! Und was ist mit der Perlenwiese! Ist sie nicht auch ein Tor für den Dimensionswechsel?"
Elina lächelte uns zu und antwortete: „Gina wir brauchen so einen Zugang wie deine Mutter ihn in Arizona hatte. Es gibt weltweit nur wenige Häuser, die dieses Tor besitzen. Sie gehören alle den Halbmenschen und sind wohl behütet."
„Können wir denn nicht ein neues Haus direkt auf ein Dimensionstor draufbauen?", erkundigte ich mich verhalten.
Elina erwiderte: „Gina das ist alles nicht so einfach. Viele der Dimensionstore wurden von den Menschen entdeckt und mussten geschlossen werden. Wir müssen uns vorsehen. Es geht ja auch nicht nur darum, dass wir dort einmal in der Woche teleportieren. Wir brauchen es täglich! Dazu sind uns die Dimensionstore in Deutschland zu unsicher."
Ich empfand die Perlenwiese nicht als unsicher. Kaum ein Mensch hatte in den letzten Jahren diese märchenhafte Gegend betreten. Und ich fragte nochmals nach: „Aber warum nicht die Perlenwiese? Sie ist leicht zu erreichen und wir hätten auch gleich eine Verbindung zu meinem Vater und den Raumschiffen."
Jetzt meldete sich Atonas zu Wort: „Gina, wir können aber nicht alle in eurem Haus bleiben. Sirina und Anton brauchen ihre eigenen vier Wände."
Ich erwiderte: „Nun, das Grundstück ist groß genug. Wir könnten einfach ein oder auch zwei Häuser dazu bauen." Lit ergänzte mich und kicherte: „Also ich würde auch gerne hier bleiben. Es ist ein gutes Gebiet! Die Leute wissen noch nicht soviel über das Neue und leben noch in einer Zeit alter Ideen und Bräuche. Sie gebrauchen alte Hexenzaubersprüche und Magie, an die sie aber nicht glauben. Dies sollte uns soweit dienen, dass wir unter ihnen überhaupt nicht auffallen." Der Gnom kicherte wieder.
Meine Frage war immer noch nicht beantwortet und ich schaltete mich nochmals ein: „Atonas, was ist nun mit der Perlenwiese als Dimensionstor?"
Atonas schwieg. Ich spürte immer mehr, dass etwas nicht stimmte. Elina flüsterte indessen: „Wir brauchen ein sicheres Dimensionstor für euch Gina. Ihr habt eure akturianischen Körper verloren. Wir wissen noch nicht, wie ihr auf das Teleportieren reagieren werdet, jetzt da ihr nur noch den einen Körper zur Verfügung habt."
Ich verstand Elina nicht ganz und sagte: „Aber unsere akturianischen Körper waren doch voll konserviert. Wir haben sie

nicht einmal wieder erweckt, bis auf den einen Tag, als wir sie verloren haben!"
Elina schaute mich traurig an: „Wir wissen nicht was geschehen wird. Euer Handeln widerspricht dem universellen Gesetz. Der Rat und die Konzile des Lichtes müssen entscheiden, was jetzt noch für euch möglich ist. So müssen wir euch immer auf direktem Weg in die anderen Dimensionen bringen, da ihr ansonsten in Gefahr lauft, in einer Zwischendimension eingeschlossen zu werden. Diese könnt ihr dann vielleicht über Jahrhunderte nicht mehr verlassen. Das Beste wäre für euch, die Wechsel durch ein Raumschiff zu unternehmen."
Ich überlegte: „Du meinst, als ich da unten in der Höhle saß, waren dies Auswirkungen unseres Handelns? Unsere Entscheidung für den physischen Körper auf der Erde bringt uns in so große Schwierigkeiten? Ich verstehe nicht warum! Ich dachte, wir sind eine Familie? Warum sind die Mitglieder der Konzile des Lichtes dann gegen uns und unterstützen unsere Vision nicht?"
Elina offenbarte leise: „Weil wir jetzt *zu viel* gegen das universelle Gesetz handeln."
Sonke wurde wütend: „Ich verstehe das nicht! Ihr fantastischen universellen Wesen redet immer vom neuen Bewusstsein der Liebe auf Erden. Und was tut ihr selbst? Ich möchte mich diesem Konzil des Lichtes stellen! Und wenn sie mich für meine Entscheidungen bestrafen möchten, dann stehe ich dafür ein. Aber wir können uns nicht erlauben, dass die Konzile des Lichtes nicht vollkommen hinter unserer Vision stehen!" Er schlug mit der Faust auf den Tisch und rief: „Versteht ihr das denn nicht?"
Atonas legte seine Hand auf Sonkes Schulter und sagte bestimmt: „Doch, wir verstehen das! Und wir sind auf deiner Seite! Unsere Aufgabe ist es auch, dich mit unserer Weisheit und unserem Wissen zu beraten."
Sonke drückte die Hand seines Vaters: „Dann hilf, dass die Konzile des Lichtes uns anhören! Ich glaube, sie werden es genehmigen, dass Gina und ich auf der Erde bleiben dürfen, nachdem sie mich angehört haben. Und du wirst sehen, dass sie uns auch mit all ihrer Kraft und Liebe unterstützen werden."
Sonke nahm mich bei der Hand und verkündete allen: „Vergesst nicht, dass wir jetzt mit unserer ganzen Kraft auf der Erde sind! Was das bedeutet kann ich nun in mir fühlen. Ich weiß, dass ihr

es nicht wissen könnt, da noch niemals zuvor ein Akturianer diesen Schritt gegangen ist."
Ich fühlte mich ein wenig unwohl in Sonkes Worten. Mich störte die Wut in ihm, welche mit dem Begehren zusammen stieß, etwas besitzen zu wollen. Doch im Herzen wusste ich, dass ich mich niemals gegen ihn stellen durfte! Wir mussten vereinigt denken, fühlen und handeln. Vielleicht gehörten dazu auch, Wut und Emotionen offen zu zeigen. Manches war mir fremd und ich fürchtete mich ein wenig.
Sonke bemerkte es sofort und sagte in Gedanken zu mir: „Wir reden darüber später. Bitte sorge dich nicht, auch wenn ich weiß, dass es sich für dich jetzt nicht gut anfühlt."
Ich versuchte nicht weiter darüber nachzudenken. Seit Monaten hatte ich in Sonke kein Begehren mehr gespürt. Es schien, als stünden wir wieder am Anfang. Ich atmete tief und ging nach oben.
Ich hörte Atonas noch sagen: „Wir werden morgen früh aufbrechen und über die Perlenwiese die Dimensionen wechseln. Mal sehen, was ich beim Konzil des Lichtes erwirken kann. Vielleicht kann ich Siam bitten uns nach Sirius zu begleiten."
Sonke dankte seinem Vater. Ich machte inzwischen die Gästebetten für Antons und Sirina und ging danach ins Badezimmer.
Als ich ins Schlafzimmer kam, hockte Sonke auf dem Bett. Er sagte: „Bitte entschuldige, aber ich bin Mensch und gewohnt, meine Emotionen auszudrücken. Ich glaube auch, dass wir beide darin etwas lernen können."
Er hatte natürlich Recht. Mir fiel es schwer das zu akzeptieren. Er nahm mich in seine Arme und wir fielen rückwärts aufs Bett. Ich flüsterte ihm zu: „Wenn du wüsstest, wie sehr ich dich vermisst habe!"
Ich spürte seine liebevolle Energie durch jede Zelle seines Körpers in das Energiefeld meines Körpers fließen. Wir schauten uns in die Augen. Unsere Seelen trafen aufeinander. Die fließende Liebe teilte sich.
Er antwortete ruhig: „Und ich dachte für einen kurzen Moment, alles war nur ein Traum! Weißt du, was ich für eine Angst hatte, dich nie wieder zu sehen?"
Wir weinten beide und küssten uns. Sonke sagte: „Ich bin so glücklich, dass du da bist. Wir hier sind, in diesen Körpern, zu dieser Zeit! Egal, was auch kommen mag! Und wenn es nur noch

eine Nacht ist. Dafür hat es sich gelohnt, hier zu sein und hierher zurückzukehren."
Ich erwiderte: „Ich habe so lange auf diese Erfüllung gewartet."
Wir küssten uns weiter und Sonke zog sich währenddessen langsam seine Sachen aus: „Ja, dann lass uns dieses Leben genießen. Wer weiß, wie lange wir es gemeinsam haben."
Ich lächelte: „Für ewig, in diesem einen Augenblick."

Wir liebten uns unendlich tief und weit. Ich ahnte, dass es wohl nie ein Wesen im Universum geben würde, welches verstand, wie tiefgreifend und innig wir uns erlebten. Dies war uns allein bestimmt. Ebenso wie die Aufgaben und Visionen, welche aus unseren Seelentiefen geboren wurden.
Ich besaß Kenntnis darüber, dass wir einst Tempelträumer waren. Wir hatten nicht nur für andere Wesen im Universum Träume ins Leben visioniert, sondern auch unsere Eigenen. *Der Traum für uns ist dieser Erdentraum*. Ich fühlte sehr deutlich, dass alles nach Traumplan lief. Diese angenommene Tatsache stimmte mich friedlich und ich konnte mich Sonke noch tiefer und weiter öffnen, auch wenn das gesamte Universum in diesem Augenblick gegen uns war. Doch ich wusste genau, dies würde sich schnell wieder ändern.
Wir tauchten in unsere gemeinsame fließende, schützende und heilende Liebe ein und liebten uns darin in den Schlaf.

Sonke Jar - Tagebucheintrag 7

Innere Vorbereitungen

Die ersten Sonnenstrahlen weckten mich an diesem Februarmorgen aus meinen Träumen. Ich schaute zu Gina und musste unausweichlich lächeln. Sanft küsste ich ihre Stirn und sie flüsterte: „Du bist viel zu früh aufgewacht! Du hast unsere Hochzeitsnacht verpasst."

Wieder einmal blieb mir der Mund offen stehen. Träumten wir in unseren Nächten etwa auch gemeinsame Träume? Ich strich ihr übers Haar und sagte: „Ich freue mich drauf, sie dann auch zu erleben."

Gina öffnete ihre Augen und sah mich offen an. Sie fragte „Weißt du eigentlich, was Träume sind und warum wir sie haben?"

Ich verstand nicht, was sie meinte, stieg aus dem Bett und antwortete: „Entschuldige, ich muss mir erst noch klarer werden. Ich mache uns jetzt Frühstück."

Gina erwiderte: „Mir ist auch noch nicht so lange bewusst, dass wir einst Tempelträumer waren. Ich glaube, wir haben diese Fähigkeit mit hierher gebracht. Unsere Seelen wollten uns das heute Nacht zeigen. Deshalb hatten wir diesen Traum."

Ich war schon angezogen und beugte mich noch einmal zu Gina, um sie zu küssen. „Ich weiß, wir sind hier, damit wir diesen Traum leben. Doch wir können uns nicht mehr an seine Details erinnern. Aber unsere Seelen können es! Vielleicht sollten wir einfach alles fließen lassen. Ich bin ein Mensch, der gerne jeden Tag aufs Neue überrascht werden möchte. Für mich ist es nicht notwendig, von unserer Hochzeit zu träumen. Ich möchte, dass wir beide das tun." Ich küsste sie sanft.

„Du hast nicht verstanden, was ich meinte. Es gibt immer zwei Seiten. Ich sehe es als Zeichen, dass wir beide zusammen träumen dürfen, um in diesen Träumen akzeptable Lösungen für unser Leben zu finden. Weißt du denn nicht, dass dies eine besondere Gabe ist?" Ich sah, dass Tränen im Dunkel ihrer Augen standen, als sie diese Worte sagte.

Und ich legte meine Arme um ihre Taille. Sie schmiegte ihren Kopf an meine Schulter und weinte ein paar Minuten, während ich sie immer noch hielt. Dann lächelte sie mich wieder an und sagte: „Es ist gut, dass du da bist. Auch wenn mich dein Kopf

nicht versteht, habe ich das Gefühl, dein Herz, deine Seele, dein Körper tun es."
Ich wusste, dass sie Recht hatte. Manchmal stand mein Kopf im Weg. Aber tat er das wirklich? Ich musste meinen Weg so langsam gehen, wie meine Seele Zeit brauchte, alles zu integrieren. Mein Kopf gab das Zeitmaß an und stellte sich den Dingen in den Weg, für welche ich noch nicht bereit war. Und ich erkannte allmählich: *Alles ist gut, wie es ist!*
Nachdenklich ging ich zur Küche und bereitete das Frühstück. Gina kam erst, als wir alle am Tisch saßen. „Guten Morgen! Ich hoffe, ihr habt alle gut geschlafen! In ihren Gedanken sprach sie zeitgleich zu mir: „Ich liebe dich. Ich akzeptiere auch jeden deiner Gedanken."
Elina wand sich Gina zu: „Ich habe mich etwas umgesehen im Haus und ein wenig mit deinen Pflanzen gearbeitet." Wir blickten uns in der Küche um. Am großen Fenster standen fünf Blumentöpfe. Die Farben der Blätter leuchteten und alle Pflanzen blühten mitten im Februar! Ich konnte ihre herrlichen regenbogenfarbenen Auren sehen!
Atonas verkündete: „Ich habe inzwischen über Siam Kontakt zum Konzil des Lichtes aufgenommen. Siam wird heute eine Projektion von sich zur Elfenstadt schicken. Ich hoffe, wir werden bald mehr erfahren. Gina, dein Vater hat sich bereit erklärt, euch mit seinem Raumschiff zu transportieren. Dann könntet ihr auf den Teleporter verzichten."
Ich spürte, dass mein Vater durch Wände gehen musste, um uns die Möglichkeit zu verschaffen, vor das Konzil des Lichtes zu treten. Aber ich wusste, dass dies die einzige Möglichkeit war, sie davon zu überzeugen, dass unsere Handlungen im Sinne des universellen Planes geschahen! Auch wenn ich den Inhalt dieses Planes noch nicht aussprechen konnte, so war dieser doch tief in meiner Seele abgespeichert und ich wusste zumindest, was als nächster Schritt zu tun war.
Ich war meinem Vater sehr dankbar und sagte: „Danke Vater, ich weiß, dass alles GUT wird."
Anton und Sirina beantworteten die Frage nach dem „gut geschlafen" mit den Worten: „Wir haben von eurer Hochzeit geträumt." Gina und ich schauten uns an. Ich sagte leise: „Wir auch."
Ich spürte, dass es Zeit war für diese Verbindung. Doch konnte ich mir momentan überhaupt nicht vorstellen zu feiern. Ich

spürte, dass es Gina auch so erging. Mein Vater sah mich an und gab mir in Gedanken: „Lass es fließen. All das wird einfach zu euch kommen."
Nach dem Frühstück fuhren wir Atonas und Elina zum Dimensionstor auf die Perlenwiese. Mein Vater verabschiedete sich mit den Worten: „Ich melde mich telepathisch." Damit waren sie auch schon verschwunden.
In den darauffolgenden Wochen hatten wir gemeinsam mit Anton und Sirina begonnen, einige Baupläne für ein zweites Haus auf Ginas Grundstück zu entwerfen. Die nächste Zeit entschied darüber, ob diese sich umsetzen würden.
Gina hatte sich gewünscht, für einen Tag in mein Zuhause zu fahren. Ich wohnte in einer kleinen Wohnung, die ländlich gelegen war und doch nicht weit von einer größeren Stadt in Bayern entfernt lag. Ich zeigte ihr meine Naturgeheimnisse und Kraftplätze und wir genossen das fast frühlingshafte, sonnige Märzwetter. Gina erzählte mir, dass sie früher oft davon geträumt hatte, dass wir beide in Bayern in einem eigenen Haus am See wohnten. Ich mochte die Gegend, in welcher ich schon viele Jahre wohnte, sehr. Doch musste in mir auch noch vieles klarer werden. Ich hatte mir überhaupt keine Gedanken darüber gemacht, wo Gina und ich wohnen würden. Denn tief im Inneren war mir klar, dass wir zu dem Ort und dem Haus geführt würden, sobald die Zeit dafür reif war.
Es ist interessant, auf diese Weise meinem alten Leben wieder zu begegnen! Durch Gina fiel es mir leichter, diesen nicht gemachten Abschied zu integrieren. So langsam wollte ich auch damit beginnen, meine Geschäftspartner, die Band und meine Freunde über meinen Rückzug zu informieren. Doch was würde ich ihnen sagen? *Hallo Leute, ich bin ein Elf und habe jetzt andere Pläne?!*
Nein! Aber ich verspürte auch den Impuls, es nicht länger vor mir herzuschieben. Gina schlug vor: „Dann lass uns doch zu deiner Plattenfirma fahren und ihnen sagen, dass du eine Auszeit möchtest." Diese Idee fand ich gar nicht so schlecht. Auch meinen Manager und meine Band wollte ich aufsuchen.
So fuhr ich mit Gina zuerst nach Köln. Der Labelchef freute sich sehr, dass ich persönlich erschien. Er lächelte mehr als freundlich und gab meiner Vertragsoption eine Verlängerung von drei Jahren. Wenn ich bis dahin kein neues Album bringen würde, wäre das Vertragsverhältnis abgelaufen.

Alle waren mir gegenüber sehr aufgeschlossen und verständnisvoll, selbst meine Band. Ich erbat bei allen eine Auszeit von zwei Jahren, in welcher ich mich nicht melden würde. Nach dieser Zeit, wollten wir wieder zusammenkommen und neu entscheiden.
Ich war selbst überrascht, mit welcher Leichtigkeit dies für mich funktionierte und wie offen Menschen plötzlich reagierten, wenn jemand in seinem Umfeld durch eine tödliche Krankheit aus dem normalen Leben gerissen wurde. Als würden dann ganz andere Dinge im Leben zählen. Aber warum zählten sie vorher nicht?
Ich beschloss für mich, dass es *jetzt* die anderen Dinge sein würden, welche für mich zählten. Und so gewann ich die Einsicht tief im Herzen, dass ich wohl niemals wieder zu meiner Band zurückkehren würde.
Es vergingen mehrere Wochen, bis sich mein Vater wieder meldete.
„Wir werden nicht zu euch zurückkehren. Ihr reist übermorgen von der Perlenwiese aus in die Elfenstadt. Ginas Vater wird euch fliegen. Das Konzil des Lichtes tagt als Projektion in der Elfenstadt. Seid vorsichtig und achtsam."
Dies war die einzige Botschaft, welche ich erhielt. Sie wirkte ziemlich kühl und trocken und enthielt kein Wort, aus dem man hätte eine Tendenz herauslesen können.
Gina bemerkte erfreut: „Ich freue mich, dass wir gemeinsam wieder in die Elfenstadt reisen. Weißt du noch? Urlaub in der Elfenstadt...", sie lächelte.
Ich freute mich ebenso und stellte mir gleichzeitig die Frage, warum wir nicht in der Elfenstadt wohnen konnten. Das würde vieles vereinfachen und ich spürte, dass Gina und ich uns dort wirklich zuhause fühlen würden.
Gina meinte dazu: „Ich denke, unser Auftrag ist hier auf der Erde zu sein. Ich hab mir auch so oft vorgestellt, im Raumschiff zu wohnen oder jedenfalls überall, bloß nicht auf der Erde! Irgendwann überkam mich eine tiefere Einsicht. Wir sind doch extra hierher gekommen, *um Mensch zu sein. Wir sind in unserer einfachen Natur die Boten zwischen hier und dort. Die Brückenbauer zwischen den Welten. Gerade weil wir nirgends wirklich zu Hause sind, gehören uns diese besonderen Fähigkeiten! Mit diesen dienen wir der Weiterentwicklung in einem größeren Sinn, als es uns bewusst ist.* Deshalb leben wir."

Ich musste lächeln und antwortete verschmitzt: „Nun, vielleicht sollten wir uns dann ein Brückenhaus bauen."
Gina küsste mich: „Ja, keine schlechte Idee, aber bitte mit sicherem Teleporter!"

GINA AI - Tagebucheintrag 8

Tagung der Seelenlichter

Mein Vater holte uns, wie verabredet, von der Perlenwiese ab. Lit, Anton und Sirina begleiteten uns. Ab und zu suchte ich nach dem Grund, warum die beiden so nah bei uns waren. Ich mochte sie gern, vielleicht auch, weil sie wie wir waren. Es war kinderleicht, uns über Gedanken zu verständigen und einander zu fühlen. Manchmal schien es mir, dass die beiden viel besser, als wir wussten, aus welchem Grund sie uns begleiteten.
Sirina erzählte mir während des Fluges: „Anton und ich lernten uns schon als Kinder kennen. Der Zufall wollte es, dass mein irdischer Vater und seine irdische Mutter sich verbunden haben, als wir 7 Jahre alt waren. Wir wuchsen sehr behütet auf. Wir wussten schon damals, dass wir anders als andere Kinder und füreinander bestimmt waren. Aber wo wir wirklich herkamen, erfuhren wir erst vor ein paar Monaten! Wir sind beide froh, dass wir einander haben und nun auch euch begegnet sind!“
Ich fühlte, dass sie die Prozesse, welche wir durchlebten, nie kennengelernt hatten. Zwischen ihnen floss eine freie, mitfühlende und bedingungslose Liebe. Beide waren höchstens Anfang dreißig. Ich betrachtete Sirina und sah, dass sich in ihrem Bauch gerade ein neues Leben verankerte. Anton trat zu uns, strich Sirina über ihren Bauch und flüsterte: „Na, hast du schon erzählt, dass sich unsere Familie bald vergrößert? Wir sollten es Mom und Dad erzählen.“
Sirina lächelte mich an: „Gina hat es gerade entdeckt. Ich hoffe, es wird alles gut gehen.“
Ich schaute die Monate im Voraus an und sagte lächelnd: „Das wird es! Aber vielleicht wird euer Sohn die erste Zeit auf Andromeda leben.“ Sonke trat nun auch in unseren Kreis und beglückwünschte die beiden. Dabei lächelte er mich still und verschmitzt an.
Mein Vater schaute ernst zu uns rüber und sagte in Gedanken: „Ich bin bei euch.“ Sein inneres Strahlen rührte mich zu Tränen. Ich betrachtete Anton und Sirina. Sie hatten durch ihre Eltern eine richtige Familie auf der Erde. Ich hatte meine Mutter gerade verloren und spürte, wie sehr ich diese Familie vermisste.

Wenig später landeten wir in der Elfenstadt. Die gesamte Besatzung des Schiffes, darunter auch mein Vater, Elos und Aios, gingen von Board.
Wir wurden liebevoll in der Elfenstadt begrüßt. Arin war mit den drei Einhörnern Lies, Antara und Melinn gekommen. Sie brachten uns an einen geheimen Ort im Inneren der Erde. Dieser Ort lag vertieft und war umgeben von rundlichen Felsen, die fast wie Häuser aussahen. Alte Bäume verdeckten die Sicht ins Innere. Überall flossen regenbogenfarbene Bäche und Lichter spiegelten sich in ihren Gesichtern. Sogar Blumen und Bäume richteten ihre Aufmerksamkeit auf uns. Ich streichelte einige Baumstämme liebevoll und spürte meine intensiven Verbindungen ins Naturgeisterreich.
Viele Wesen oder deren Projektionen hatten sich an diesem wundervollen Ort versammelt. Er glänzte und leuchtete, strahlte eine erhebende Liebe und Geborgenheit aus.
Sonke nahm mich an die Hand. Wir begrüßten Siam, Wli, Terai, Teas. Auch Santos, der Botschafter der inneren Erde, war gekommen. Die Einhornfamilien und viele Elfen, Gnome und Zwerge. Einige Wesen aus dem Universum, die ich bei den Konzilen des Lichtes bereits gesehen oder kennengelernt hatte. Sie alle begrüßten uns mitfühlend und verneigten sich nach dem Brauch der Lichtwesen. Wir verneigten uns ebenso. Elina und Atonas schritten hinter uns her. Gemeinsam mit meinem Vater, Teas, Terai, Wli, Santos, Arin, Lit und Siam betraten wir das Innere des Kreises. Es waren für uns extra Plätze in Sesselform aus fließendem Licht verdichtet worden. Zart regenbogenfarben angehaucht schienen die Plätze wie aus dem Boden herausgeformt und wirkten wir ein Teil dieser wunderbaren Landschaft. Erst jetzt begriff ich, dass es um die ganze Lichtfamilie ging! Wir traten vor das Gesetz des Universums, um unsere Handlungen zu rechtfertigen.
Wir nahmen vor allen Platz und ich bemerkte, dass einer noch frei war. Anton und Sirina saßen dicht hinter uns. Ich entdeckte auch noch andere bekannte Gesichter. Mala, Li und Suri. Die Elfchen vom Sirius! Weiter hinten Laranana, die weiße Drachendame und neben ihr Selma!
Ich beobachtete Sonke. Er wirkte klar und verbunden. Meine Hände zitterten. Sonke, Teas, Terai, mein Vater, Atonas und Elina sprachen alle zugleich in meinen Gedanken: „Bleib ruhig.“

Ich lächelte und blicke jedem einzeln kurz in die Augen. Meine Gedanken flimmerten.
Nun erschien Mister Al`Aneuis, Präsident der Lichtkonzile, als Projektion direkt vor uns. Er entschuldigte sich dafür, dass er heute nur als Projektion erscheinen konnte, aber die Energie der Elfenstadt wäre für ihn, wie für viele andere Wesen des Universums, zu dicht. Nun trat er zu mir und bemerkte freundlich: „Nun, Misses Gina Ai, sie haben ihre Energiefelder noch immer nicht unter Kontrolle!“
Ich stand auf, verneigte mich und antwortete leise: „Ich bitte um Entschuldigung. Aber wie würde es Ihnen ergehen, Mister Al`Aneuis, wären sie an meiner Stelle?“
Er berührte mit einem hellgrünen Lichtstrahl aus seinem Herzen mein drittes Auge und erwiderte lächelnd: „Ist schon gut, kleine Lady.“ Ich setzte mich wieder. Sonke legte seine Hand auf meine.
Mister Al`Aneuis drehte sich nun zu allen Anwesenden. Es ertönte ein hoher Glockenton, welcher von einigen tiefen Tönen zärtlich untermalt wurde. Mister Al`Aneuis sprach ein Licht- und Friedensgebet. Er bat den höchsten Schöpfergott um seine Anwesenheit.
Nach einigen Minuten hingebungsvoller Gebete begann Mister Al`Aneuis zu sprechen. Seine Stimme formte den Klang einer tiefen, uralten Glocke. Vielleicht war sie so tief, dass man sie auf der Erde gar nicht hören konnte. Vielleicht hätte man sie nur als eine Art Klang oder Windhauch wahrgenommen, ohne die eigentlichen Worte zu verstehen. Auch diese Stimme zeigte eine Projektion.
„Liebe Anwesende, lieber Schöpfergott, liebe im Universum verbliebenen Lichtkonzil - Mitglieder. Wir wollen heute Gericht halten, um die Gesetze der Freiheit, des Friedens und der Liebe des Universums zu schützen. Es handelt sich um Sonke Jar und Gina Ai. Sie haben fahrlässig ihre akturianischen Körper zerstört. Nicht nur das! Sie sind nicht bereit, ihre Erdenleben als Halbmenschen freiwillig aufzugeben, damit ihre akturianischen Körper wieder hergestellt werden können. Das universelle Gesetz sieht vor, dass die beiden Seelen nun auch ihre Körper als Halbmenschen verlassen müssen und für viele Jahre zum Schulungsplaneten Orion geschickt werden. Sie haben dort kein Recht auf eine Verkörperung, sodass ihr Einfluss auf das Universum als sehr gering eingeschätzt werden kann. Daraus

sollen sie lernen! Außerdem ist durch ihr Handeln die gesamte *Mission Erde und Halbmenschen* gefährdet. Ihre Unwissenheit und kontroversen Verhaltensweisen sind für uns alle im Universum gefährlich. Licht und Frieden brauchen keine Rebellen, sondern Wesen, die im Sinne und im Dienste von allen handeln. Ich beantrage deshalb, dass diese beiden Seelen aus ihren Körpern entfernt werden."
Er sprach in diesen Momenten unser Todesurteil! Alle Anwesenden begannen augenblicklich wild durcheinander zu reden. Ich konnte aus ihren Gesichtern lesen, dass sie tief bestürzt und erschüttert waren. Dann erhob sich Atonas und äußerte etwas angespannt: „Ich bitte das Gericht zu bedenken, dass es nicht ihre Schuld allein war. Wir hätten nicht zulassen dürfen, dass sie ihre akturianischen Körper vor Ablauf der Erdenfrist betreten. Es geschah durch unsere Absicht. Deshalb sind wir mitschuldig. Wenn wir geahnt hätten, welche Konsequenzen unsere Handlungen haben würden, hätten wir auf die Reise nach Akturus verzichtet."
Atonas setzte sich wieder und Mister Al`Aneuis erhob erneut seine tiefe Glockenstimme: „Dies mildert die Umstände keinesfalls!"
Er drehte sich um und sprach weiter: „Unwissenheit schützt euch nicht vor einem Urteil. Ihr hättet die Konzile des Lichtes vorher um Erlaubnis bitten müssen." Dann trat er zu meinem Vater: „Aber die Akturianer kennen ja so manches Gesetz nicht. Oder wollen es nicht kennen!?"
Mein Vater erhob sich und verkündete: „Mister Al`Aneuis. Wir tun seit vielen tausend Jahren unsere Pflicht. Oftmals erforderte der Frieden im Universum viele Übertritte universeller Gesetze. Dieser Umstand ist euch bekannt. Ich verstehe nicht, wieso es in dieser Mission zu so einem Problem wird!"
Mister Al`Aneuis sprach weiter, als hätte er die Worte meines Vaters nicht gehört: „Und wir haben diese Umstände auch immer gebilligt! Aber heute könnte dieser Umstand den gesamten Planeten Erde zerstören und den Frieden im Universum in Gefahr bringen. Das wisst ihr, Mister Ai. Ich weiß, dass Gina Ihre Tochter ist. Doch ist es notwendig, dass wir handeln! Mit den momentanen Gegebenheiten können die Dunkelkräfte der Erde und des gesamten Universums ungehindert auf sie zugreifen, sobald sie sich in einer Zwischenweltsituation befindet. Ihr habt die Ergebnisse ja schon zu spüren bekommen! Ich weiß, dass

Väter ihre Kinder lieben, aber hier geht es um das Wohl des gesamten Universums! Das Konzil des Lichtes hat deshalb entschieden, dass dieses Urteil vollzogen wird. Und glaubt mir, in unserer unendlichen Liebe war dies keine leichte Entscheidung!"
Teas erhob sich. Er leuchtete in seinem prachtvollen Licht diamantfarben und sprach gefasst: „Mister Al`Aneuis, Sie haben bei ihrer Entscheidung etwas übersehen. Wir sind eine Familie des Lichtes. Unsere eine Seele, die sich einstmals in viele Hunderte geteilt hat, kam einst aus einer fernen Galaxie mit der Absicht, diesem Universum hier zu dienen. In den Jahren, in welchen nun der Planet Erde und seine Menschen zurück zum Schöpfer geführt werden, gibt es viele Mauern, die durchbrochen werden müssen. Wir alle haben damals geschworen, dass wir dem Planeten Erde dienen werden und dem ersten Universum durch unsere speziellen Seelenlichtenergien bei dieser Aufgabe Unterstützung bieten. Wir wissen, dass wir einen unwiderruflichen Fehler begannen haben und bitten um Vergebung. Aber es ist nicht möglich, Teile unserer Seelenlichter auf einen Lernplaneten, wie auf Orion, umzusetzen. Dies widerspricht dem Abkommen zwischen unserer Galaxie und dem ersten Universum." Teas setzte sich wieder.
Mister Al`Aneuis schaute Teas durchdringend an. „Was wollen Sie damit sagen?"
Teas erhob sich erneut: „Wenn diese beiden Seelen gezwungen werden, unseren gesamten Auftrag als Seelenfamilie zu verlassen, dann werden auch wir das erste Universum auf der Stelle verlassen. Die gesamte Mission wird abgebrochen und wir kehren in unsere Galaxie zurück."
Mir liefen die Tränen. Nun erhob sich Sonke und sprach: „Gina und ich waren damals auf Akturus Tempelträumer. Ich weiß, dass wir unsere Mission zu Ende führen werden und dass alles nach Plan verläuft. Nicht jedes Wesen hat alle Einblicke. Wir nicht und ihr nicht. Doch wir alle gemeinsam tragen die Teile zusammen. Sie alle ergeben die Wahrheit, in welcher wir gemeinsam lieben, leben und handeln."
Mister Al`Aneuis blieb still und doch konnte ich sehen, dass sich in ihm etwas in Bewegung gesetzt hatte. Er sprach uns allen zugewendet: „Eure Lichtfamilie scheint sich nicht darüber im Klaren zu sein, was es bedeutet, wenn ich euch in diesen Körpern lasse. Werdet ihr von den Dunkelmächten erkannt, dann können sie den gesamten Friedens- und Aufstiegsplan aus euch

saugen. Es würde alle Pläne und Strukturen im Universum gefährden, denn ihr wisst den Plan. Er ist verankert in euch durch eure Liebe. Ich sehe keinen anderen Weg."
Jetzt erhob sich Atonas von seinem Sessel und sprach: „Wenn dem so ist, dann werden wir alle das erste Universum verlassen. Ich bitte all jene sich zu erheben, die meine Entscheidung unterstützen!"
Die gesamte Elfenstadt erhob sich in ihrem hellsten und klarsten Licht. Alle Wesen, die zu unserer Seelenlichtfamilie gehörten, begannen, ihre Lichter aus vollem Herzen zu zeigen und zu entflammen. Dann wurde es still.
Plötzlich schwebte eine Gestalt mit einem grünen Lichtumhang als Projektion über dem Areal. Als er näher kam, erkannte ich Engel Raphael. Er nahm auf dem letzten leeren Sessel neben uns Platz.
Mister Al`Aneuis erhob erneut seine Glockenstimme: „Nun, da dies eure Wahl ist, müssen wir sie akzeptieren. Ich bitte euch alle, in Frieden eure Körper zu verlassen und in eure Heimatgalaxie zurückzukehren."
Ich war erschrocken. Kannte denn dieser Außerirdische überhaupt keine Gnade?!
Natürlich hörte er meinen Gedanken und trat vor mich hin. Ich erhob mich und er klärte mich auf: „Kleine Lady, ich bin Gnade! Glaube mir, es ist das Beste, wenn ihr alle nach Hause zurückkehrt. Diese Mission ist für euch hiermit beendet."
Ich nahm allen Mut zusammen und antwortete: „Mister Al`Aneuis, wissen sie, was mich immer an der Zusammenarbeit mit den hohen Räten gestört hat? Sie trauen einfach den Menschen nichts zu. Was haben wir alle zu verlieren, wenn etwas schief geht? Nun, was glauben Sie? Denken Sie nicht, es käme auf einen Versuch an? Dies alles ist doch ein reines Experiment. Wieso wollen Sie es unterbrechen? Ich denke, alles was bisher geschah, war von Anfang an genau so geplant! Ich bitte Sie darum, unserer Lichtfamilie zu vertrauen. Ich weiß, dass wir es schaffen!" Mit weichen Knien setzte ich mich wieder hin.
Mister Al`Aneuis sprach meiner Worte unberührt: „Ihr Akturianer, Sirianer, Venusjaner und Elfen habt schon genug Unordnung in unser Universum gebracht, weil ihr einfach unsere Gesetze nicht akzeptieren könnt. Ist das Liebe? Es ist für uns eine Entscheidung, die schon länger feststeht. Sie brauchte nur noch

einen entsprechenden Anlass und die freie Entscheidung eurer gesamten Seelenlichtfamilie in euer Universum zurückzugehen."
Wow! Das waren schwerwiegende Worte! Ich spürte, wie alle Lichter aus meiner Seelenfamilie immer dichter zur Kraft dieses einen Lichtes zusammenwuchsen. All' diese Geschöpfe wurden im Herzen zu mir und ich zu ihnen! Ich fühlte mich als Einheit und auch wieder als kleiner Teil dieser Wesen. Sie waren sich einig und voller Liebe. Ich spürte ganz tief in mir, wie dieses eine Licht, aus dem wir alle erschaffen waren, mit jeder Entscheidung, egal wie sie auch ausfallen möge, mich in fließende Liebe gebettet hatte. In mir wurde es klarer. Als das eine Licht wurden wir zur Schöpfung selbst. Diese Schöpfung entsprach dem höchsten Licht der kreativen Liebe. Wir beschenkten andere mit der Gnade unserer reinen Herzen und wussten genau, dass wir unsere Aufgaben zu Ende führen würden.
Nun erhob sich Engel Raphael in seiner Projektion. Er strahlte tiefen Frieden aus und erhob seine Stimme: „Ich wurde einst von meinem Schöpfer in dieses Universum gesandt, begleitet von vielen anderen Geschöpfen, die euch als Engel bekannt sind. Ich möchte euch mitteilen, dass unser Rat der Engel getagt hat. Unsere Entscheidung steht somit auch fest. Auch wir werden dieses Universum verlassen, wenn die Seelen des einen Lichtes durch ein Gesetz ausgewiesen werden. Ich beantrage deshalb eine Gesetzesänderung für spezielle Missionen. Ich halte die Veränderung in diesen Zeiten für notwendig, da wir sonst unsere Vision nicht erfüllen können. Die Menschen brauchen uns."
Mister Al`Aneuis senkte seinen Kopf und antwortete mit seiner glockentiefen Stimme: „Engel Raphael du weißt, dass wir ohne die Engel im ersten Universum jede Existenz bedrohen würden. Nahezu jede Seele, die eine Verkörperung annimmt, hat auch persönliche Engelsbegleiter. Ich werde eine erneute Tagung der Konzile des Lichtes im Universum beantragen. Bis dahin ist die Mission gestoppt. Bis zu unserer Entscheidung darf niemand die Elfenstadt verlassen. Ich erkläre das Friedensgericht im Auftrag der Lichtkonzile hiermit für beendet."
Mister Al`Aneuis verließ das Areal. Alle anderen begannen, sich zu umarmen und dabei wild durcheinander zu reden.
Wir wussten nun, dass die Konzile des Lichtes ihre Entscheidung ändern mussten. Auch Teas umarmte mich. Während ich sein liebesvolles, fließendes Licht in mir aufnahm, fragte ich ihn: „Geschieht dies alles nur wegen uns?" Er antwortete lächelnd:

„Ihr seid die Tempelträumer." Mein Vater fügte hinzu: „Und deshalb freue ich mich, wenn die Zeiten wieder ruhiger werden. Wir in den Dimensionen des Lichtes sollten stets Friedensträger sein!"

In der Elfenstadt wurde den ganzen Abend gefeiert. Eine gelöste und freiheitliche Atmosphäre bestimmte die laue Nacht. Wir schauten über die ganze Stadt und empfingen diese atemberaubenden feierlichen Energien. Wir saugten sie tief in uns ein und fühlten uns geborgen wie zu Hause.
Später am Abend verkündete Engel Raphael uns: „Ich würde euch gern heute Abend meinen Segen geben."
Ich schaute Sonke an und wir beide folgten dem Engel. Wir bestiegen gemeinsam den hohen Hügel im Elfenkönigsgarten. Auf dem Gipfel nahm Engel Raphael unsere Hände und legte sie zusammen. Sein Herzensstrahl durchwebte unsere Seelen von Kopf bis Fuß und er sprach mit segnender Stimme: „Möge diese Verbindung auf allen Ebenen und Dimensionen mit heilender, schützender und bedingungsloser Liebe gesegnet sein."
Seine Kraft durchströmte uns. Über uns bildeten sich zwei diamantfarbene Lichtringe. Diese webten sich langsam in unsere Schöpfung ein. Engel Raphael strahlte: „Mein Segen wird euch schützen und begleiten auf all euren Wegen."
Er verneigte sich tief und verließ uns.

Sonke Jar - Tagebucheintrag 9

Die Polarität der Wahl

Die gesamte Elfenstadt war in Bewegung und die Bewohner wuselten aufgeregt umher. Auch die Wesen der unterschiedlichen Planeten des Universums, welche zu unserer Seelenfamilie gehörten, hielten sich für Planänderungen bereit.
Wir schauten uns in der Elfenstadt um und atmeten ihren sanften Zauber. Vielleicht würde es das letzte Mal sein, dass wir sie auf diese Weise besuchten?
Seit Tagen hatten wir nichts vom Lichtkonzil gehört. Wir liebten die Zeit im Haus von Atonas und Elina sehr. Es war tatsächlich wie Urlaub in der Elfenstadt. Tagsüber besuchten wir die wunderbaren Quellen, die Einhornwiesen und das Stadtinnere. Alle Bewohner waren zu uns sehr höflich und freundlich. Wir wurden von vielen Wesen eingeladen, ihren Zeremonien beizuwohnen.
In der Nacht lagen wir auf den Wiesen des Elfenkönigshauses und schauten die Sterne an. Ich spürte, wie Gina wieder mehr und mehr sie selbst wurde.
Wir erhielten von allen viele Geschenke und machten uns schon Gedanken darüber, wie wir sie so ganz ohne Transportmittel mit zur Erde nehmen konnten. Mein Vater hatte uns eine ganze neue Hauseinrichtung aus verdichtetem Licht geschenkt. So würden wir bei uns zu Hause auf der Erde ein richtiges Elfenhaus errichten. Von Außen sähe es natürlich genauso aus wie ein ganz normales Erdenhaus. Im Inneren betrat man das Reich der Anderswelt! Genau wie bei Elina und Atonas oder in einem der kleinen Elfenlagerzelte. Wir brachten sogar ein elfisches Energiesystem mit, welches fürs Haus ohne Strom immer gleichbleibende Temperaturen erzeugte.
Auch Anton und Sirina genossen die Zeit im Elfenkönigshaus. Sie waren oft mit meinem Vater unterwegs. Anscheinend hatten sie viel zu besprechen. Ich wusste tief in meinem Herzen, dass die beiden für unser Leben auf der Erde sehr wichtige Partner und Freunde werden würden.

An einem Nachmittag spazierten wir mit Atonas und Elina zu den heiligen Quellen der Elfenstadt. In den Wiesen kamen die

Einhörner zu uns und wir teilten unsere Energien. Ich spürte, dass unsere Abreise näher rückte. Ein Abschied. Für immer?
Wir ließen uns neben einer blauen Quelle nieder. Mein Vater nahm unsere Hände und legte sie übereinander. Seine liebevolle Energie und erhebende Liebe durchströmte uns. Elina legte nun ihre Hände über seine. Eine beschützende, heilende Liebe mehrte den gesamten Energiefluss.
Atonas sagte feierlich: „Auch ich möchte eure Verbindung mit der Kraft unserer erhebenden, mutigen, beschützenden und heilenden Liebe segnen. Möget ihr auf all euren Wegen gesegnet sein."
Elina übergab uns zwei Becher. Sie waren mit dem Wasser der blauen Quelle gefüllt. „Das Wasser wird für immer die Verbindung in eurem Herzen zu uns halten. Wenn ihr zu einem blauen Wasser auf der Erde geht, werdet ihr uns in seinem Spiegel sehen können."
Ich wunderte mich, doch sagte nichts, weil ich mich gerade sehr glücklich fühlte. Ein paar neonfarbene Flugelfen brachten uns nun ein hellblaues Päckchen. Sie ließen es in Atonas' Hände fallen. Er öffnete es. Zwei schlichte, doch intensiv diamantfarben und hellbläulich leuchtende Ringe wurden sichtbar. „Vielleicht werdet ihr euch entscheiden, hier in der Elfenstadt eure Hochzeit zu feiern. Ich habe diese beiden Ringe für euch erschaffen."
Er übergab mir die Ringe. Ich wunderte mich noch mehr und sagte wieder nichts. Gina schaute mich an und flüsterte: „Sie sind wunderschön!"
Das waren sie in der Tat! Wie für uns gemacht. Bei genauerer Betrachtung der Ringe stellte ich fest, dass sie genau aussahen wie neulich in meinem Traum! War es das?
Atonas vertraute Stimme sagte: „Ich weiß, dass du dir viele Gedanken machst. Alles Leben erhebt sich ins Licht. Es wird weiter fließen und ewig strömen wie eine heilige Quelle. Doch ihre Wasser werden die Richtung verändern. Die Konzile des Lichtes werden uns hier weiter unsere Aufgabe erfüllen lassen. Doch einige Dinge werden sich erneuern."
Elina lächelte: „Wir waren schon immer erfinderisch, wenn es darum ging, im Sinne eines Gesetzes drum herum zu handeln und dabei doch das zu erreichen, wozu wir her gekommen sind."
Ich lächelte zurück. „Ja, ich glaube an die Liebe, die uns alle miteinander verbindet! Egal, was geschehen wird. Wir finden immer einen Weg."

Gina fügte noch hinzu: „Die Liebe sucht sich immer ihren Weg. Darauf können wir vertrauen!“
Wir saßen einige Stunden schweigsam zusammen, bis uns einige neonfarbige Elfen die Botschaft überbrachten, dass die Konzile des Lichtes eine Information über den Brunnen der Weisheit gesendet hatten.
Wir liefen langsam in Richtung Brunnen. Auf dem Weg dahin wurde mir etwas unbehaglich, obwohl ich doch tief in meinem Herzen wusste, dass wir frei sein würden.
Als wir ankamen, hatte sich schon die halbe Stadt versammelt. Alle warteten auf den Elfenkönig, denn nur er war berechtigt, die Schriftrolle zu öffnen.
Atonas trat hervor. Elina blieb an seiner Seite. Ich blieb mit Gina weiter hinten. Anton, Sirina und Lit standen plötzlich neben uns. Wir lächelten uns still an.
Atonas verlas nun für alle den Inhalt der Schriftrolle:
„Liebe Seelen der Seelenfamilie des einen Lichtes. Der hohe Rat hat entschieden, dass ihr eure Aufgaben im ersten Universum weiterführen dürft. Es ist alles zu tun, um im Sinne des hohen Lichtes und zum Wohle aller Lebewesen im Universum zu handeln. Wir gehen davon aus, dass ihr euch der Gesetze des ersten Universums bewusst seid. In ihnen herrschen Polaritäten, die auf einer Wahl beruhen. Auf dem Planeten Erde kann dies bei unsachgemäßer Handhabung ungeahnte Auswirkungen haben. Die beiden Halbmenschen Gina Ai und Sonke Jar sind deshalb strengstens zu unterweisen. Jeder Übertritt eines Gesetzes könnte vielen Lebewesen schaden.
Um diesen Risikofaktor wesentlich zu verringern, hat das Konzil des Lichtes für die beiden Halbmenschen Gina Ai und Sonke Jar Folgendes beschlossen:

- *sie dürfen auf ihre Erdendimension zurückkehren, um dort ihre Vision weiterzuführen, gemeinsam mit den anderen Halbmenschen*

- *das vergangene emotionale und mentale Karma erlischt mit dieser Rückkehr, damit sie in ein frei strukturiertes, irdisches und göttliches Leben eintreten können*

- *ihr Familienkarma erlischt bis in die höheren Dimensionen hinein; dadurch geben wir ihre Seelen endgültig aus der akturianischen und sirianischen Familienstruktur frei*

- *jedwede Benutzung eines Teleporters oder eines Dimensionstores muss ihnen untersagt bleiben, ebenso die Benutzung eines Raumschiffes, welches dazu dient, Dimensionen zu überwinden, weil wir Ihnen und uns keinerlei Sicherheit garantieren können.*

Gina Ai und Sonke Jar werden in 3 Tagen von einem Sonderkommando der Konzile des Lichtes auf die Erde zurückgebracht. Dort werden sie, bis ihr Auftrag im Sinne des Lichtes erfüllt ist, bleiben.
Wir hoffen mit dieser Entscheidung allem Leben zu dienen.
Mit demütiger Liebe
Al`Aneuis
Präsident der Konzile des Lichtes."

Ich war positiv überrascht! Hatte ich doch eher damit gerechnet, dass man uns auf die Erde zurückschickt und damit alle Verbindungen zu unseren Familien für unser Leben erlischen.
Doch natürlich hatte dieser Beschluss auch eine Kehrseite. Es bedeutete, dass wir die Elfenstadt nie wieder betreten durften!
Gina hatte ihren Kopf an meine Schulter gelehnt. „Vielleicht sollten wir doch den Tempel Suidinier aufsuchen?"
Ich drückte sie stärker an mich. „Nein Gina! Den erreichen wir nur mit einem Teleporter. Wir sind darauf geschult, auch ohne den Tempel unsere Träume verwirklichen zu können. Aber ich wünsche mir, dass wir beide hier in der Elfenstadt die Ringe unserer Liebe tauschen. Ich glaube, nach allem ist es mir ein Herzenswunsch."
Gina antwortete: „Mir auch. Möge die ganze Stadt mit uns feiern und glücklich sein."
„Und mögen wir dieses Ereignis für immer in unseren Herzen tragen", vollendete Atonas Ginas Satz. „Denn es wird unser aller Bündnis vertiefen und mit noch viel mehr kreativer Liebe anreichern."
Lit lachte schelmisch: „Nun, dann wird sich mit der Zeit ein anderer Weg zur Elfenstadt finden! Ich jedenfalls werde mit zur Erde zurück kehren."
Die Konzile des Lichtes hatten für uns sehr positiv gewirkt. Mein Herz wusste, dass Engel Raphael darauf Einfluss genommen hatte. Auch die Befreiung von karmischen Bürden würde unser empfindsames und sensibles Leben auf der Erde erheblich

verändern. Ich bedankte mich in Gedanken bei Engel Raphael und suchte in der Weite meines Bewusstseins nach den möglichen Auswirkungen der Karmalöschungen auf unser Leben. Ich sah unserer Rückkehr zur Erde positiv entgegen und hatte ein Gefühl, dass alle Hürden und Mauern, die zwischen dem Universum und uns standen, nun erst einmal beseitigt waren.

GINA AI - Tagebucheintrag 10

Letzte Tage in der Elfenstadt

Die letzten Tage in unserer geliebten Elfenstadt waren also gekommen. Wir hatten vieles vorzubereiten. Dazu gehörte auch unsere Hochzeit.

Ich ging mit Elina in ihre Zauberblütenwerkstatt. Wir probierten für die bevorstehenden Feierlichkeiten einige Kleider und Frisuren aus.

„Weißt du eigentlich, dass noch nie Menschen in der Elfenstadt geheiratet haben?“ Elina lächelte mich offenherzig an.

Ich antwortete: „Das kann ich mir denken. Bestimmt ist dies für euch auch ein spannendes Ereignis!“

„Ja, das ist es! Besonders weil es euch Menschen so wichtig ist.“ Elina rückte mein Kleid zurecht.

Das bodenlange Kleid war in einem herrlichen, warmen Pastellgrün gehalten und mit goldenen Spitzen versehen. Die Spitzen bestanden aus Ornamenten der Elfenstadt und rosenartigen Blättern. Darunter konnte man das pastellfarbene Grün leuchten sehen. In die Spitze waren außerdem hunderte tiefviolette Perlen eingewebt. Eine lange Schleppe war am Rücken des Kleides befestigt.

Ich schaute in den Spiegel und sagte fasziniert: „Jetzt sehe ich aus wie eine von euch!“

Elina steckte meine dunklen Haare auf und legte mir ein pastellgrünes Perlenband über die Stirn. „Du bist eine von uns!“ Sie lächelte sanft und strich über meine Hände. Ich schaute mich wieder im Spiegel an. *Ja, das soll mein Hochzeitskleid sein!*

Ich hätte nie gedacht, dass ich einmal heiraten würde. So hatten sich die Zeiten verändert! Ich blickte einer neuen Zukunft entgegen. Ein wenig Zweifel stiegen dennoch in mir auf. War ich für Sonke wirklich gut genug?

Elina, die jeden Gedanken aus meinem Herzen las, sagte liebevoll: „Wer hat dir jemals eingeredet, dass du für etwas nicht gut genug bist?“

Ich grübelte und antwortete: „Ehrlich gesagt, weiß ich es auch nicht. Vielleicht ich selbst? Weißt du, wenn du so viele Jahre gewartet hast, muss die Wunde, die während dieser Zeit im Herzen entstanden ist, erst einmal wieder heilen. Ich glaube, das braucht Zeit! Manchmal habe ich tatsächlich Angst, dass Sonke

wieder weg geht. Er hat viel von sich zurückgelassen und aufgegeben. Ich weiß nicht, ob es auf Dauer für ihn richtig ist, dass er jetzt mein Leben lebt. Verstehst du?"
Ich spürte Unsicherheit in mir, obwohl ich wusste, dass sie nur aus alten Erinnerungen kam und meine Emotionen aufbrechen ließen. Es schien ein immer wiederkehrendes Spiel mit mir selbst, das ich nicht beeinflussen konnte.
Elina nahm meine Hände und schaute mich an: „Ich verstehe dich, Gina. Aber ich glaube, du darfst loslassen. Sonke hat sich für dich mit ganzer Seele entschieden. Ihr habt euch für euch entschieden. Nicht nur er beginnt ein ganz neues Leben. Du auch Gina! Vielleicht ist es dir noch nicht so bewusst. Vieles wird sich auch bei dir neu gestalten. Vertraue deinem Weg, deinem Herzen. Vertraue der erblühenden Liebe in dir und verschenke sie weiter. Hab keine Angst mehr davor, dass du zurückgewiesen wirst!"
Um unser Gespräch ungestört fortzusetzen, gingen wir mit den Einhörnern Lies und Antara zu den heiligen Quellen. Ich badete zuerst in der reinigenden Quelle. Ich spürte, wie sie meine alten Schmerzen weg wusch und die inneren Wunden begannen, langsam zu heilen. Als Zweites badete ich in der Erneuerungsquelle. Die Leere in mir füllte sich mit Liebe, Mut, Gnade, Freude und Vertrauen auf. Die dritte Quelle ummantelte mich mit einer Schutzhülle, sodass die neuen Lebensenergien in mir geschützt waren und ich Zeit hatte, sie zu integrieren.
Wir saßen lange wortlos auf der Wiese und schauten den fröhlich sprudelnden Quellen zu.
Als wir zurück zum Elfenkönigshaus wanderten, erzählte Elina von ihrer tiefen und einzigen Verbindung zu Atonas. „Atonas und ich sind schon seit Anbeginn der Zeit verbunden. Wir hatten niemals eine andere Inkarnation in diesem Universum. Wir kennen kein Alter und leben ein Leben der Unsterblichkeit! Darum haben wir nicht viel mit diesen seelischen Veränderungen zu tun gehabt. Für uns ist es normal, dass wir gemeinsam wirken und dienen. Natürlich haben wir anfangs auch Fragen gehabt, als wir noch neu in diesem Universum waren. Als wir noch keine dichteren Verkörperungen hatten, wurden wir auf diese Zeit sehr gut vorbereitet. Unsere Seelen wurden von Anfang an gemeinsam geschult. Wir kannten unseren bewussten Auftrag. Wir werden auch unsere Lichtverkörperungen nicht wieder

verlassen, wenn wir eines Tages in unsere Galaxie zurückkehren."
Ich lächelte und antwortete: „Das fühlt sich alles so wunderbar klar an! Weißt du denn eigentlich, was wir alle als das eine Licht in unserer Heimatgalaxie für Aufgaben haben?"
Elina antwortete: „Es ist im Moment in mir nicht so präsent und auch nicht im Plan, dass wir damit verbunden sind. Es ist unsere besondere Art des Lichtes, welches wir sind. Es bringt eine neue Schwingung in diese Galaxie, die alles erhebt und ausbalanciert. Ich glaube, zu Hause haben wir andere Möglichkeiten. Ich habe nie darüber geforscht. Es war für mich nicht notwendig, diese Entdeckungen zu machen. Wir sind innerhalb und außerhalb einer Verkörperung gleichermaßen bewusst. Es gibt in diesem Sinne keinen Tod, so wie bei den Menschen, wenn die Seelen ihre Körper verlassen und dadurch in ein anderes Bewusstsein eintreten. "
Ich fragte mich, ob es sich für Atonas und die anderen auch so verhielt und antwortete: „Das ist ganz anders als bei mir und einigen Menschen. Ich habe immer nach meinem Ursprung gesucht. Und auch heute ist es noch so, dass ich weiß, diese Reise geht weiter. Ich weiß auch schon, dass ich diese Frage nach der Heimatgalaxie irgendwann stellen werde."
Elina strich über mein Gesicht: „Ja, ihr Menschen seid sehr wissbegierig. Aber schau mal, wenn du ganz tief in dein Herz atmest und deine Seele spürst, dann weißt du wer du bist. Also ich meine nicht im Kopf. Du fühlst es einfach mit, durch das, was deine Seele ist! Ich habe diese Fragen nicht. Denn ich nehme wahr, was und wer ich bin. Alles, was ich tue und wozu ich hier bin, wird von meiner Seele, dem einen Licht, angeleitet und geführt. Ich brauche es nicht zu hinterfragen. Ich lebe mit meiner Seele in vollständiger Akzeptanz. Ihr Menschen habt dabei einige Hürden zu überwinden, nämlich die eures sehr dichten physischen Körpers, der mit Blockaden und Hindernissen in den Zellen versehen ist. Aber eines Tages wirst auch du dir diese Fragen nicht mehr stellen. Du wirst einfach in deine Seele atmen und dem Licht in dir folgen."
Ich ließ Elinas Worte in meiner Seele wirken und spürte, dass sie mir gut taten. Ich musste einige meiner losgelassenen Schmerzmuster durch Freude und Vertrauen ersetzen, damit Liebe durch mich wirken konnte. Ich wusste, dass dies notwendig war, um in Freiheit auf der Erde existieren zu können.

Meine Bewusstheit musste ich hier immer wieder einschalten, damit sich alles Neue schneller in mich integrieren konnte. Ich war sehr dankbar für diesen Nachmittag mit Elina.
Am Abend trafen wir uns bei Atonas und Elina im Garten zum Elfenabendessen. Es war der letzte Abend vor unserer Hochzeit und der vorletzte vor unserer Abreise. Lit, Sirina, Anton und mein Vater waren auch gekommen und wir verbrachten zum ersten Mal einen gemeinsamen Familienabend. Ich würde diese Familie wirklich sehr vermissen!
Atonas sagte in Gedanken zu mir: „Wir werden euch auch vermissen. Doch gehört das auch zu unserer Vision." Ich fragte ihn: „Kommt ihr nun nicht mehr mit zu uns auf die Erde?"
Er antwortete entschieden: „Nein Gina! Die Konzile des Lichtes haben entschieden. Unser Platz ist hier. Aber wir werden euch, so oft wir können, besuchen und sowieso tagtäglich eure Vision unterstützen."
Lit mischte sich ein: „Aber ich werde bei euch bleiben. Wenn ihr auch wollt! Denn wer könnte besser und lieber kochen als ich!?"
Alle lachten und ich antwortete: „Ja Lit, deine Fähigkeiten sind unübertragbar! Ich freue mich, dass du bei uns bleibst."
Ich bemerkte, dass Sonke in sich eine kleine Trauer fühlte. Es war wegen seinem Vater. Ich streichelte seine Hand und sagte dann zu Atonas: „Du wirst ja nun mein Schwiegervater. Darf ich mir was wünschen?"
Atonas lächelte und antwortete belustigt: „Na wenn es nichts Unanständiges ist!" In diesen Momenten durchliefen mich sehr merkwürdige Gedanken und ich spürte, wie auch in meinem irdischen Leben diese Kraft des Vaters immer gefehlt hatte. Und obwohl ich ständigen telepathischen Kontakt zu meinem Vater hatte, bemerkte ich auch meine unbewusste Trauer darüber, dass er nicht mit mir auf der Erde lebte. Es fühlte sich fremd an! Die meisten Kinder in unserer menschlichen Gesellschaft gingen in jungen Jahren weg von ihren Eltern und kehrten oft erst zu ihnen zurück, wenn diese alt und krank waren. Ich spürte, dass in mir ein ganz anderes Gefühl und Verständnis von Familie lag. Ich liebte meinen Vater sehr! Auch mein Leben wäre soviel reicher gewesen mit ihm auf der Erde. Dies erkannte ich erst in diesen Augenblicken.
Mein Vater hörte meine Gedanken und antwortete: „Ach Gina! Dies ist das Los unserer Mission. Er nahm mich in den Arm. Ich bin so froh, dass es dich gibt und ich freue mich, dass du dich

morgen mit Sonke verbindest. Wir werden alle auf eine tiefe und bewegende Art zusammen wirken. Es gibt überhaupt keinen Grund zur Trauer!"

Atonas küsste mich auf die Stirn und ich ließ ein paar Tränen los.

Ich war auch traurig, dass meine Mutter nicht mehr lebte. Aber vielleicht würde ja Terai zu unserer Hochzeit kommen?

Atonas setzte sich neben mich und nahm meine Hand: „Sie wird kommen! Wie war das denn nun mit deinem Wunsch?"

Ich hatte längst vergessen, was ich mir wünschen wollte und sagte deshalb: „Ich wünsche mir, dass wir alle mit dem, wie es für uns erschaffen wurde, glücklich sein können."

Atonas lächelte: „Ich glaube, ihr werdet sehr glücklich sein! Und wenn dir dein Wunsch irgendwann wieder einfällt, kannst du mir Bescheid sagen. Ich werde ihn erfüllen."

Dann fügte er noch einmal lächelnd hinzu: „Aber nur, wenn er anständig ist!"

Ich wunderte mich etwas über seine Worte, aber ließ diese Gedanken einfach ziehen.

Sonke und ich redeten die halbe Nacht unter freiem Himmel. Es fühlte sich gut, dass er bei mir war. Wir beide waren nun wirklich bereit für dieses Bündnis.

Ich war sehr glücklich, dass die Feierlichkeiten hier in der Elfenstadt stattfinden sollten. Ich mochte irdische Hochzeiten überhaupt nicht, weil ich ihren Sinn nicht erkennen konnte. Bürokratische Standesämter, heiraten wegen Finanzämtern und Erbschaftsangelegenheiten, zu viel Alkohol und meist sinnloses Getratsche unter den Menschen. Ging es denn nicht um Liebe? Umso mehr war ich auf unsere durch und durch elfische Hochzeit gespannt!

Sonke Jar - Tagebucheintrag 11

Meine schwächste Stelle

Nachdem Gina eingeschlafen war, ging ich in dieser herrlichen Nacht allein hinauf zum Elfenhügel. Ich setzte mich an den großen alten Baum und schaute in die Sterne. Die letzten Monate durchliefen noch einmal sanft meine Sinne und ich fühlte mich in mir wohl und frei.
Nach einiger Zeit streifte Melinn das Einhorn am Berg vorbei und forderte mich auf mit ihm zu gehen. Dabei durfte ich auf seinem Rücken Platz nehmen. Er führte mich direkt zu einem See, dessen Wasser leicht violett glänzte. Ich stieg ab und setze mich ins weiche Gras.
Das Wasser bewegte sich und von oben herab stieg eine hell leuchtende Gestalt. Sie blieb auf dem Wasser stehen und begann zu sprechen: „Hallo Sonke. Erinnerst du dich an mich?“ Ihre Stimme kam mir bekannt vor! Sie sprach weiter: „Ich bin Chie. Das Wesen von der Venus. Möchtest du mich begleiten? Dies hier ist ein Dimensionstor.“
Ich schaute zu Melinn rüber. Warum hatte er mich hierher gebracht? Ich antwortete bestimmt: „Nein Chie! Du weißt doch, dass ich nicht mehr durch ein Dimensionstor gehen darf!“
Chie lächelte offen: „Vielleicht gibt es etwas, wofür du es doch tun würdest?“
Ich verstand nicht was sie meinte und antwortete lauter werdend: „Nein! Es gibt nichts, wofür ich es tun würde!“ Dann legte ich mich hin und schaute zum Himmel. Die Sterne funkelten und schimmerten in vielen Farben. Sie schienen mich anzulächeln und sich zu freuen, dass ich gerade jetzt hier auf dieser Wiese lag.
Chie kam näher und setzte sich neben mich. Ihr Lichtkleid glänzte. Sie fragte wieder: „Vielleicht gibt es doch noch einen kleinen, leisen Wunsch in dir? Ein Begehren. So kurz vor deiner Hochzeit?“
Sie strich mir über die Stirn und währenddessen sah ich, wie im Traum, eine junge Frau näher kommen. An ihrem Kopf wellten sich hellblonde, schulterlange Haare. Sie trug ein kurzes Minikleid. Eine besonders betont weibliche Ausstrahlung ging von ihr aus. Das dunkelrote Oberteil ihres Kleides war sehr eng

gefasst und ich konnte die Ansätze ihrer großen Brüste sehen. Ich spürte sofort, wie in mir ein leises sexuelles Begehren aufstieg.
Sie kam immer näher, schaute mich mit ihren tiefgrünen Augen an und sagte zu mir: „Ich schenke dir eine Nacht für dein Begehren.“, und ließ dabei ihr Kleid fallen.
Jetzt war sie vollkommen nackt, setzte sich auf meinen Bauch und begann mich zu küssen.
Für einen Moment verlor ich mich in meinem eigenen Verlangen und ließ mich fallen. Nach einiger Zeit gewann ich mich wieder, öffnete meine Augen und schaute mich um. Es war niemand außer Chie zu sehen. Ich schaute auf das ruhige Wasser und fragte sie verwirrt: „Was soll das, Chie? Weißt du denn nicht, dass Erdenmänner immer für schöne Frauen anfällig sind? Warum führst du mich in solche Träume?“
Chie lächelte: „Ja, natürlich weiß ich das.“
Ich spürte in meinem gesamten Körper die Aufwallung. „Es war nur eine Erscheinung!“, sagte ich zu ihr, zog mich aus und ging schwimmen. Das kühle Wasser klärte meine Sinne und als ich zurückkehrte, war Chie verschwunden.
Ich legte mich nackt ins Gras. Nach einer Weile kehrte Chie zurück. Neben ihr lief eine blonde Frau.
Das war doch die aus dem Traum? Ich war erschrocken und fragte mich, was hier vorging! Ich spähte zu Melinn hinüber. Er stand ruhig da und schaute zu mir. Ich fragte ihn in Gedanken, was ich tun sollte. Melinn antwortete: „Mein Lieber, du wirst doch wohl nicht ein Einhorn fragen, wenn es um dein Begehren geht? Aber ich kann dir sagen, dass es vielleicht eine Prüfung sein könnte! Und ganz egal, wie du dich entscheidest, es wird dein Leben nicht in Gefahr bringen.“
Ich überlegte kurz und spürte, wie mein Begehren wieder zu wachsen begann. Ich fragte: „Bringe ich damit auch Gina nicht in Gefahr?“
Melinn antwortete: „Dies ist keine Frage des Gewissens. Gina liebt dich so oder so. Weiß du das denn nicht?“
Ich schaute in mein Herz. Dann blickte ich zu der blonden Frau hinüber, die immer näher kam. Sollte ich? Ich versuchte noch tiefer mein Herz zu finden. Ich spürte, wie etwas versuchte meinen Körper zu beherrschen und mich zu ihr hin zutreiben. Ich fragte mich wieso diese Frau mich so sehr anzog? *Ich liebe doch Gina!*

Ich wollte schnell eine Entscheidung treffen. Denn ich wusste, sobald die blonde Traumfrau wieder vor mir stand, musste ich in mir fest und sicher sein!
So zog ich meine Sachen rasch wieder an und setzte mich aufrecht auf die Wiese. Chie und die Frau ließen sich ein wenig später neben mir nieder. Die Frau fragte mich sofort und direkt: „Willst du mich?"
Ich sprang auf und blickte zu den beiden hinunter: „Ich weiß nicht was das hier soll! Ihr wisst doch beide genau, dass ich Gina liebe und grad alles andere gebrauchen kann als Verführung!"
Die blonde Frau lachte mich aus und antwortete: „Ihr Erdenmänner seid doch alle gleich. Schwach! Wenn ihr eine schöne Frau seht, dann geht euer Schwanz mit Euch durch."
Ihre Worte trafen mich wie ein Schwert in die Magengegend! Ich fühlte mich verletzt.
So kehrte ich auf der Stelle mit meinem Bewusstsein zurück in mein Herz. Dann beugte ich mich zu ihr runter, küsste sie flüchtig auf die Wange und sagte dann: „Ich bin kein Erdenmann! Auch wenn ich zugeben muss, dass ich dich für einige Sekunden begehrt habe."
Daraufhin zog sie mich zu sich und öffnete ihre Kleider. Ich spürte, wie die Kraft in meinem Herzen wuchs und die überfließende Liebe immer tiefer wurde. Sie füllte jede Zelle meines Körpers an und bald spürte ich außer dieser Liebe in mir nichts mehr. Das Begehren war verschwunden.
So setzte ich mich wieder neben die Frau und sagte: „Ich muss zugeben, dass du wirklich eine schöne Frau bist. Aber du findest sicher einen anderen Freier. Wieso sucht ihr schönen Frauen immer Männer aus, die schon vergeben sind? Und warum geht es immer nur um Sex?"
Die Blonde knöpfte ihr Kleid wieder zu und lächelte: „Weil wir damit Macht über euch haben."
Sie hatte Recht und das alles wusste ich doch längst. Ich dachte noch einmal an Gerda zurück. Wieso musste ich noch einmal durch diese Prüfung gehen? Hatte ich meine Lektion noch immer nicht gelernt?
Chie sagte lächelnd: „Doch, ich glaube du hast sie gelernt. Es gibt immer eine Wahlmöglichkeit. Von Gefühlen, die dich einsperren, darfst du dich niemals leiten lassen. Dein Vater wollte, dass du in dieser Nacht noch einmal eine Gelegenheit bekommst."

In ihren Worten fror ich innerlich und stand wieder auf. Zu der Frau sagte ich liebevoll: „Ich wünsche dir, dass du einen Mann findest und ihr euch wirklich liebt. Es gibt nur eine wirkliche Macht und das ist die wahre Liebe. Alles andere wirkt zerstörerisch. Es lohnt sich nicht dafür zu leben."
Ich verabschiedete mich freundlich und Melinn brachte mich zurück.
Als ich den Elfengarten wieder betrat empfing mich mein Vater am Eingangstor. Mit harter Stimme rief ich ihm zu: „Vater, diesen Unsinn hättest du dir sparen können! Was glaubst du wer ich bin?"
Er blickte mich liebevoll an. Sein goldenes Haar glänzte offen im Nachtwind und fiel unter dem Sternenhimmel seidig ins silberne Licht. Wie groß und anmutig er war!
Dabei spürte ich eine große Traurigkeit in mir aufsteigen. Er legte seinen Arm um meine Schulter und sagte leise: „Verzeih mir! Denke bitte nicht, dass ich dich falsch eingeschätzt habe! Darum ging es nicht. Du musst lernen, dich an deinen schwachen Stellen gut zu schützen. Ich wollte dir dabei noch einmal helfen. Ich hoffe, diese Erfahrung stärkt dich in deiner Liebe!"
Ich lief nachdenklich ins Badezimmer und duschte eine halbe Stunde lang. Während der ganzen Zeit liefen unaufhörlich Tränen aus meinen Augen. Dann legte ich mich bis zum Morgengrauen zu Gina ins Bett. Sie schlief ganz ruhig. Ich schaute sie an und fiel dabei in einen leichten Dämmerungsschlaf.

GINA AI - Tagebucheintrag 12

Das große Fest

Als ich am Morgen erwachte, fand ich das gesamte Elfenkönigshaus leer vor. Nur zwei neonfarbige Elfchen halfen mir beim Ankleiden und Gestalten meiner Frisur.
„Guten Morgen! Du bist so wunderschön, wie eine von uns, Gina!“ Atonas gab mir einen Kuss auf die Wange und öffnete seine Arme.
Ich lächelte ein wenig verlegen und Atonas überreichte mir einen hübschen kleinen Elfenstrauß. Einige der Blüten hatte ich hier im Elfengarten und auch vor dem Tempel Suidinier gesehen. Er betonte: „Dieser Strauß ist für dich. Seine Blüten werden so lange blühen, wie ihr beide auf der Erde weilt.“
Ich betrachtete das kleine Blütenwunder. Es duftete einzigartig nach Elfenland! Atonas fragte freundlich: „Na, bist du bereit?“
Ich antwortete überrascht: „Ja wirst *du* mich denn begleiten? Ich hatte eigentlich erwartet, dass mein Vater mich zum Altar führt.“
Atonas blickte mich fragend an: „Oh, da haben wir wohl was verwechselt! Also wenn das so ist, werde ich dich nur bis zu den heiligen Hallen der Elfenstadt begleiten, um dich dann deinem Vater zu übergeben.“
Ich lächelte amüsiert: „Eigentlich sollte doch ein Vater bei seinem Sohn sein, so kurz vor der Trauung.“
Atonas antwortete unsicher: „Wir Elfen haben wohl noch etwas zu lernen! Weißt du, bei uns ist das alles anders.“ Er fügte noch schelmisch hinzu: „Aber das nächste Mal machen wir es besser! Versprochen!“
„Glaub noch mal werde ich nicht heiraten, zumindest nicht in diesem Leben.“
Wir neckten uns lachend und verließen das Haus.
Lies und Antara, die beiden Einhörner waren gekommen. Auf ihren Rücken durften wir Platz nehmen und sie trugen uns zum Tempel in der heiligen Elfenstadt.
In der ganzen Stadt hatten die Elfenkinder lebendige Blumen gestreut. Vom Himmel rieselten kleine goldene Sternschnuppen. Alle Wesen der Stadt hatten sich an den Wegrändern versammelt, um diesem einmaligen Ereignis ihre Aufmerksamkeit und ihr Mitgefühl zu schenken.

Vor dem heiligen Tempel wartete mein Vater. Er hob mich vom Einhorn und lächelte: „Na, hast du dir das auch gut überlegt?“
Ich antwortete schüchtern: „Glaubst du, dass die Liebe überlegt?“
Wir lachten und umarmten uns.
Im Tempel begannen die Kristallglocken zu singen. Eine sonderbare Melodie drang aus den Lichtgemäuern und hüllte die ganze Stadt in eine liebevolle und fröhliche Atmosphäre.
Wie eine Prinzessin wurde ich von meinem Vater zum Altar geführt. Zwei neonfarbige Flugelfchen trugen fliegend meine Schleppe. Der Tempel war mit Wesen aus allen Himmelsrichtungen des Universums gefüllt. Ich erblickte Terai und Teas, Wli und Aios, Lit und Arin, Sirina, Anton und ihre außerirdischen Elternteile Roha`Ai und Hal`Ataros. Auch die Elfchen Mala, Li, Greta von Sirius und sogar Mister Al`Aneuis waren gekommen. Ich sah auch Santos, den Botschafter der inneren Erde, und Kurt.
Alle verneigten sich vor uns und wir gaben diese traditionelle Ehre gern zurück, indem wir uns ebenso verneigten. Diese Verneigung bedeutete so viel wie: *Ich ehre das göttliche Wesen in dir.*
Der Tempel erschien in den Farben meines Kleides und war rundum mit unendlich vielen Blütenköpfen geschmückt. Auch hier rieselten sternenartige, feine Schnuppen von der Decke.
Am Altar angekommen verbeugten wir uns beide vor Sonke. Er verbeugte sich vor uns. Mein Vater trat hinter mich. Im Augenwinkel sah ich, dass plötzlich eine wunderschöne Elfenfrau an seiner Seite erschien. Ich war so tief fasziniert und im Inneren bewegt, dass ich mich umdrehen musste.
Sie sagte mit zarten Worten: „Mein Name ist Arena. Für diesen einen Tag darf ich bei Euch sein.“
Sie strahlte eine tiefe und königliche Liebe aus. Ihre elfische Schönheit war so atemberaubend, dass ich meine Augen kaum von ihr wenden konnte. Mein Vater brach sofort in Freudentränen aus.
Mit dem Licht, welches mir Arenas Erscheinen schenkte, blickte ich Sonke tief in seine leuchtenden Augen. Unsere Seelen lächelten. Ja, es war soweit! An seiner Seite standen Atonas und Elina in erhabener und freundlicher Gestalt. Sie wirkten in ihrem Strahlen zurückgenommen, zufrieden und auch etwas aufgeregt. Auch für sie war dies ein besonderer Moment. Ich hatte die beiden noch nie aufgeregt gesehen! Dabei schaute ich auf

Sonkes Kleidung. Auch er hatte ein hellgrünes Elfendesign gewählt, welches samtweich um seinen Körper glitt und mehr wie ein Lichtgewand aussah. Er ähnelte in diesem Aufzug seinem Vater sehr. Seine schwarzen Haare waren mit silbernen Perlen sauber zu einem Zopf geflochten.
Aus der Ferne erklang eine sehr hohe Kristallglocke. Ihr Ton kam immer näher, bis dieser im Raum gerade stehen blieb und seine Resonanz in viele Obertöne teilte, welche sich weich in jedes Herz zu legen schienen und es höher und höher trugen. Auf dem Altar erschien Siam. Er hatte sein Licht sehr verdichtet und doch strahlte seine Venusliebe durch den ganzen Tempelraum. Sie hob uns augenblicklich in eine neue Atmosphäre.
„Wenn ihr erlaubt, werde ich euch durch diese Zeremonie führen."
Mein Herz schlug aufgeregt und Tränen stiegen sanft in meine Augen.
„Wir haben uns heute hier zusammen gefunden, um ein Ereignis zu feiern. Sonke Jar und Gina Ai möchten in den heiligen Stand der göttlichen und menschlichen Verbindung eintreten. Ihr alle seid Zeugen dieser wunderbaren Zeremonie. Dies ist wahrlich eine Verbindung mit allen Welten. Ein Ereignis, welches für ganze Generationen Veränderungen schreibt."
In vielen glasähnlichen Schalen wurden unterschiedlichste sanft und blumig duftende Kräuter zu klarem Nebeldampf gebildet. Es stieg ein fein silbrig-goldener Rauch aus den Gefäßen auf. Dieser köstlich duftende Rauch zerfiel nach ein paar Sekunden zu vielen kleinen sternenartigen Mustern, welche sich wieder im Tempelraum verteilten und fröhlich umher tanzten. Hunderte von den kleinen neonfarbigen Flugelfen waren gekommen. Sie flogen nun mit den dampfenden Schalen durch den riesigen Tempelraum. Aus dem Altarboden begannen Regenbogenfarben bis zur Decke zu wachsen. Ihre Lichter drehten sich manchmal und zauberten dabei ganze Ornamente durch den Tempelraum.
Nun ertönten wieder die Kristallglocken. Sie spielten eine tiefe und die Seele berührende Melodie. Alle Anwesenden stimmten sich mit ihrer eigenen Stimme in diese Melodie ein. Ich hatte noch nie so einen unbeschreiblichen Klang gehört! Er schien sich von einem Ende der Stadt zum anderen Ende zu wiegen, sich hin und wieder zu begegnen und sanft zu zerfließen. Sich wieder neu aufzubauen, zu erheben und zärtlich jedes Herz zu berühren und miteinander zu verbinden.

Ich wurde eins mit diesen Tönen und allen Wesen der Elfenstadt. Noch nie hatte ich so eine tiefe Erfüllung in der Herzensverbindung mit so vielen Lebewesen gespürt.
Inzwischen war Engel Raphael erschienen. Er sprach ein langes Friedensgebet für alle Planeten im Universum. Dann erhob Siam wieder seine Stimme: „Ich rufe den göttlichen Vater und die göttliche Mutter. Ich rufe die Engel und die geistigen Begleiter der Seelen. Ich rufe die Liebe des Lebens, stellvertretend für alle hier Anwesenden in der Elfenstadt! Wir bitten um eure Segnungstropfen für diese Herzenseinweihung."
Eine starke Kraft durchzog nun spürbar den Tempelraum. Die Klänge der Kristallglocken veränderten sich und wurden tiefer. Auf ihren Spitzen tanzten kristallklare Melodien in den höchsten Schwingungen und Frequenzen.
Siam fuhr fort: „So frage ich dich, Sonke Jar, stimmst du der Herzenseinweihung mit Gina Ai zu? Möchtest du diese göttliche und irdische Verbindung in deiner Wahrheit eingehen? Dann projiziere deinen Herzensstrahl zur Decke dieses Tempels."
Aus Sonkes Herzchakra strahlte ein hellgrüngoldsilberner Lichtstrahl direkt zur Decke. Er blieb dort fest stehen.
Nun fragte Siam mich: „So frage ich dich, Gina Ai, stimmst du der Herzenseinweihung mit Sonke Jar zu? Möchtest du diese göttliche und irdische Verbindung in deiner Wahrheit eingehen? Dann projiziere jetzt deinen Herzensstrahl auch zur Decke dieses heiligen Tempels. Wenn es Seelenwahrheit im Sinne des höchsten Lichtes ist, werden sich die beiden Strahlen treffen und miteinander verschmelzen."
Ich spürte, wie sich mein Herzchakra öffnete und mein hellblaugoldsilberner Herzensstrahl direkt zur Decke lief und auf Sonkes Herzensstrahl traf. Die beiden Strahlen wurden immer intensiver und stärker, sodass bald der gesamte Altarraum mit unserem Herzenslicht ausgefüllt erleuchtete. Siam lächelte. „Dann bitte ich euch jetzt eure Ringe einander zu geben."
Sonke verneigte sich, kniete sich nieder, steckte mir den Ring an den mittlern Finger der linken Hand und sagte: „Ich schwöre der Göttin in dir meine Wahrheit und Treue."
Seine Liebe überströmte durch den Ring meinen gesamten Körper, sodass ich leicht hin und her schwankte. Dann nahm ich vorsichtig den anderen Ring, verneigte mich, kniete ebenfalls nieder und steckte diesen an seinen Mittelfinger der rechten Hand. „Ich schwöre dem Gott in dir meine Wahrheit und Treue."

Unser gemeinsames Herzenslicht hatte sich inzwischen weit über den Tempel hinaus ausgedehnt und mit seinem Licht in die ganze Stadt hineingewebt. Ich konnte jedes Wesen und jedes Haus spüren. Wir alle waren in fließender Liebe miteinander verbunden. Sonke küsste mich und Engel Raphael legte währenddessen ein Segensornament um uns. Die Anwesenden im Tempelraum klatschten und die Kristallglocken begannen wieder zu singen. Alle stimmten ein. Engel Raphael sprach ein Segensgebet für alle Planeten im Universum.
Nun durften wir langsam den heiligen Tempel verlassen. Wir wurden von allen beglückwünscht und mit vielen Segenswünschen überhäuft. Unsere ganze Familie zog durch die Elfenstadt. Atonas, Elina, Engel Raphael und Siam segneten währenddessen jedes einzelne Wesen.
Wir wanderten zur großen Wiese, auf welcher sich wieder alle versammelten, genauso wie bei dem Gericht der Lichtkonzile. Nun begannen die verschiedenen Wesen ihre Gesänge und Tänze zu zeigen. Alle auf einmal und doch verwebten sich die Töne, wie ein Meer aus bunten Farben und Lichtern tief melodiös miteinander. Diese Gesänge und Tänze dauerten Stunden.
Mein Vater, Arena, Elos, Teas, Atonas, Elina, Siam, Wli und Mister Al`Aneuis traten nun zu uns. Der Präsident der Lichtkonzile verneigte sich und sagte: „Ich wünsche euch alles Gute. Möge die Kraft eures Lichtes euch in guten und bösen Tagen Segen sein."
Wir bedankten uns.
Siam überreichte einen kleinen goldenen Stern mit den Worten: „Möge dieser über eure Seelen wachen, während ihr schlaft."
Am Leuchten des Sternes konnte man erkennen, dass diesem eine besondere Kraft innewohnte. Ich umarmte Siam mit meinem Herzensstrahl und verneigte mich. „Danke Siam! Ich werde dich in meinem Herzen tragen."
Nun trat mein Vater näher zu uns: „Ich habe euch auch ein Geschenk mitgebracht. Allerdings weiß ich noch nicht, ob ihr es bei euch benutzen dürft."
Wli, der neben meinem Vater stand, holte nun aus seiner Tasche ein kleines Päckchen und überreichte es uns. Es war hübsch eingepackt. Wir öffneten es und waren erstaunt. Es enthielt ein kleines Mini-Ufo.
Wir gingen mit meinem Vater, Wli, Elos und unserem kleinen Geschenk ein Stück weiter hinter die Wiese. Dann holte Elos eine

Fernbedienung aus seiner Tasche und betätigte einen Knopf. Das Ufo wuchs und wurde größer. Wir staunten und Sonke flunkerte: „Du kannst uns doch nicht ein Flugobjekt schenken! Es ist uns doch verboten, fliegende Untertassen zu benutzen."
Mein Vater antwortete: „Es ist auch nur für den Notfall. Den Dimensionswechsler haben wir ausgeschaltet. Aber das Schiff kann sich unsichtbar machen. Es ist auch nur für 6 Personen gedacht. Ich habe Gina vor ein paar Jahren eine Flugausbildung für Flugobjekte gegeben. Ich hoffe, sie wird sich daran erinnern."
Ich umarmte meinen Vater: „Vielleicht wird es dann nur als Schmuck auf unserem Altar stehen."
Mein Vater lachte: „Ihr müsst schon darauf acht geben, dass niemand aus Versehen die Fernbedienung betätigt."
Alle lachten herzlich. Sonke, Wli, Elos und mein Vater sahen sich das Schiff von Innen an, während Teas zu mir trat: „Meine geliebte Gina. Ich wünsche dir alles Glück des Universums."
Er legte mir ein diamantenes Licht in die Hände, welches sich immer mehr zu einem Stein verdichtete. „Er wirkt auf Körper und Geist klärend und heilend. Lege ihn für ein paar Minuten in klares Wasser und trinke es dann. Du wirst erstaunt sein!" Teas umarmte mich fest. Ich spürte unsere tiefe Verbindung und Liebe.
Währenddessen trat Arena zu uns. Sie schaute mit ihren einfühlsamen Augen tief in meine Seele und ich fühlte mich seltsam berührt. Als öffnete sie in mir ein lange verborgen gehaltenes Geheimnis. Sie nahm meine Hände und sprach behutsam: „Geliebtes Wesen der Liebe und des Lichtes. Wir sind vereint im Herzen von Suidinier. Ich bin die Wächterin über die Tempelträumer. Ich beschütze euch. Wisst, dass ich im Hologramm von Suidinier immer lesen kann, was gerade geschieht. Ich möchte dir das Wissen mitgeben, dass ihr auch jetzt immer noch Visionen träumt. Ich weiß, dass du damit noch nichts anfangen kannst, aber du wirst dich erinnern, wenn es Zeit dafür ist. Träume können alles verändern! Die Liebe und Reinheit des Herzens sind ausschlaggebend. Ich bin in jedem Augenblick bei euch als das glänzende Licht. Ich bin Hoffnung und ich bin Liebe."
Mit diesen Worten verneigte sie sich vor mir und ging wieder zu den anderen Hochzeitsgästen.

Mein Vater, Wli, Elos und Sonke kehrten vom Raumschiff zurück. Ihre Augen leuchteten und wir liefen alle zurück zur Wiese.
Die Gesänge dauerten noch immer an. In der Mitte der Wiese hatte sich inzwischen ein Lichtraum gebildet. Atonas flüsterte uns zu: „Wenn ihr wollt ist dieser Raum für eure Hochzeitsnacht."
„Was?", fragte ich skeptisch. „Hier auf der Wiese?", vollendete Sonke meine Frage.
„Das Licht dort ist ein geschützter Raum. Seht es euch an! Ihr seid begleitet von den Gesängen des gesamten Universums. Es ist fast wie in Suidinier."
Atonas berührte mich leise: „Wir werden uns jetzt zurückziehen. Entscheidet selbst, wo ihr diese Nacht verbringen möchtet. Wir sehen uns morgen zum Frühstück."
Sonke küsste mich und sagte vertraut: „Wir sollten es uns wenigstes mal ansehen. Wie ich meinen Vater kenne, ist es ganz bestimmt etwas Besonderes!"
Wir gingen also ins Licht hinein und ein wunderbarer Raum webte sich vor unseren Augen auf, so dass wir dessen Entstehung genau beobachten konnten. Mit der Zeit bemerkten wir, dass dieser Raum genau das entstehen ließ, was wir gerade in Gedanken hatten! Sehr erstaunlich erschien es mir, als meine Gedanken augenblicklich zu Materie wurden, aber auch gleichzeitig wieder verschwanden, sobald ich aufhörte zu denken!
Wir spielten viele Stunden herum und waren überrascht, wie dieser Raum zum Tempel unserer gemeinsamen Gedanken heranwuchs. Wie ein großes Kino zum Anfassen, wirklich und unwirklich zugleich.
Als wir müde wurden, nähte das Licht uns ein rundes Nachtlager und natürlich auch ein Badezimmer. Die Gesänge des Universums webten sich immer wieder durch unsere Sinne. Sie erhellten unsere Herzen mit ihren lichtvollen Klangmustern. In vollkommener Liebe verschmolzen nun auch unsere Körper und ich spürte, dass wir eine neue Einheit bildeten.

Sonke Jar - Tagebucheintrag 13

Abschied und Tempelträume

Wir schliefen weich gebettet in einer riesigen Halbkugel, welche sich immer schneller drehte. Sie bestand aus dunkelrostigen Farben. Die andere Hälfe der Halbkugel senkte sich über uns herab und verschloss unser Nachtlager zur dichten Kugel. Ich schaute zu Gina. Sie schlief wie im siebten Himmel.
Die verschlossene Kugel konnte ich auch von außen betrachten. Mir wurde bewusst, dass ich träumte. Die Kugel begann sich immer schneller zu drehen und wechselte ihre Farbe nun in ein helles Gold. Das Drehen wurde noch schneller und ich vermochte sie kaum mehr mit meinen bloßen Augen zu erfassen. Dann begann die Kugel weißgoldenes Licht in alle Richtungen abzustrahlen. Es wurde so hell, dass es den ganzen Raum ausfüllte und ich für den Augenblick nichts mehr wahrnehmen konnte.
Durch eine erweiterte Perspektive, schaute ich von noch größerer Entfernung und sah, dass diese Lichtkugel sich wie ein Wirbel im Inneren des Planeten Erde drehte, welcher währenddessen langsam nach oben aufstieg. Nun explodierte die Kugel!
Diese Kraft versetzte den gesamten Planeten Erde in ein andauerndes Beben. Das goldene Licht der Explosion dehnte sich im gesamten Erdinneren aus. Die Erde bebte weiter.
Nach einiger Zeit begann das weißgoldene Licht durch die gesamte Oberfläche des Planeten zu strahlen. Ich sah, wie dieses Licht jede Pflanze, jedes Tier, jedes Haus und jeden Menschen durchleuchtete, während die Oberfläche der Erdkugel zu wandern begann. Das Innerste drehte sich nun abermals und wurde dabei immer schneller. Es war wie ein übergroßer Motor, welcher die Erdoberfläche von innen her antrieb und diese sich dadurch immer weiter verschob.
Ich dachte an Gina. Sie war doch im Innersten der ersten Kugel! War diese nicht eben explodiert? Ich versuchte meinen Körper zu fühlen und bemerkte wieder, dass ich träumte und auch im Inneren dieser Kugel lag! Das beruhigte mich ungemein und ich schaute wieder gelassen zum Planeten Erde.
Jetzt sah ich einige Flugobjekte kommen, welche schnell auf der Erde landeten. Viele Wesen aus anderen Dimensionen fanden sich nun auf der Erdendimension ein. Das goldene Licht war

dabei, um die Erde herum eine Art Atmosphäre zu bilden und zu verweben. Diese außerirdischen Wesen halfen dabei das goldene Licht der Atmosphäre mit dem Licht, welches aus dem Erdinneren strömte, strukturiert zu verbinden. Dies alles geschah in Sekundenschnelle. Je mehr Licht von den Wesen verbunden wurde, desto mehr beruhigte sich das innere Beben der Erde.
Mir ist bewusst, dass ich gerade eine mögliche Zukunft träume. Doch, wo sind wir in dieser Zukunft?
Mein Blick vertiefte sich zu einem ganz bestimmten Punkt auf dem Planeten und es zog mein Bewusstsein hinein. Wir befanden uns in einem geschlossenen Raum. Seine Form sah rund und silbern aus. Ich vermutete, dass wir uns in einem Raumschiff befanden. Ich sah Gina und mich, Hand in Hand da sitzen. Lit, Sirina und Anton waren auch dabei. Sirina hatte einen riesigen Bauch und bekam gerade Wehen.
Ich sah, wie ein Kind auf der Energiestation im Raumschiff zu Welt kam. Wli und Elos lächelten. Dann erhielten wir einen Notruf. Gina, Anton, Lit und ich stiegen aus dem Raumschiff in ein kleineres Flugobjekt um und flogen davon. Der Horizont vernebelte sich. Ich spürte meinen Körper...
...und wie ich wenig später aufwachte.
„Guten Morgen“, hörte ich Gina sagen. Ich zog sie zu mir und küsste ihre Lippen.
„Guten Morgen, Frau Jar.“ Ich grinste breit.
Sie kitzelte mich und antwortete: „He, wir haben keine Namen getauscht!“
Ich lachte und wollte flüchten. Dann warf sie mit dem Kopfkissen nach mir. Wir spielten und hüpften im Bett herum, welches sich, während mein Kissen Gina traf, zu einem großen Trampolin verwandelte. Ja! Ich staunte!
Ich war noch nie auf einem Trampolin! Wie ein Kind sprang ich einige Male hoch und ließ mich auf den Rücken fallen und kam dann wieder auf meinen Füssen zum Stehen, die währenddessen wie von selbst weiterhüpften. Wow! Das war ein Gefühl!
Gina verließ das Sprungpflaster und setzte sich in einen Sessel. Sie hatte sich einen hellen Morgenmantel umgeworfen und schaute mir zu. Ich versuchte einen Salto. Er klappte natürlich erst beim fünften Mal! Dann konnte ich gar nicht wieder aufhören, diese Luftpurzelbäume zu schlagen.
Gina lachte amüsiert und ich hob sie wieder aufs Trampolin. Ich küsste sie und sagte: „Das will ich zu Hause auch!“ Und wie ich

es sagte, verschwand das Trampolin und wir fanden uns frisch angekleidet und sogar frisiert auf der großen Wiese wieder.
Freunde und Familien erwarteten uns schon. Die neonfarbigen Elfchen hatten ein ansehnliches Elfenfrühstück bereitet. Ich hatte riesigen Hunger! Lit grinste mich schelmisch an und brummte: „Trampolinspringen macht Knast!"
Natürlich lachte der ganze Tisch und nun wusste ich, dass sie mich beobachtet hatten.
Es gab viele unterschiedliche Speisen, die aus Pflanzen und Früchten zubereitet waren. Elfenbrot und Elfenwein. Viele verschiedene Teesorten aus geheimnisvollen Blättern und Blüten. Natürlich den leckersten Kaffee, welchen ich bis dahin getrunken hatte! Ich genoss dieses elfische Morgenmahl mit all' meinen Sinnen. Als wäre es mein Letztes.
Mein Vater sagte liebevoll: „Ihr Menschen seid wunderbare Geschöpfe. Wie kleine Kinder. Manchmal wäre es für euch besser, das ganze Leben als Spiel zu betrachten. Es käme deinem Trampolinspringen gleich."
Gina fragte amüsiert: „Was meist du damit?"
Atonas lächelte: „Ach weißt du, wenn ihr alles nicht so bitter ernst nehmen würdet, dann wäre euer Leben im ständigen Überfluss und in Freude. Niemandem käme in den Sinn, einem anderen Wesen zu schaden. Schau mal, wir sind auch Wesen der Freude. Liebe und Freude sind eine Energiekombination der Leichtigkeit."
Nun erhob sich Mister Ai. Er hielt sein Glas mit dem Elfenwein nach oben und lachte: „In diesem Sinne wünsche ich euch ein glückliches von Freude erfülltes Leben!"
Dann leerte er sein Glas.
Inzwischen hatte sich die Wiese mit den Einhornherden gefüllt. Sie waren gekommen, um sich von uns zu verabschieden. Dann tauchte Mister Al'Aneuis auf. Ich spürte, für uns wurde es Zeit, Abschied zu nehmen.
Atonas und Elina brachten unsere Geschenke. Elina deutete auf ein goldenes Tuch und sagte: „Dies ist eure Elfenhauseinrichtung. Wenn ihr das Tuch öffnet und in die vier Himmelsrichtungen aufschlagt, dann installiert sich die Inneneinrichtung von selbst. Wenn ihr sie wieder abbauen möchtet, dann nehmt das goldene Tuch und zieht es zu euch aus den vier Himmelsrichtungen hin."
Gina nickte und fragte Elina: „Was war das für ein Raum heute Nacht?"

Elina lächelte uns an. „Es war ein Traumraum. Es existiert so ein Raum im Tempel Suidinier. Wir haben versucht, ihn nachzuempfinden. Oder besser gesagt, *wie er in unserer Vorstellung existiert.* Ein Traumraum in einer heiligen Verbindungsstätte öffnet sich nur den Tempelträumern."
Ich erinnerte mich und sagte: „Ich hatte einen Zukunftstraum heute Nacht," und mein Herz schlug schneller.
Atonas antwortete andächtig: „Einen möglichen Zukunftstraum. Alles ist variabel. Die Energien erneuern sich ständig. Ihr müsst auf euch acht geben. Besonders auf eure Träume. Sie sind nicht weniger real. Ihr seid die Tempelträumer."
Aus der Sicht meines Vaters wusste ich wohl noch sehr wenig darüber, was es bedeutete, ein Tempelträumer zu sein. *Genauer gesagt, bin ich nur ein Teil des Träumers und Gina der andere Teil.* Wir hatten noch vieles zu erfahren und zu erforschen.
Nun trat Mister Al`Aneuis zu unseren Tisch. „Guten Morgen. Ich wollte mich nur verabschieden. Melek Leeis Ai hat den Auftrag von den Konzilen des Lichtes erhalten, euch mit der SHIMEK heute Abend sicher zurück auf die Erde zu bringen." Er verneigte sich vor uns und verschwand. Ich wunderte mich, dass alles so friedlich verlief. Die Engel im Universum schienen einen großen Einfluss zu haben und alle Wesen folgten ihrem Rat.
Wir saßen bis in die frühen Abendstunden auf der Wiese. Mister Ai hatte sich schon am zeitigen Nachmittag von uns entfernt, um das Raumschiff vorzubereiten. Es schwebte bereit für die Abreise direkt über uns.
Mein Vater drückte mich an sich. „Mein geliebter Sohn. Wir werden uns bald wieder sehen."
Wir verneigten uns.
Gina und Elina lagen sich in den Armen. „Ich werde dich so sehr vermissen", hörte ich Gina seufzen.
Elina streichelte über ihre von Tränen geröteten Wangen: „Zeit existiert in Wahrheit nicht, liebe Gina, deshalb gehen wir heute eigentlich auch gar nicht auseinander. Nur in Eurer menschlichen Empfindung fühlt es sich an wie eine Trennung. Eigentlich gibt es das nicht. Im Herzen bleiben wir verbunden."
Um uns den Abschied zu erleichtern, nahm ich Ginas Hand. Gemeinsam rannten wir fröhlich noch einmal zu den Einhörnern. Wir streichelten sie und empfanden dadurch einen unendlich tiefen Frieden, welcher mit großer Leichtigkeit angefüllt war.

Von der Ferne winkte uns Arin fröhlich zu. „Auf Wiedersehen ihr beiden!"
Wir winkten zurück und gingen langsam Richtung Raumschiff. Man hatte extra für uns eine Treppe aus Licht verdichtet, welche uns automatisch nach oben ins Schiffinnere fuhr. Die ganze Elfenstadt winkte uns zu. Ein bunter Blütenregen fiel vom Himmel. Unsere Herzen waren sehr berührt und wir verneigten uns noch einmal gemäß dem Brauch der Lichtwesen. Dann schlossen sich die Decks der SHIMEK automatisch.
Wir saßen in weinroten, aus Licht verdichteten Sesseln und schwiegen. Es war vorerst unser letzter Flug.
Teas harkte in meine Gedanken ein: „Ihr dürft schon fliegen, nur keinen Dimensionswechsel vornehmen."
Ich fragte: „Und was machen wir jetzt gerade?"
Teas antwortete: „Wir fliegen auf dem direkten Weg, ohne eine Dimension zu wechseln. So wie wir euch her gebracht haben."
Ich fragte weiter: „Heißt das, auf diese Weise wäre es uns erlaubt, ins Elfenland zurückzukehren?"
Teas antwortete: „Ja, schon. Leider ist dieser Weg nur zwei mal zwei Wochen im Jahr ohne die Dimensionsschleier geöffnet. Wir wissen auch nicht, ob es so bleiben wird. Das Magnetfeld der Erde und der anderen Planeten verändert sich täglich."
Ich lehnte mich beruhigt zurück. Auf diese Weise könnten wir ja zweimal im Jahr in die Elfenstadt zurückkehren.
Gina legte ihre Hand auf meine und flüsterte: „Du machst dir zu viele Gedanken."

GINA AI - Tagebucheintrag 14

Eingewöhnungswochen auf der Erde

Ich saß an einen Baum gelehnt in meinem Garten. Es war ungewöhnlich warm für diese Jahreszeit und ich fühlte mich frei. Frei von allem, was mich die letzten Monate und Jahre belastet hatte. Wie ein Kind empfand ich das Leben zum ersten Mal in dieser Zeit auf der Erde in so einer tiefen, bewussten und spielerischen Schönheit! Völlig frei von emotionalen Weltschmerzen. Dabei befanden wir uns *gerade jetzt* in einer Zeit, in welcher sehr viel auf dem Planeten im Umbruch und Chaos lag. Bürgerbewegungen in nahezu allen Ländern auf der Erde! Viele Naturkatastrophen auf allen Kontinenten. Menschen, die für Veränderungen und ein neues Leben auf der Erde kämpften. Andererseits viele Menschen, die alles dafür taten, ihre Macht zu behalten.

Aber es war nicht unsere Aufgabe, uns in irgendeiner Form ins Weltliche einzumischen. Wir durften es beobachten und mitfühlen. Gemeinsam mit unseren außerirdischen Seelengeschwistern bereiteten wir uns auf eine neue Ära auf der Erde vor. Natürlich waren wir auch für die Menschen da, die sich bereit zeigten, einen neuen Weg zu beginnen. Unsere geistigen Fähigkeiten durften wir gezielt einsetzen, aber ohne in das Bewusstsein eines Menschen einzugreifen. Ein jeder Mensch musste selbst diesen Weg aus den Hindernissen von Macht, Manipulation und Krieg herausfinden. Bewusst heraustreten aus Ängsten, Zweifeln und den alten Wegen von Unterdrückung, Armut und Krankheit. Wir gaben die Möglichkeiten und Anleitungen dazu. Es ging um Verantwortung. Verantwortung für den Planeten Erde. Ein jeder Mensch trug sie im Herzen. *Denn die Erde ist der Lebensraum für die Menschheit.* Würde dieser zerstört werden, bliebe das nicht ohne Konsequenzen für das gesamte Planetensystem des ersten Universums. So mussten die Menschen lernen, bedingungslos ihrem Herzen zu vertrauen und in ihren Handlungen der inneren Stimme zu folgen.

Tief in meiner Seele habe ich nie verstanden, warum die Menschen so Vieles tun, das dem Planeten und ihnen selbst Schaden zufügt. Die Zeit ist gekommen, für Akzeptanz, Bewusstwerdung und Verantwortung.

„Gina?“ Sirina rief mich ins Haus. Wir hatten eine Bauplanbesprechung mit den Handwerkern für das neue Haus. Es sollte innerhalb von zwei Monaten bezugsfertig sein. Wir hatten beschlossen, vorerst alle bei mir auf dem Grundstück zu bleiben. Durch die nah gelegene Perlenwiese hatten Sirina und Anton eine gute Anbindung in die anderen Dimensionen. Natürlich wussten wir nie, ob wir nicht doch unsere Zelte plötzlich abbrechen müssten. Doch vorerst sollte das Haus gebaut sein, damit Sirina und Anton ihren eigenen Raum für sich hatten.
So zogen die Wochen ins Land. Der Frühling kam. Anton und Sirina wurden zu richtig guten Freunden. Da wir nicht mehr durch Dimensionstore reisen durften, waren sie außerdem unsere Verbindung zur Anderswelt.
Mir wurde in dieser Zeit sehr bewusst, dass ich Sonke als Menschen erst jetzt richtig kennenlernte. Auch wenn mir die Seelenwelt und -Verbindung mit ihm immer sehr vertraut vorkam, blieben doch im Menschsein die vielen Jahre verloren.
Wir hatten viel gemeinsame Freude und ich genoss jede Minute, die wir für uns hatten. Es gab jede Menge zu entdecken, zu erzählen oder manchmal auch einfach nur gemeinsam still zu sein. Dinge, die mir in meinem bisherigen Leben nie Freude machten oder einfach nur unwichtig waren, wurden nun zu einer gemeinsamen Entdeckungsreise. Dies betraf vor allem die ganz einfachen und alltäglichen Arbeiten eines Menschenlebens. Noch nie in meinem Leben habe ich übermäßig viel gekocht oder dafür eingekauft. Ich lernte von Sonke schnell, wie man das Leben wirklich bewusst genießt und mit dem Körper fühlt. Für mich allein hatte ich diese Erdung nie gefunden. Doch auf Sonkes Spuren wurde das alltägliche Leben zur harmonischen und freudvollen Sinfonie, der es vor allem an Kreativität und Liebe niemals fehlte. Eine Außerirdische, wie ich, brauchte wohl tatsächlich diese *Einweihung ins menschliche Leben*. Auch dafür war Sonke genau der richtige Partner.
Ich suchte in allen Ereignissen tiefe Verbundenheit und dieses Wohlfühlen. Egal, wo ich war oder was ich gerade tat. Jetzt lernte ich auch bei aller Alltagsarbeit diese tiefe Verbundenheit zu spüren. Sonke empfand große Begeisterung, während er mich in die Freuden des Lebens einweihte. Dies alles geschah bewusst und ohne an der Oberfläche lange Weile aufkommen zu lassen.
Ich trug keine Oberfläche, kein äußeres Gesicht, das ich maskiert hatte. Dazu empfand ich schon immer alles zu tief in meinem

Herzen. Was ich nicht empfinden konnte, existierte für mein Leben nicht. Dazu gehörten über all die Jahre auch sämtliche Hausarbeiten. Erst jetzt begriff ich, was die Menschen hier taten oder unterließen und warum es damit so viele Probleme in Partnerschaften und Beziehungen gab.
Wir fünf wuchsen zu einer lustigen Gemeinschaft. Es wurde uns allen zu einem gegenseitigen Bedürfnis, den anderen zu achten, jeden bei seiner Lernaufgabe zu unterstützen und auch das miteinander zu teilen, was uns selbst wichtig war. Jeder von uns hatte besondere Fähigkeiten und seine Art, diese kreativ umzusetzen. Wir alle zusammen ergaben ein einzigartiges Team. Jeder verfügte über Fähigkeiten, die sich gegenseitig ergänzten.
So dienten die Frühlingswochen auch dazu, uns aufeinander einzustimmen und seelisch und menschlich tief auszutauschen.
Bereits nach 9 Wochen konnten Anton und Sirina ihr Haus beziehen. Auch sie hatten eine Inneneinrichtung ihrer Familien von Andromeda mitgebracht. Das Haus war offen und sehr geräumig gebaut. Es bestand im Grundmaterial aus Holz mit viel Glas. Auch hier gab es einen offenen Kamin und einen herrlichen Wintergarten. Das Haus wurde zwischen die alten Bäume gebaut, sodass genügend Schatten im Sommer das Glasdach bedeckte.
Beide Häuser waren an einen eigenen Brunnen angeschlossen und die Heizungssysteme liefen in der Wärmeerzeugung über Erdwärme. Einige Solarzellen auf unseren Dächern versorgten uns mit Strom. Zumindest sollte es vorgetäuscht so aussehen. Denn eigentlich wurden wir durch ein Energiesystem aus der Elfenstadt mit freier Energie versorgt. Das Einzige, was wir nicht hatten, war Handyempfang. Aber ich war mit meiner empfindlichen Frequenz ohnehin sehr froh darüber, keinen Mikrowellenstrahlungen ausgesetzt zu sein. Aber man staune: ein Internetzugang mit Kabeln existierte im Haus! Sonke stöberte oft im Netz herum, während ich lieber bei meiner telepatischen Kommunikationsform blieb, die ich auch gerne für alle wichtigen Informationen von der Erde einsetzte.
Aber natürlich erinnerte ich mich auch daran, dass ohne *die e-mail für mich*, vielleicht Sonke niemals zu mir gefunden hätte! Jedenfalls entschuldigte er sich damit immer mal wieder, gerade dann, wenn er stundenlang im Internet stöberte und selbst Augen wie ein Bildschirm bekam.

Inzwischen war der Mai gekommen. In einer sternenklaren Nacht hatte ich auf einmal das Gefühl von unendlicher Leere. Alles war getan, was getan werden sollte, um uns hier für die nächsten Monate einzurichten. Sogar die Nahrungsmittelvorratsspeicher zeigten sich gut gefüllt. Einen genauen Plan kannten wir alle noch nicht. Dennoch war die große Leere in mir das Zeichen dafür, dass wir diesen Plan sehr bald kennenlernen würden.
Ein paar Tränen verließen meine Augen und ich kuschelte mich zu Sonke ins Bett. Plötzlich vernahm ich ein seltsames Geräusch. Es kam von draußen, vielleicht aus dem Garten. Ich spähte vorsichtig zu Sonke rüber, um nachzusehen, ob er schon schlief. Wenig später entstand aus diesem Geräusch ein wildes Schreien, wie von einem wilden Tier, welches sich in Gefahr befand.
Ich sprang aus dem Bett, warf mir den Morgenmantel über und rannte die Treppen hinunter. Ich öffnete vorsichtig die Haustüre. Es war Stille. Sonke der mir auf leisen Sohlen gefolgt war, schaltete einen von den übrig gebliebenen Baustellenscheinwerfern an.
Wir erleuchten damit das gesamte Grundstück, jedoch ohne etwas zu sehen. Ich musste lächeln. Noch nie war ich nachts mit einer Lampe oder einem Scheinwerfer nach Draußen gegangen. Mein Gefühl und meine Hellsichtigkeit führten mich. In den letzten Wochen vergaß ich manchmal, dass ich diese Fähigkeiten überhaupt hatte! Die Einweihung ins Erdenleben nahm sehr viel Raum ein.
Sonke lächelte verschmitzt: „Wird Zeit mein Schatz, dass wir wieder mehr in unsere Fähigkeiten zurückfinden. Zuviel Körperkontakt und Baustellengefege macht grob und träge.“ Er zog mich zu sich und küsste mich. Ich antwortete amüsiert: „Hm, wir können ja ab sofort unsere Schlafzimmer teilen.“
„Du meinst, wir haben dann zwei Schlafzimmer?“ Er grinste breit.
Ich wusste worauf er hinaus wollte und sagte: „Nein! Also ich meine kein Schlafzimmer mehr. Kein Gemeinsames.“
Er bemerkte natürlich, dass ich es nicht ernst meinte: „Es ist ja möglich, dass wir noch mehr zu unseren Ahnen werden und bald nicht mehr schlafen müssen. Ich finde Liebe hier zwischen den Bäumen zu machen ohnehin viel romantischer.“
Ich sah zu ihm auf und sagte belustigt: „Woran du schon wieder denkst...“

Er nahm mich noch fester in seine Arme und antwortete: „Du weißt ja, meine schwächste Stelle."
Er küsste mich sanft und tief. Ich antwortete flüsternd: „Dann solltest du aber mal den Scheinwerfer ausmachen..."
Das Licht löschte sich in dem Augenblick von selbst, als ich es sagte. War das der Energiewechsel? Es fühlte sich fast so an wie ein außerirdisches Raumschiff. Ich schaute sofort zum Haus rüber. Doch das Licht brannte.
Dabei hörte ich ein leises Wimmern und Weinen. Ich nahm Sonke an meine Hand und wir erkundeten vorsichtig den Garten. Ich spürte deutlich, dass etwas an der großen Eiche war.
Je näher wir der Eiche kamen, desto lauter wurde das Weinen. Sonke schaltete vorsichtig die Taschenlampe ein. Wir sahen ein Waschbärenjunges. Es hockte ängstlich neben seiner leblosen Mutter.
Was war geschehen? Das Waschbärenjunge versteckte sich hinter dem Kadaver. Ich fühlte, dass seine Mutter an einem vergifteten Nahrungsmittel gestorben sein musste. Die Seele des jungen Waschbären berichtete mir, dass sie beide mit letzter Kraft den ganzen Tag lang umhergeirrt und ein gutes Zuhause gesucht hätten.
Der junge Waschbär versteckte sich und zeigte natürlich erst einmal große Angst vor uns. Ich holte etwas Schafsmilch aus dem Haus und verdünnte sie mit reichlich Wasser. Damit lockte ich ihn näher zu mir. Vorsichtig nippte er am Schüsselrand. Ich begann leise mit ihm zu sprechen: „Wenn du möchtest darfst du bei uns bleiben. Wie heißt du denn?"
Wir erhielten keine Antwort. Das Junge war noch zu sehr verstört. Es hatte gerade erst seine Mutter verloren. Und was das bedeutete, konnte ich nur allzu gut mitfühlen!
Sonke baute unserem kleinen Gast eine Notunterkunft aus Karton und Heu. Ich legte einen zusätzlichen Schutz um unseren Garten. Dieser sollte das Waschbärenjunge in eine besonders mütterliche Geborgenheit hüllen.
Wir begruben den toten Körper der Waschbärin Richtung Westen am Zaun. Lit tauchte auf und brachte uns den Samen eines Baumes aus der Elfenstadt. Wir steckten ihn auf das Grab.
Das Waschbärenjunge war uns gefolgt. Wir stellten seine Notunterkunft dicht neben das Grab. Ich fühlte die Dankbarkeit hinter seinen traurigen Augen. Es würde ein paar Tage dauern, bis es bereit war, sein eigenes Leben zu beginnen.

So bekamen wir einen neuen Mitbewohner. Ich möchte dazu erwähnen, dass in meinem, jetzt unserem Garten, viele Tiere ihr Zuhause hatten. Verschiedene Vögel, eine große Mäusefamilie, ein Igelpärchen, ein Eichhörnchenpärchen, Wildhasen, eine Ringelnatter und ab und zu ein paar Rehe, Füchse oder Wildschweine, die Schutz vor den Gewehren des Försters suchten. In meinem Garten mussten sich die Tiere nur an ein Grundgesetz halten: Keines durfte ein anderes töten! Manchmal verirrte sich eine Katze aus dem Nachbarort zu uns. Sie verstand überhaupt nicht, wieso sie bei uns keine Mäuse fressen durfte.
Sonke hatte zwischenzeitlich eine alte Matratze und dicke Wolldecken in den Garten getragen. Er flüsterte: „Ich glaube, wir sollten mal wieder unter freiem Himmel schlafen."
Ich antwortete: „Das ist ein wunderbare Idee. Wie im Elfengarten! Dann ist unser Waschbär nicht so allein."
Wir kuschelten uns zusammen und sahen in die Sterne. Ich fühlte, dass Sonke sich in diesen Augenblicken sehr nach Atonas und dem Elfenland sehnte. Ich vermisste das Elfenland auch. Zum Glück hatten wir uns! Als Teil der Anderswelt vermochten wir diese einzigartige Welt in unseren Herzen immer miteinander zu teilen. Natürlich: In manchen Momenten blieb die Sehnsucht. Aber was wären wir ohne unsere Sehnsucht?
Tief in mir spürte ich ein leichtes Kribbeln. Eine Vorfreude, eine leise Ahnung?

Sonke Jar - Tagebucheintrag 15

Neue Erfahrungen

„Es ist Zeit mein Sohn, dass ihr beginnt den Menschen fühlbare Kontakte zu uns zu vermitteln."

Ich freute mich, dass mein Vater in meinem Gedankenkanal zu mir sprach und antwortete: „Schön, dass du da bist! Wie können wir das tun?"

Atonas antwortete: „Ich möchte, dass ihr beginnt, eure Fähigkeiten den Menschen zur Verfügung zu stellen, damit sie sich ihrer Seele bewusster werden und zu sich selbst finden. Wie bei dir warten in ihnen viele innere Geheimnisse, welche entdeckt werden möchten! Dabei darf auch in ihren Herzen viel Heilung geschehen! Ihr werdet sie bei den Schritten zu ihrer Seele begleiten und wir werden euch die dafür notwendigen Energien und Informationen zur Verfügung stellen."

„Hast du auch schon eine Idee, wie wir das anstellen sollen?", fragte ich gespannt.

„Ihr sollt für die Menschen erreichbar werden. Mir erscheint es wichtig, dass ihr alle vier gemeinsam wirkt, damit sich die lichtvolle Kraft tief ausdehnt. Du darfst zuerst mit mir und Elina arbeiten. Gina mit ihrem Vater, den Lichtschiffen und den venusianischen Energien. Ihr werdet unsere Informationen durch euch an die Menschen weitergeben. Anton und Sirina werden euch verstärken und auch den physischen Kontakt zu uns aufrecht halten, indem sie immer wieder zu uns reisen. Auf diese Weise werden sich die Verbindungen zwischen uns und den Menschen immer tiefer und weiter vernetzen."

Ich sah Vater vor meinem inneren Auge. Seine tiefe und sanfte Liebe berührte fließend mein Herz. Ich fragte mich dennoch, wie das aussehen sollte, wenn ich die Energien des Elfenlandes weitergab. Gern hätte ich sofort eine Probestunde gehabt!

Mein Vater sagte: „Wir können gleich etwas ausprobieren, wenn du möchtest. Geh dazu hinaus in den Garten. Es wächst im hinteren Teil ein kleiner Strauch mit gelben Johannisbeeren. Er ist krank und hat noch nie Früchte getragen. Lege deine Hände um seinen Stamm."

Sofort stand ich auf, ging hinaus zum Johannisbeerstrauch und legte meine Hände um sein dünnes Stämmchen.

Atonas sprach weiter: „Öffne bewusst das Energiefeld über deinem Kopf. Es ist das Kronenchakra. Empfange mich von da aus bewusst. Spüre, wie die Energie der Liebe in dein Herz fließt und durch deine Mitte weiterströmt zu Füssen und Händen."
Also öffnete ich mit meinem Bewusstsein die Energie über meinem Kopf. Eine sanfte Welle von Liebe und Wärme durchströmte auf der Stelle mein gesamtes System. Ich spürte, wie sie aus meinen Füssen direkt in die Erde floss und dann aus meinen Händen in das Bäumchen. Der sanfte Strom wurde immer stärker und intensiver. Ich begann Farben und Geometrien zu sehen.
Dieser Energiestrom verstärkte sich noch weiter und fühlte sich leicht wässrig und wohlig warm an. Ich bemerkte, wie ich mich immer mehr auflöste und meine Körpergrenzen kaum noch spürte.
Mein Vater ermahnte mich: „Bleib bei dir in deinem Herzen. Fühle, wie sich der Energiestrom in den Strauch hineinbewegt und alles in ihm mit diesem Licht aufgefüllt wird. Spüre deine Hände und deine Füße!"
So fühlte ich meine Hände wieder und langsam auch meinen gesamten Körper. Ich begann zu zittern. Der Energiestrom erfasste mich immer mehr.
Atonas fügte hinzu: „Lass die Energie nur zum Strauch und zur Erde fließen. Halte sie nicht in dir fest. Du bist wie ein Überträger und leitest diese Information weiter. Diese Energie ist nicht für dich bestimmt, sondern für den Johannisbeerstrauch. Stell dir vor, du bist ein Postbote des Universums. Du baust eine Brücke zwischen uns und den Menschen. Du trägst zwar keine Briefe aus, aber so ähnlich ist es, wenn du eine Information von uns zu einem bestimmten Zweck zur Erde weiterleitest."
Ich bemerkte, wie sich das Bäumchen mit Licht füllte und das Zittern in mir weniger wurde. Tatsächlich spürte ich mich jetzt wie eine Art Lichtröhre, durch welche der Liebesstrom ungehindert fließen konnte. Langsam kehrte ich in mein klares Bewusstsein zurück. Der Energiestrom hörte von selbst auf zu fließen, nachdem der Strauch genug Licht eingesaugt hatte.
Atonas sprach weiter: „Jetzt folgt ein grünes Licht. Ziehe damit einen Schutzkreis um das Bäumchen und versiegle es mit dem geometrischen Ornament, welches ich dir jetzt gleich übermitteln werde."

Ein tiefgrünes Licht kam über meinen Kopf und floss wieder durch meine Hände. Ich zog mit meinen lichtdurchfluteten Händen einen Kreis um den Strauch. Dann erschien ein goldenes Ornament in meinem dritten Auge. Es hatte die Form von mehreren Achten, welche zusammengefügt einen Kreis bildeten. Ich projizierte es aus meinem dritten Auge auf den grünen Lichtkreis und sah wie sich die Farben zu einer Schutzschicht versiegelten. Ich tastete es mit meinen Händen ab. Es fühlte sich wirklich kraftvoll an und besaß eine Art feinstoffliche Festigkeit.
Ich verfolgte in meinen inneren Augen Atonas' Lächeln: „Sehr gut! Der Strauch wird dieses Jahr wundervolle Früchte tragen."
Ich fühlte mich sehr leicht und glücklich: „Danke Vater. Kann ich jetzt alles auf diese Weise heilen?"
Atonas antwortete: „Grundsätzlich ja, mein Sohn. Vergiss nur dabei nicht, du bist der Bote, die Brücke! Jedes Lebewesen hat seine eigenen Codes, Geometrien, Klänge, Resonanzwirkfelder, Farben und so weiter in seine Blaupause geprägt. Deshalb ist es notwendig, dass du dich während deiner Brückenarbeit mit dem Wissen von uns oder Raphael verbindest. Diese tasten durch dich die Codes des Betroffenen ab und senden dir daraufhin die für den Zeitpunkt angemessenen Heilungsfrequenzen. Wichtig ist, dass du immer in Kommunikation mit uns bist, dass die göttlichen Energien der Liebe durch dich fließen und du während deiner Botentätigkeit nichts vom anderen Lebewesen in dich aufnimmst. Natürlich kann es manchmal, besonders am Anfang deiner Heilarbeit, passieren. Aber das sollte nicht die Regel werden! Also nimm jetzt deine Hände, mache sie in deinem Geiste magnetisch und lass sie über deine Aura gleiten. Du wirst sofort spüren, wenn sich dort fremde Energien verfangen haben. Deine magnetischen Hände werden diese fremde Energie sofort anziehen. Danach legst du sie auf den Boden und bittest Mutter Erde, sie für dich aufzunehmen. Der Rest ist dann ihre Arbeit."
Ich spürte, wie einige dunkle und schwere Farben in meinen Händen klebten. Wie mein Vater mir geraten hatte, legte ich sie auf den Boden. Ich fühlte, wie das Licht der Erde mir förmlich die fremden Energienklumpen aus den Händen zog. Ich bedankte mich.
„Atme nun bewusst in dein Herz. Spüre die Liebe deiner Seele. Dehne sie bis zu deinem eigenen Aurafeld aus. Atme Kraft und Schutz deiner Seele in deine Zellen und bitte sie, sich tief zu verankern. Bitte außerdem während deiner Arbeit mit den

lichtvollen Energien von uns den göttlichen Vater um seinen Beistand und bitte Mutter Erde um Schutz für dein physisches Leben."
Ich tat, was mein Vater mir übermittelte. Als ich fertig war, nahm ich um mich herum ein riesiges goldenes Schutzfeld wahr. Es glänzte in die vielen Farbschichten meiner Aura hinein.
Atonas bat mich: „Stelle diesen Schutz jeden Tag her! Sollte sich doch einmal eine Fremdenergie in dir festsetzen, dann entferne sie. Es ist unbedingt notwenig, dies zu tun, da sonst dein eigenes, dich selbst heilendes Energiefeld geschwächt wird. Wenn du es allein mal nicht schaffst, dann helft euch gegenseitig. Es ist sehr wichtig, dass eure Seelen, Auren und Körperfelder immer in einer klaren Schwingung bleiben. Du bist gefordert, sehr aufmerksam zu bleiben und allen Energiefeldern und Resonanzen mit großer Achtsamkeit zu begegnen. Manchmal, wenn du Energien nicht bemerkst, könnten sie sich festsetzen und du würdest im Körper starke Schmerzen bekommen."
Ich bedankte mich bei meinem Vater und spürte, dass die eigentlichen Lektionen und Lehren für mich erst jetzt begannen.
„Du trägst sie in dir, mein lieber Sohn. Sei einfach Bote und überbringe Energie und Information. Das ist schon alles. Diese Fähigkeiten hast du im Elfenland perfekt ausgebildet. Jetzt geht es darum, sie zu nutzen, um den Lebewesen auf dem Planeten zu helfen, ihre Seele zu erkennen und die Wahrheit und Liebe zu sich selbst zu finden."
Jetzt wurde mir Vieles noch klarer! Durch das Öffnen meines Kronenzentrums wurden alle menschlichen Gedanken automatisch beiseite geschoben. Die Schleier, über welche immer gesprochen wurde, waren unsere menschlichen Gedanken! Wurden sie als Ego bezeichnet?
„Mein Sohn, es gibt viele Schleier. Aber zur Öffnung der geistigen Kanäle für Informationsboten oder Heilungsfrequenzen sollte der Gedankenschleier beiseite gezogen werden. Dieser hängt dicht mit euren menschlichen Emotionen zusammen. Ihr werdet in eurer Arbeit mit den Pflanzen, Tieren und Menschen sehr viele interessante Erfahrungen machen. In diesem Sinne könnt ihr mit eurer Botenarbeit beginnen, denn alle eure Kanäle sind geöffnet."
Ich musste lächeln und wusste, dass Gina genau in dieser Arbeit seit Jahren wirke. Mein Vater fügte hinzu: „Sie wird sich nun verstärken, wenn ihr sie gemeinsam tut. Wendet eure Kraft

gemeinsam an. Dann könnten ähnliche Heilungen geschehen, wie auf der Energiestation eines Raumschiffes."
Ich war überwältigt und kniete für einen Moment nieder. Demütig dankte ich meinem Vater. Einen weiteren Lernschritt, in der Vervollkommnung meiner Heilungsarbeit, hatte ich in aller Leichtigkeit getan!
„Guten Morgen, mein Lieber. Hast du unseren kleinen Freund gesehen?" Gina küsste mich. Den Waschbären hatte ich schon fast wieder vergessen!
„Nein Schatz. Ich hatte gerade so eine intensive Begegnung mit meinem Vater."
Ich wischte eine Träne weg. Gina schaute zum Johannisbeerstrauch und bemerkte: „Ja, ich sehe es. Elina sagte mir immer, das Bäumchen würde wundervolle Früchte tragen, wenn wir uns gefunden haben."
Ich umarmte Gina. Eine tiefe seelische Wärme verband uns wie ein gemeinsames Geschenk, welches wir nur Stück für Stück auspacken durften. Ich spürte von überall her Liebe strömen und ausstrahlen. Von mir selbst, von Gina, der Erde, den Bäumen, den Gräsern, vom Himmel, von den Vögeln und vom Haus. Durch alles schienen die Worte der Liebe zu sprechen. Natürlich konnte ich sie nicht mit dem Verstand verstehen! Sie waren meiner Seele bestimmt. Ich war zuhause angekommen. Tief in mir selbst und ich fühlte über diese universelle Liebe nahe Verbundenheit mit dem gesamten Universum. In dieser Welt war eine innige Kommunikation möglich. Diese verlief nicht über den Verstand und doch verstand ich mehr als dieser! Ich spürte das vereinte Feld in mir. Es machte mich in diesen Augenblicken sehr glücklich, weil ich das Unaussprechliche fühlen konnte.

GINA AI - Tagebucheintrag 16

Beginn unserer Arbeit

Wir hatten unserem kleinen Waschbären den Namen Zunami gegeben. Sie war ein hübsches Waschbärenmädchen geworden. Langsam gewöhnte sie sich an ihr neues Lebensumfeld und wurde immer zutraulicher. Ich wollte darauf achten, dass sie lernte, wie ein wilder Waschbär zu leben und Nahrung selbst zu suchen. Zunami sollte kein Haustier werden. Sie musste lernen, in der Wildnis selbst zu überleben. Auch wenn sie vorerst in unserem Garten immer wieder Zuflucht suchen durfte. Manchmal stellten wir ihr ein paar Früchte vor die Türe. Am liebsten mochte Zunami Nüsse und Erdbeeren.

Es war noch früh am Morgen. Ich wurde von sanften Melodien meines Klaviers geweckt, in welche ich so gerne eintauchte. Während ich den Klängen lauschte, ging ich leise ins Badezimmer und dann zur Küche, um meinen Morgentee zu kochen. Das Frühstück stand bereits fertig auf dem Tisch. Ich spürte, wie tief Sonke in sein eigenes Klavierspiel versunken war.

Ich setzte mich in die Küche, nippte an meinem Tee und schloss die Augen. Langsam trugen mich die weichen Klangkombinationen immer tiefer in mein Herz. Sie berührten meine Seele und auch die Sehnsucht in mir. Ich fühlte sie so tief, wie noch nie zuvor. Wie von selbst begann meine Stimme aus der Tiefe meines Seins zu singen. Ich war dabei so innig ins höhere Bewusstseinsfeld eingebettet, dass ich mir selbst und auch Sonke zuhören konnte.

Ich sang mich tiefer und tiefer in die Ozeane meiner Seele und hatte irgendwann den Impuls aufzustehen. Ich ging hinüber zu Sonke ins Kaminzimmer. Meine Stimme floss noch tiefer mit den Klavierharmonien zusammen. Ich berührte durch die Töne hindurch jeden Winkel in meiner Seele und jeden Gegenstand im Raum. Sonke, das Haus, den Garten, die Erde. Es pulsierte immer mehr Energie und auf einmal begann ich in meiner Heimatsprache zu singen. Die akturianischen Silben verließen mein Herz und erhellten den gesamten Raum. Ich spürte, wie sich Sonkes Klavierspiel immer mehr mit meiner Stimme zu einer völlig neuen Klangform verwebte. Diese war von so tiefer, fließender Liebe durchdrungen, dass mir während des Singens Tränen aus den Augen fielen.

„Gina, gibt es etwas Besonderes? Wir haben deinen Gesang noch nie so deutlich und klar auf der SHIMEK empfangen." Mein Vater schien verwundert und ich antwortete in Gedanken: „Wir probieren hier grad was aus. Sonke spielt Klavier und ich habe mich mit meiner Stimme in die Harmonien hineingesungen. Vater! Es ist schön, dich zu hören. Ich vermisse dich!"
Mein Vater antwortete: „Ich vermisse dich auch, Gina. Ihr beide klingt bewundernswert! Wir könnten in diesen Klang auch unser Licht hineinweben. Dann würde die akturianische Energie durch deinen Lichtkanal bei euch auf der Erde sein."
Ich fügte hinzu: „Ja, vielleicht könnten die Menschen auf diese Weise die akturianischen Energien erfahren. Das wäre einen Versuch wert!"
Ich spürte nun die akturianischen Töne durch meinen Lichtkanal fließen. Über meine Stimme versuchte ich sie zu singen. Das Klangbild veränderte sich noch weiter. Auch Sonkes Spiel erneuerte seine Harmonien.
Wir gaben uns völlig dem Klang hin, bis wir nur noch die universelle Liebe in uns spürten und sie in die ganze Welt hinaus tönten.
Es war bereits Mittag, als Sonke plötzlich aufhörte zu spielen. Wir öffneten beide die Augen und sahen uns an. Etwas Neues wurde in uns geboren! Etwas an Tiefe und Weite, das selbst unser hohes Bewusstsein noch nicht direkt erfassen konnte. Aber die Form war in uns durch die Musik hineingeprägt.
„Ihr könnt sie euch später ansehen und erfahren."
Ich drehte mich um und sah Lit hinter mir sitzen. Anton und Sirina waren auch gekommen.
Sirina entschuldigte sich: „Es hat uns zu euch hingezogen. Da ihr uns nicht bemerken konntet, haben wir uns leise auf den Boden gesetzt. Ich habe eine wunderbare innere Reise erlebt! Eure Musik ist tief berührend!"
Ich staunte. Sonke stand auf, küsste mich und sagte: „Ich brauche jetzt erst einmal einen starken Kaffee."
Wir luden Lit, Anton und Sirina zum späten Mittagsfrühstück ein. Anton erzählte uns, wie die kleine Waschbärendame sie überlistet hatte und heimlich aus der Vorratskammer Dinkelkörner gestohlen hatte. Dabei waren einige Handvoll zuviel in ihren Bauch geraten und nun lag sie grätenbreit direkt vor ihrer Haustür.

Wir lachten alle und Sonke bemerkte: „Und Gina wollte ja so sehr acht geben, dass Zunami kein Haustier wird!“
Anton lächelte: „Ich glaube, Zunami ist deshalb zu uns gekommen. Sie wird uns viel Freude bereiten. Die Tierseelen sind wunderbare Begleiter.“
Ich spürte, dass ich keine Verantwortung für ein Tier übernehmen wollte.
Lit brummte mit erhobenem Zeigefinger: „Natürlich müssen wir unserer kleinen Freundin noch Manieren beibringen.“
Alle lachten wieder. Wahrscheinlich war es ein egoistischer Gedanke und ich nahm mir vor, es einfach fließen zu lassen.
Am Nachmittag fuhren wir gemeinsam in die Stadt. Atonas hatte uns aufgetragen, zu den Menschen zu gehen. Gerade fiel uns nichts Besseres ein, als ein Cafe aufzusuchen. Wir setzten uns, bestellten Tee und Gebäck.
Bis in den Abend hinein diskutieren wir darüber, wie es am Besten möglich wäre, unsere Fähigkeiten mit den Menschen zu teilen. Uns allen war klar, dass wir eigentlich keine Lust hatten, für uns Werbung zu machen oder uns über Marketingstrukturen der Erde zu verkaufen. Nur all zu gern wollten wir einen anderen Weg finden.
Nach dem Cafe gingen wir weiter zum Italiener und kehrten danach auch noch in eine kleine Diskothek ein. Wir tanzten die halbe Nacht durch. Gerade als wir gehen wollten, wurden wir plötzlich von einer Gruppe Jugendlichen angesprochen. Sie fragten uns, wer wir seien und woher wir kämen. An uns wäre alles so anders. Wie wir uns bewegten. Wie wir miteinander umgingen. Wie wir uns kleideten.
Spontan wussten wir darauf nicht wirklich viel zu antworten. Sonke entdeckte in der Diskothek ein Klavier, setzte sich an die Tasten und begann zu spielen. Sofort ging die Konservenmusik aus. Ich spürte in mir wieder den Klang vibrieren. Dieser schwang sich tief in meine Seele hinein. So dauerte es nicht lange und meine Stimme begann einfach zur Musik zu singen.
Nach einiger Zeit strömte die fließende und friedliche Energie Akturus' durch mich. Ich spürte, wie sie die Menschen über die Klänge berührte. Sonke webte seine tiefere Stimme mit in die Klaviermusik hinein. Ich fühlte, wie durch ihn die zärtliche Liebe von Atonas und Elina, den Elfenwesen, zu den Menschen gebracht wurde. An manchen Stellen trug die Gesamtharmonie unserer Stimmen und des Klaviers einen sanften

Kristalltoncharakter, der uns selbst mit verzauberte. Wir wurden auf einer sanften Welle durchs Zeitlose getragen. Anton und Sirina tanzten zu unseren Klängen, mehr schwebend und wie von einer anderen Welt gekommen.
Wir spielten, sangen und tanzten bis ins Morgengrauen hinein. Die Jungendlichen und anderen im Raum hörten uns berührt, staunend und wie am Boden fest angwurzelt zu. Keiner schien die Diskothek verlassen zu können.
Zum Abschluss wurden wir von den Jugendlichen mit Freudentränen im Gesicht umarmt. Sie überschütteten uns mit Dankbarkeit und Freude! Auf dem Klavier hatten sich einige 50 Euro-Scheine angesammelt.
Anton zeigte auf das Geld und sagte: „Wir sollten es den Familien in Not spenden."
Einer der Jugendlichen trat hervor und schlug vor: „Vielleicht solltet ihr damit ein Klanghaus bauen."
Sonke lächelte ihn freundlich an und antwortete: „Weißt du, ich glaube die Leute haben für so was zu viele Vorurteile. Es ist erst einmal genau so richtig, wie es heute geschehen ist. Ich bin euch allen sehr dankbar!"
Die Jugendlichen redeten wild durcheinander. Dann trat wieder dieser eine Junge hervor und sagte zu Sonke: „Wenn du willst, kümmern wir uns darum. Mein Name ist Sascha", und er reichte Sonke seine Hand. Das Mädchen an seiner Seite trat hervor und reichte uns allen die Hand: „Ich bin Susi, die Freundin von Sascha".
Sie waren beide sehr zarte Menschengestalten. Susi hatte ihre kurzen blonden Haare feuerrot gefärbt. Dazu wirkten ihre tiefblauen Augen wie weite Ozeane. Auch Sascha war von feingliedriger Gestalt. Mit seinen ebenfalls tiefblauen Ozeanaugen verzauberte er gewiss viele Mädchen. Sein schwarzes, schulterlanges Haar erinnerte mich an die männlichen Elfenwesen der Elfenstadt. Sie beide waren um die 20 Jahre alt. Ich konnte sehen, dass sie indigoblaue Seelenfarben hatten. Sie waren die sogenannten Kinder der neuen Zeit, von welchen einige Menschen heute sprachen.
Wir luden Sascha und Susi für den nächsten Tag zu uns nach Hause ein. Sie waren noch immer sehr begeistert und wollten in der Stadt einen Saal mieten oder ein Haus kaufen. Wir erhielten von meinem Vater und auch von Atonas die Empfehlungen, dass

wir uns raushalten sollten. Die Menschen mussten es aus eigener Kraft umsetzen.
Wir wollten sie trotzdem gern unterstützen. So zogen wir nun alle zwei Nächte durch die Stadt und spielten, tanzten und sangen die Melodien von Akturus und aus der Elfenstadt. Überall zeigten sich die Menschen tief berührt und begeistert. Die Einnahmen dieser Abende spendeten wir dem Klanghaus der Jugendlichen.
Wir erhielten bald viele Angebote von Zeitschriften, Labels und Fernsehsendern. Unsere Familien baten uns aber darum zurückhaltend zu bleiben. Wir sollten vorerst nur für die Menschen die Energien bringen, für welche wir auch real waren. Keine Aufnahmen, keine Zeitungen, kein Aufriss. Unser Auftrag war die Musik.
So blieben wir im Verborgenen und unterstützten erst einmal den Bau des Klanghauses. Die Jugendlichen um Sascha und Susi hatten sich für ein uraltes Haus entschieden und befanden sich im Umbau der vielen Zimmer. Wir kamen uns immer näher und bald ahnten sie, dass wir auch noch über andere Fähigkeiten verfügten.
Ich war erstaunt, wie sehr wir von diesen Menschen angenommen und geliebt wurden! Vielleicht brachten wir ihnen ein Stück neues Leben mit in ihre Zeit. Ein Stück, worauf sie im Herzen lange und vielleicht unbewusst gewartet hatten. Eine Inspiration, eine neue Hoffnung? In den letzten Jahren hatte ich selten Menschen gesehen, die mit so tiefer Begeisterung eine Erfahrung lebten und gelernt hatten, sich gegenseitig freizulassen. Mir fiel auf, dass sie weder uns noch sich selbst gegenseitig für irgendetwas verurteilten. Ich fragte mich oft, ob es unser Energiefeld war, welches auf sie so positiv wirkte.

Sonke Jar - Tagebucheintrag 17

Neue Gefährten

Am nächsten Nachmittag war ich mit Gina in eine gemeinsame, tiefe Seelenverbindung versunken. Wir saßen uns im Wohnzimmer auf dem riesigen Elfensofa gegenüber, so dass sich unsere Hände und Knie berührten. Unsere Seelenenergie und das Bewusstsein waren in einer tiefen gemeinsamen, fließenden und sich beständig mehrenden Liebe verbunden.

Ich spürte, wie sich um uns herum ein hellgoldenes Licht aus schützender Liebe erhob. Eine feingliedrige Energie, die ihre große Geborgenheit in jedem Augenblick an uns verschenkte. Ich spürte zusätzlich das Bedürfnis nach körperlicher Vereinigung. In mir tauchte dieses Bedürfnis zunehmend auf, sobald ich mit Gina in diese tiefe Seelenverbindung hinein ging. Als sollte sich die Dreieinheit in uns immer wieder erneuern und durch unsere körperliche Liebe direkt in die Materie hineinweben.

Jede Vereinigung mit Gina empfand ich neu und anders. Überhaupt konnte ich, seit wir im Elfenland den Bund der heiligen Hochzeit geschlossen hatten, jeden Augenblick als frei und neu empfinden. Nichts geschah zweimal in unserem Leben, auch nicht, wenn es äußerlich so aussah. Es gab keine Gedanken- und Emotionalmuster mehr in mir. Ich begriff erst in dieser Zeit, dass es jene Welten waren, die mir in meinem Leben vor Gina immer wieder gleiche Filme abgespult hatten. Was für eine Erkenntnis! Und welches Geschenk für mich, aus diesen Mustern von Schmerz, Angst und Einsamkeit befreit zu sein! So wurde ich fähig, die Botschaften der Liebe und des göttlichen Seins direkt wahrzunehmen.

Gina und ich fühlten uns wie Götterkinder auf Erden. Wir begannen, unsere gemeinsame Zeit auf diesem Planeten wirklich zu lieben, egal mit was, wie und wem wir sie verbrachten. In mich kehrte eine reale und wahre innere Ruhe ein. Ich fühlte tiefe Einsichten in meiner Seele, Harmonie und Zufriedenheit und in all dem spürte ich mich wirklich sehr, sehr angekommen, ja glücklich.

„Wir sind auch göttliche Menschen auf Erden, Sonke. Ich spüre in jedem Augenblick diese Liebe meiner Seele in mir. Wenn wir uns vereinigen, wächst diese Liebe zusammen und stellt eine gemeinsame Struktur her. Diese Struktur ermöglicht uns, auf

dem Planeten Erde dieses wunderbare Leben mit unserer Vision zu erfüllen."
Gina lächelte mich an. Ich zog sie zu mir und küsste sie. Wir liebten uns bis in die frühen Abendstunden.
Lit stand in der Küche und bereitete unser Abendmahl. Zur selben Zeit klopfte es an unserer Haustür. Es waren Sascha und Susi. Wir begrüßten sie freudig und umarmten uns.
Gina sagte einladend: „Dann könnt ihr ja gleich mit uns essen. Lit zaubert gerade ein wundervolles Abendessen." Dabei zeigte sie in die Küche.
Susi lächelte und blickte suchend in die Küche. Verwundert schaute sie zu mir und ich sah durch ihre Augen in die Küche. Sie konnte Lit nicht sehen und doch bewegten sich Töpfe und Kochlöffel. Gina sah mich durchdringend an. Vielleicht war es Zeit, ihnen etwas mehr von uns zu offenbaren?
Ich sagte gefasst: „Setzt euch doch!"
Wir alle nahmen im Wohnzimmer Platz. Sascha musterte Gina aufmerksam und konnte meinem Blick nicht Stand halten. Ich spürte, wie viele Fragen in ihm aufgekommen waren, die sich langsam in ihm anstauten und auf Antworten warteten.
Daraufhin zog er ein kleines Aufnahmegerät aus seiner Hosentasche. Susi schaute zur Seite und stammelte, ohne uns dabei anzusehen: „Wir..."
Aber sie brachte kein Wort raus, da Tränen und Emotionen sie überrollten. Gina stand auf und nahm sie in den Arm, bis sie sich ausgeweint hatte.
Dann redete Sascha bestimmt für Susi weiter: „Dann werde ich es jetzt versuchen. Es ist eigentlich auch ganz einfach. Wisst ihr, es ist so, dass wir euch sehr lieb gewonnen haben. Unser Leben ist so reich geworden seid ihr da seid! Und doch gibt es Einiges, was uns beunruhigt und Fragen aufwirft."
Sascha ging sehr diplomatisch vor.
In diesen Augenblicken schaltete sich mein Vater in meinen Gedankenkanal. „Bleib ruhig, mein Sohn. Die Herzen der beiden Menschen sind sehr weit offen. Vielleicht werden wir uns ihnen zeigen. Lass ihn weitersprechen."
Sascha fuhr fort: „Es ist zwischen euch etwas, dass wir immer gesucht haben. Dieses Etwas schwingt auch zwischen mir und Susi. Doch wir können es noch nicht so miteinander ausdrücken wie ihr. Aber dann sind auch andere Sachen, die merkwürdig sind. Ich habe in den letzten Wochen immer versucht, euch

aufzunehmen, wenn ihr gemeinsam singt und immer war nichts auf der Aufnahme! Wir wünschen uns, dass ihr uns die Wahrheit über euch sagt."
Susi schaltete sich wieder ein: „Ja und vorhin in der Küche, da kochten die Töpfe von ganz allein! Vielleicht ist es euch noch nicht aufgefallen. Ich habe auch schon oft beobachtet, dass eure Autotüren von selbst aufgehen. Wahrscheinlich..."
„...hatte das mit mir zu tun.", vollendete Lit Susis Satz.
Er stellte sich sie und machte sich nun für sie sichtbar und brummte: „Ich habe beschlossen, dass ihr mich sehen dürft. Die Zeit ist gekommen. Die Zeit der Gnome und Menschen. Ich heiße Lit und bin ein waschechter Gnom. Ich komme aus dem Elfenland, so wie Sonkes Va..."
Er brach den Satz ab und schaute verdutzt zu mir rüber. Vielleicht war das gleich ein wenig zuviel?
Gina flüsterte mir in Gedanken zu: „Es hat keinen Sinn, wir werden es ihnen sagen."
Sascha und Susi blieben die Münder offen stehen. Ihre Augen waren weit aufgerissen.
Lit grinste: „Kommt, lasst uns mal umarmen. Also ich kenne euch ja jetzt schon länger... Haha, ihr habt mich erst jetzt wirklich bemerkt und ich habe mir selbst erlaubt, dass ich mich euch heute zeige."
Die drei umarmten sich und Lit hüpfte wie wild um den Tisch. Dann brachte er das Essen und brummte, während er auftischte, freundlich: „Ich habe heute ein märchenhaftes Essen gekocht und ich möchte euch dabei eine wundersame, kleine Geschichte erzählen."
Lit setzte sich aufrecht hin. Er holte eine Flasche Elfenwein, goss jedem ein Glas ein und sprach, wie ein kleiner Märchenonkel zu Susi und Sascha: „Dieses wunderbare Getränk mit dem Namen „Elfenwein" kommt aus unserer Heimat."
Mein Vater war wieder in meinen Gedanken und beruhigte mich. Ich hörte Lit aufmerksam zu. Bisher war mir entgangen, mit welcher Sicherheit er Geschichten anführen und erzählen konnte. Er musste schon sehr alt, weise und ein kluger Schauspieler dazu sein.
Und so begann er zu erzählen: „Es waren einmal im Universum auf einem fernen Planeten zwei Seelen, die liebten sich gar sehr. Sie wurden, wie ihr hier auf Erden sagen würdet, Mann und Frau. Doch es geschah durch ihre Verbindung noch viel mehr! Ihr Licht

erleuchtete das ganze Universum bis auf einen Stern. Dieser konnte ihr Licht nicht empfangen. Da wurden die beiden traurig, denn sie wollten, dass auch dieser Stern mit ihrer wundervollen und besonderen Liebe umhüllt wurde."
Lit blickte uns alle immer wieder an. Auch ich hörte zu, denn ich wusste, er erzählte unsere Geschichte. Und so fuhr er fort:
„Die Eltern der Seelen kamen aus dem Elfenland. Der Vater des Jungen war und ist kein geringerer als der Elfenkönig selbst! Das Mädchen war die Tochter des akturianischen Lichtschiffkapitäns Melek Leeis Ai. Seine Mutter ist die geheimnisvolle Tempeltraumhüterin Arena."
Ich bemerkte, wie sich uns so ganz nebenbei wieder ein neues Tor öffnete. Arena war also die Tempeltraumhüterin. Alles bekam noch einen weiteren Zusammenhang und Sinn. Eine neue Spur auf dem Weg unserer Herkunft öffnete sich.
Ich hörte Lit noch aufmerksamer zu.
„Die beiden kannten sich schon als Kinder und die Mutter des Mädchens lud sie eines Tages in den Tempeltraumraum ein. Dort erhielten sie eine große Einweihung und wurden die Tempelträumer von Suidinier.
Ja! Suidinier, so hieß dieser Tempel. Dieser heilige Ort hatte und hat noch immer eine Doppelfunktion. Einerseits gehen alle Wesen des Universums, die sich in vollkommener Liebe vereinigen möchten, in diesen Tempel und andererseits ist dies der Tempel der Tempelträumer.
So geschah es, dass die beiden immer wieder in diesen Tempel gingen, um dort gemeinsame Tempelträume zu träumen. Da sie Tempelträumer waren, wollten sie viele Träume für alle im Universum Wirklichkeit werden lassen.
Es würde jetzt zu weit führen, die Geschichte noch näher zu erzählen. Denn die Betroffenen selbst sind noch mit deren Enthüllungen beschäftigt."
Liz zwinkerte mir zu und fuhr fort: „ Jedenfalls träumten die beiden davon, selbst auf die Erde zu kommen, um ihre besondere Liebe mit den Menschen zu teilen."
Sascha schien ganz versunken in dieser Geschichte und fragte Lit: „Ich habe immer geglaubt, dass die Geschichten mit Elfen, Gnomen und allen anderen Fabelwesen erfunden sind!"
Lit lächelte und erhob sich: „Hm, bin ich etwa unecht?"

Er trommelte mit seinen Fäusten auf seine Brust und johlte: „Ihr Menschen seid so ungläubige Wesen! Wisst ihr denn nicht, dass der Glaube Berge versetzen kann?
Also an was glaubt ihr denn überhaupt? Jetzt, wo ich schon vor euch stehe???"
Susi entschuldigte sich sofort: „Entschuldige Lit, verzeih, weißt du für uns ist das auch neu. Wir müssen erst lernen, damit umzugehen. Natürlich bist du da, bist du real!"
Sie stand auf und umarmte den Gnom liebevoll.
Sascha fragte Lit: „Du erzähltest vorhin von diesem Tempel, dass es ihn noch gibt. Wo steht er denn?"
Lit antwortete: „Es gehört zur Elfenstadt auf Sirius."
Sascha fragte: „Auf dem Planeten Sirius?"
Lit antwortete: „Ja, mein Lieber! Die Elfen sind ursprünglich auf dem Planeten Sirius zu Hause. Sie sind vor langer Zeit auf den Planeten Erde gekommen, um den Pflanzen besondere Kräfte zu schenken, sie zu behüten und zu beschützen. Doch weil die Menschen zu beschäftigt sind, um sich tiefer auf die Pflanzenwelt zu besinnen und dabei UNS Naturwesen zu begegnen, haben wir beschlossen, unsichtbar zu werden. Wir zeigen uns nur noch jenen, die uns als wahrhaft und ernst annehmen können."
Sascha lächelte: „Es ist eine wunderschöne Geschichte. Aber wie du wahr bist..."
„Ist diese Geschichte eine mögliche Wahrheit", vollendete Gina schnell diesen Satz. Sie hatte Tränen in ihren Augen und ich spürte, dass in ihr sehr viele Emotionen aufstiegen. In diesen Augenblicken klopfte es an die Tür. Ich stand auf und öffnete.
„Vater!" Wir umarmten uns und ich wurde aufgeregt.
Mein Vater trat zum Tisch. „Es gibt derzeit nur wenige Menschenkinder, die von unserer Familie erfahren. Doch nun ist die Zeit gekommen, in welcher wir diese Wagnisse eingehen. Denn vieles auf dem Planeten Erde wird sich umwandeln."
Susi und Sascha wurden bei Atonas Anblick so tief in ihren Seelen berührt, dass sie beide anfingen zu weinen.
Atonas fuhr fort: „Ich möchte heute diesen Schritt gehen, weil ihr beiden Menschenkinder aus reinem Herzen nach der Wahrheit gefragt habt. Ich bin Atonas. Der König der Elfenstadt."
Dann legte er seinen Arm um meine Schultern und sagte behutsam: „Gemeinsam mit meinem Sohn Sonke und meiner, wie man bei euch sagen würde, Schwiegertochter Gina bringen wir den Menschen eine Liebe näher, die sie noch nicht kennen.

Diese Liebe erschafft auf Dauer ein Friedensbewusstsein auf dem Stern Erde. Dies bedeutet, dass alle Lebewesen bewusst erlernen im Einklang mit sich selbst und allen Lebewesen, insbesondere mit Mutter Erde, zu leben und dabei ganz neue Erfahrungen zu machen. Unsere gemeinsame Vision zu diesen Zeiten ist, dass wir den Menschen dabei helfen, ihre Seelen zu entdecken. Denn sie ist die ewige Wahrheit in jedem Menschen, welche mit dem gesamten Universum verbunden ist. Damit dies möglich wird, zeigen wir uns heute für euch in materieller, verdichteter Gestalt."
Alle hatten sich erhoben und standen im Kreis zusammen. Wir waren tief berührt. Die Tränen in unseren Augen fielen über unsere Wangen, als träumten sie sich mit uns in eine neue Welt.
Atonas fuhr fort: „Susi und Sascha, ich möchte euch jetzt ganz direkt fragen, ob ihr uns bei der Verwirklichung unserer Vision helfen möchtet? Jetzt, wo ihr wisst, wer wir sind!"
Die beiden begannen vor lauter Glück froh zu lächeln. Ihre Tränchen liefen dabei immer noch. Sie nickten und gaben ein gleichzeitiges „Ja" aus ihren Herzen.
Atonas berührte daraufhin mit seinem Licht ihre Schläfen und das dritte Auge.
Er sagte: „Dann seid ihr von nun an ermächtigt, die Naturwesen zu sehen und mit ihnen zu sprechen. Ich bitte euch, seid mit dieser neuen Fähigkeit sehr, sehr achtsam! Sie sind überaus sensitive Lebewesen dieses Planeten. Sie leben in einer Art Parallelwelt und zeigen euch, wie die gesamte Natur funktioniert und wie sie in ihr wirken, damit alles im Gleichgewicht bleibt. Sie können mit euch gemeinsam einen schönen Garten erschaffen. Manchmal lassen sie die Früchte dann doppelt so groß werden und intensiver schmecken."
Wir gingen hinaus und Atonas zündete ein Elfenfeuer an. Wir setzten uns und er sprach anmutig weiter: „Ich möchte, dass wir beginnen, alle zusammen den Menschen das Wissen des Universums zu offenbaren. Dieses Wissen liegt in der Seele eines jeden Menschen. Gina und Sonke verfügen über die Fähigkeit, mit uns auch im telepathischen Kontakt zu stehen. Gina kennt das Wirken über Telepathie seit langer Zeit. Gina wird deshalb als Medium dienen. Ich bitte darum, dass ihr Stunden mit Menschen organisiert, zu welchen wir durch Gina sprechen dürfen.

Es wird noch viel Zeit vergehen, bis wir den Menschen unsere wahre Gestalt zeigen dürfen. Susi, Sascha, es ist etwas ganz Besonderes, dass ihr uns zu diesen Zeiten sehen dürft!
Es wird aber eine Zeit kommen, in welcher der Mensch und alle Wesen des Universums miteinander kommunizieren und sich sehen und berühren können. Jetzt sagt mir, möchtet ihr diesen Auftrag gemeinsam mit Gina und Sonke übernehmen? Sirina und Anton gehören auch zu eurem Team."
Sascha lächelte berührt: „Ich weiß zwar nicht, was das bedeutet, aber mein Herz bewegt sich so sehr, als hätte es Jahre auf diese Begegnung gewartet! Deshalb kann ich aus reinem Herzen einfach JA sagen. Ich freue mich so sehr, dass ich euch alle kennenlernen darf!"
„Mir geht es auch so, wie Sascha. Bevor wir heute hierher kamen, haben wir uns so viele Gedanken gemacht. Ich bin froh, dass wir jetzt die Wahrheit wissen und bin sehr gespannt auf unsere weitere gemeinsame Lebensreise." Susi faltete ihre Hände und verneigte sich.
Ich musste lächeln, weil sie intuitiv dem Brauch der Lichtwesen folgte. Und so verneigten wir uns alle.
Mein Vater fügte noch hinzu: „Übrigens Sascha, die Aufnahmegeräte funktionieren nicht in unserer weit entwickelten Energie. Aufnahmegeräte sind Technik, die auf niedere Spannungsfrequenzen aufgebaut sind. Diese können unsere Energie nicht erfassen. Falls ihr doch eines Tages aufnehmen möchtet, müsste das durch spezielle Energetik eingestellt werden. Doch dazu möchten wir vorher gefragt werden."
Ich verließ mit meinem Vater den Kreis und wir gingen ein Stück in den Wald. Wir hielten uns lange umarmt und sprachen kaum ein Wort zusammen.
Die wortlose, tief seelische Energieverbindung stand für uns beide im Mittelpunkt. Es war ein gegenseitiges Energie-Updaten. Ein Teilen auf reiner Seelenebene. Ein Sprache, die ohne Worte alles sagen kann und dabei jeder tief im Herzen versteht!
Erst in den frühen Morgenstunden gingen wir auseinander. Er verabschiedete sich mit den Worten: „Dies ist die Zeit von Sonke und Gina. Der Tempeltraum beginnt, seine Vision in die Materie zu weben."
Ich versuchte die Worte meines Vaters zu verstehen. Auch die Energie seiner Worte berührten meine Seele tief. Ich fühlte die neuen Aufgaben auf mich zukommen und dass unsere

gemeinsame Energie erst einmal in das Wirken als *Postboten des Universums* fließen würde. Ich spürte, dass Gina innerlich noch nicht ganz bereit war, auch wenn sie schon lange wusste, dass dies Teil ihrer Aufgabe war. Ich beschloss, mich ihr noch mehr zu öffnen, damit ihr meine Kraft und Liebe zur freien Verfügung stand.
Unser tiefes Vertrauen zueinander war inzwischen soweit gereift, dass auch wir als Persönlichkeiten bereit waren, diesem Weg zu folgen. Dem Weg der unablässigen Demut, welcher absolutes gegenseitiges Vertrauen und bedingungslose Liebe von uns forderte. Im Herzen war ich sehr froh darüber, dass wir von so lieben Menschen umgeben waren und spürte in diesen Augenblicken, dass auch sie Teil unseres Tempeltraums sind. Die gesamte Menschheit könnte Teil dieses Traumes sein!
Jeder, der möchte... - oder möchtest du nicht aus tiefstem Herzen lieben oder geliebt werden? Möchtest du wirklich glücklich sein?

GINA AI - Tagebucheintrag 18

Postboten des Universums - die telepathische Runde

Bereits zwei Wochen später hatten Sascha und Susi einen medialen Abend organisiert. Sie räumten dazu das große Wohnzimmer in ihrer Wohnung aus und bildeten stattdessen einen Kreis, der mit vielen gemütlichen Sitzkissen ausgelegt war. In der Mitte des Kreises standen große Bergkristalle, Altarkerzen, Blumen, Engel, Elfen, Zwerge und Drachenfiguren aus Glas. Über 20 Menschen hatten den Weg zu uns gefunden. Fast alle waren deutlich älter als ich.

Ich war ziemlich aufgeregt. Sonke versuchte mich zu beruhigen. „He Süße, das ist doch alles wie immer! Nur, dass du Informationen, die du bekommst, laut aussprichst und sie mit den Menschen teilst."

Ich antwortete: „Das ist es nicht. Etwas in mir fühlt sich nicht gut. Ich weiß nicht, was es ist."

Sonke umarmte mich und hielt mich fest. Ich spürte, wie es leicht drehte. „Das ist nur am Anfang. Weißt du, als ich das erste Mal in meinem Leben auf eine Bühne trat, kam ich vorher vor lauter Lampenfiber nicht mehr vom Klo."

Ich lächelte und fühlte mich etwas leichter.

Auch mein Vater sprach in Gedanken zu mir: „Gina, ich werde heute durch dich zu den Menschen sprechen. Ich bitte dich, dass du die Worte genauso weiter gibst, wie ich sie dir sage. Ich liebe dich. Viele Jahre habe ich auf diesen Moment gewartet. Das wird gut!"

Ich antwortete: „Ja gut, Vater."

Mein Vater fuhr fort: „Bitte denkt auch daran, dass ihr eure feinstofflichen Kanäle öffnet. Dann kann unsere Energie in euer Energiesystem ungehindert einfließen und wir werden für alle Anwesenden erfahrbar, vielleicht für einige auch fühlbar."

Ich antwortete: „Anton wird eine kleine Meditation machen, damit die Menschen ihre Herzen öffnen können. Ich gebe dir Bescheid, sobald wir bereit sind!"

Sonke nahm meine Hand und wir betraten den Raum. Alle Menschen hatten sich bereits auf Kissen am Boden gesetzt und waren in einer ruhigen Haltung. Im Hintergrund lief leise eine entspannende Klaviermusik. Wir begrüßten alle mit einer Verneigung, so, wie es zu Hause üblich war und setzten uns.

Sascha erzählte den Menschen kurz von ihrer Begegnung mit Atonas und Lit und auf welche Weise sie zu uns gefunden hatten. Er bereitete sie darauf vor, dass heute mein akturianischer Vater durch mich zu ihnen sprechen würde.
Ich hielt meine Augen geschlossen, um mich ganz und gar auf mich selbst zu konzentrieren. Sonke saß dicht neben mir und ich spürte, wie sehr er mir das Gefühl von Geborgenheit und Schutz gab.
Dann begann Anton mit der Meditation: „Atmet den Atem des Lebens durch den geöffneten Mund in einem Rhythmus, wie es für euch gut und richtig ist. Wir atmen deshalb durch den geöffneten Mund, damit die Luft direkt in den Körper geht und wir das, was wir erleben, als real und geerdet erfahren. Spürt, wie sich eure Lungen füllen und der Atem des Lebens alle Zellen in eurem Körper berührt. Spürt eure Füße, Beine, Arme, euren Körper, alle Organe und atmet weiter. Euer Atem wird nun zum reinen Bewusstsein der Liebe."
Ich hörte dem weiteren Teil der Meditation nicht mehr zu. Angenehm fühlte ich mich in die Energie meiner Seele eingebettet und spürte nur noch ihre zärtliche Liebe. Als Antons Meditation zu Ende war, gab mir Sonke über meine Gedanken einen Impuls zu beginnen.
Ich spürte den Raum aufgeladen und harmonisiert. Langsam öffnete ich meine Augen, dankte Anton für die Meditation und bat die Menschen während der Übertragung ihre Augen geschlossen zu halten.
In meinem Herzen fühlte ich die Besonderheit dieses Augenblicks. Mein Vater begann zu sprechen und ich wiederholte laut seine Worte:
„Geliebte Seelen. Ich möchte heute durch meine Tochter Gina Ai zu euch sprechen. Dies mag vielleicht ungewöhnlich klingen, aber leider ist es mir noch nicht möglich, direkt und persönlich bei euch zu sein, da wir Akturianer noch keine Einreisegenehmigung für den Planeten Erde haben."
Alle lachten und mein Vater fuhr fort: „Ich bin also Leeis Ai, Melek der SHIMEK. Die SHIMEK ist ein Lichtschiff, welches zu den Konzilen des Lichtes gehört. Wir reisen im gesamten Universum umher und stabilisieren und strukturieren das, was ihr vielleicht unter Frieden verstehen würdet. Doch zu dieser Zeit sind wir immer sehr nah am Planeten Erde und dies nicht erst seitdem meine Tochter Gina hierher geboren ist, sondern wir tun das

schon seit vielen tausend Jahren. Für uns ist Zeit eine andere Form als für euch, denn unsere Lebenszeit kann in eurer Zeitrechnung 26000 Jahre oder länger betragen. Wir altern nicht und vergessen auch niemals, wozu wir in einer Inkarnation angetreten sind.
Der Planet Erde befindet sich seit vielen hundert Jahren in einem Umwandlungsprozess. Zur heutigen Zeit erreicht diese Verwandlung ihren Höhepunkt und die physische Materie der Erde verändert sich stark. Dies bedeutet für die Menschen eine Zeit großer Umwälzungen.
Um euch auf diese Zeit vorzubereiten, möchte ich heute beginnen, einiges zu erklären. Wir, die Akturianer, sind grundsätzlich Wesen der Liebe. Und Mutter Erde und ihre Lebewesen, haben die Absicht gegeben in ein bewusstes Zeitalter einzutreten. Dies bedeutet zuerst, dass alle eure alten Lebensgrundlagen angeschaut werden müssen. Diese dürfen aus euren Herzen entlassen werden, sobald ihr spürt, dass sie euch nicht mehr dienen. Denn das neue, bewusste Leben auf der Erde wird ein Leben in Frieden und Liebe sein. Ein Leben im vollen Bewusstsein, warum ihr hier seid. Alles wird sich durch diese neue Bewusstheit verändern. Eure Art zu leben und zu arbeiten, eure Beziehungen, Nahrungsmittel und alle gesellschaftlichen Strukturen und Systeme. Auch Mutter Erde wird ihren Lebensraum umkrempeln und neu strukturieren. Alte physikalische Gesetze werden ungültig. Mathematische Gesetze werden von heiliger Geometrie, Farben und Tönen bestimmt.
Dies sind nur einige Fakten. Ich werde in weiteren telepathischen Übertragungen tiefer auf alles eingehen. Doch heute möchte ich, dass ihr die Wahrheit in meinen Worten spürt. Dass ihr die Energie dieser medialen Übertragung aufnehmt. Denn ich weiß, dass es für meine Tochter in den letzten Tagen ein schwieriger Prozess war, sich dafür zu öffnen und zur Verfügung zu stellen. So möchte ich ihr an dieser Stelle ganz besonders danken.
Ich bitte euch jetzt eure Herzen für unsere Energie der Liebe zu öffnen. Und öffnet auch alle eure feinstofflichen Verbindungen, damit wir durch euch diese Energieform an Mutter Erde weiter übertragen können. Auf diese Weise kann sich für euch in diesem Raum ein prächtiges Schutzfeld errichten."
Ich spürte die kraftvolle Energie von Akturus. Sie berührte mich in meiner Seele mit all ihrer Strahlkraft und in fließender Liebe. Einige Menschen begannen zu weinen.

Nach einiger Zeit sprach mein Vater weiter: „Ich möchte diesen Abend für heute beenden, damit ihr euch an diese Art der telepathischen Begegnungen gewöhnen könnt. Gerne möchte ich einmal wöchentlich für diese Gruppe meine Informationen teilen, solange, bis alle durch die notwendigen inneren Prozesse gegangen sind. Ich bitte euch, ihr lieben Seelen, schreibt bis zum nächsten Mal jeder eine Frage auf, die euch im Herzen brennt. Ich werde sie im Anschluss an die nächste Übertragung beantworten. Für heute verabschiede ich mich. Meinen Segen sende ich euch."
Ich hatte gleich nach dem Abschied meines Vaters den Impuls, meine Stimme zu erheben und begann in meiner Heimatsprache leise zu singen. Sonke stimmte nach einer Weile mit ein und wir hüllten den Raum in ein wundervolles Liebeslicht.
Die Menschen strahlten vor Freude und weinten vor Glück, alles gleichzeitig. Ich war sehr gerührt! Sonke bedankte sich vor allen Menschen bei Sascha und Susi, ohne deren Wirken dieser Abend so nicht hätte stattfinden können.
Im Anschluss kamen noch viele zu uns und bedankten sich. Aber kaum jemand traute sich, uns etwas Persönliches zu fragen. In der Mitte des Kreises lagen wieder viele 50 Euro Scheine.
Als alle gegangen waren, setzten wir uns zu sechst noch einmal hin. Sirina sprach ein Dankesgebet. Wir sangen und tanzten gemeinsam und teilten ein Abendessen.
Sascha fragte uns später, als wir schon am Gehen waren: „Würdet ihr auch für mehr Menschen sprechen? Also ich hatte so den Impuls, dass wir in ein paar Städten von Deutschland arbeiten könnten."
Sonke antwortete: „Ja, lieber Sascha, das werden wir ganz bestimmt tun. Aber in den nächsten Wochen konzentrieren wir uns erst einmal auf die kleine Gruppe in eurem Wohnzimmer. Die Dinge in euch sollten noch viel klarer werden, bevor wir alle fähig sind, für viele Menschen gleichzeitig aktiv zu sein. Auch für uns ist dies ein Lernprozess. Die kleine Gruppe hier ist wie ein Übungsplatz. Wir probieren hier im Kleinen aus, was wir später für viele Menschen zur Verfügung stellen werden."
Ich war froh, dass Sonke so eine gezielte Erdung hatte und aus einem Business kam, in welchem er schon mit vielen Menschen zu tun hatte. Er wusste einfach, dass wir Zeit brauchten, uns an die Energien und die Menschen zu gewöhnen.

Susi lächelte: „Du meinst, wir üben dann hier mal für ein paar Wochen und dann gehen wir in die große weite Welt?"
Mir war im Moment nicht nach großer weiter Welt zumute. Sonke legte zärtlich seinen Arm um mich und strahlte: „Wir gehen jetzt erst einmal nach Hause. Unsere Familien werden uns schon noch mitteilen, was genau sie mit uns vorhaben. Und ich bin mir sicher, dass sie so viele Menschen wie möglich erreichen möchten. Doch müssen wir in diesen Zeiten auch noch vorsichtig sein. Nicht jeder Mensch wird uns verstehen und dem wohl gesonnen sein, was wir hier tun. Mein Vater sagte immer, dass Liebe und Wahrheit sich ihren Weg suchen. Und ich glaube, so ist es. Es sollte immer für alle Mitwirkenden im Herzen übereinstimmen. Dann sind wir in unserer Wirkungskraft. Diese hat so eine intensive Ausstrahlung, dass sie die ganze Welt auf einmal umarmt."
Susi blickte aufgeregt zu Sonke: „Ja du hast vielleicht recht. Schlaft gut."
Sonke fuhr den Wagen sehr langsam. Ich saß neben ihm und hatte meinen Kopf an seine Schulter gelehnt. Sirina und Anton waren auf den Rücksitzen eingeschlafen.
Sonke flüsterte: „Na, wollen wir mal wieder zur Perlenwiese fahren?"
Ich war abgespannt und müde. Das Lampenfiber hatte meinen Körper sehr gestresst.
„Da wird dir ein kühles Bad im See wirklich gut tun.", lächelte er mich verschmitzt an.
Ich antwortete: „Du wolltest doch zur Perlenwiese. Der See ist..."
„...nicht weit entfernt davon.", vollendete er meinen Satz.
Wir ließen Anton und Sirina im Wagen schlafen. Es war eine wundervoll helle, fast Vollmondnacht.
Das Wasser im See wirkte kühl auf meiner Haut und ich spürte, dass ich etwas loslassen wollte, was mir Sorge bereitete. Ich wusste zwar nicht genau, was es war, aber konnte es vage erahnen.
Sonke bemerkte meine Verstimmung und versuchte mich auf andere Gedanken zu bringen: „Na Süße, wie wäre es denn mit uns beiden?" Dabei schauten seinen dunklen Augen direkt in meine Seele. Er nahm mich auf seine Arme, hob mich aus dem Wasser und legte mich vorsichtig auf die Wiese.
Mir wurde auf der Stelle eiskalt und ich bemerkte, wie meine Lebenskräfte schnell schwanden.

Sonke legte eine warme Decke um mich und brannte ein kleines Elfenfeuer an. Schnell kehrte meine Kraft zurück.
Er setzte sich aufrecht neben mich: „Tut mir leid Schatz, vielleicht hätten wir doch nach Hause fahren sollen."
Ich strich ihm über seine Wangen und sagte: „Nein, die Natur tut mit wirklich gut. Ich bin froh, dass du da bist. Ohne dich hätte ich das alles nie geschafft."
Er lächelte und fragte mich: „Wovor hast du so große Angst?"
Ich antwortete leise: „Ich habe keine Angst. Vielleicht eher eine Sorge. Die Sorge darüber, dass die Menschen uns für etwas Besseres halten. Ich sehne mich so sehr danach, etwas Gemeinsames zu erschaffen. Also ich meine gemeinsam mit den Menschen."
Sonke tröstete mich: „Du trägst noch immer einen kleinen Schatten mit dir herum. Ich bin doch da! Ich liebe dich und mich mit all meinen Sinnen, allen Fehlern und Dingen, welche wir noch zu lernen haben. Du darfst diese Gespenster freilassen. Die Menschen werden dich lieben. Sie werden uns lieben, weil wir die Boten ihrer Sehnsucht sind!"
Ich wusste natürlich, dass er Recht hatte. Trotzdem wollte ich mich meinen inneren Gefühlen stellen und fragte mich, was in mir selbst soviel Kraft besaß, dass ich es noch immer nicht annehmen konnte. *Lehne ich mich selbst noch ab?*
Sonke, der sich in mich hineinfühlte sagte daraufhin: „Vielleicht solltest du wieder einmal einen Tag mit dir allein verbringen?"
Ich lächelte: „Nein, ich glaube, das ist der weibliche Verstand. Ich versuche ihn zu verstehen. Vielleicht hilfst du mir ja dabei, ihn zu erleuchten?"
Sonke küsste mich und sagte: „Weiblicher Verstand? Du meinst Gedanken, die dich immer wieder an etwas zweifeln lassen? Du, das ist nicht weiblich! Hatte ich früher auch oft. Weißt du, ich bin nur anders damit umgegangen. Ich habe Entscheidungen getroffen und bin ihnen bedingungslos gefolgt, egal was sich gegen mich stellen wollte."
Ich wurde nachdenklich und fragte: „So wie mit Gerda? Sie hätte dich nicht erschießen können, wenn du anders entschieden hättest."
„Ich bin froh, dass sie es getan hat! Denn dadurch habe ich sehr viel in mir anschauen, vergeben und heilen können.", antwortete er lächelnd.

Ich verstand, was er meinte und fühlte, dass ich vor diesen Geschehnissen tiefste Angst hatte! Aber ich wusste, dass ich diese Angst zulassen musste, denn ich wollte nicht bei jedem telepathischen Abend durch die gleichen Hürden gehen.
Sonke sagte mitfühlend: „Ich bin doch bei dir. Du schaffst das schon. Selbst ich habe es geschafft, die Zweifel hinter mir zu lassen."
Ich war so viele Jahre bewusst auf diesem Planeten und doch kam ich mir in diesen Augenblicken klein und unwissend vor. Viel kleiner als jeder unbewusste Mensch. Ich kam nicht drum herum, durch tiefe Prozesse zu gehen, die schlussendlich meinen menschlichen Verstand erleuchten würden. Auch ich hatte noch viel im Umgang mit dem Werkzeug Verstand zu lernen. In dieser Nacht gab ich eine Absicht in den Äther: Ich wollte mich meinen Ängsten stellen und meine alten Wunden heilen.

Sonke Jar - Tagebucheintrag 19

Der erste Kontakt

Die Wochen zogen ins Land und unsere Zeit schien viel schneller zu vergehen, als wir fähig waren, in ihr zu leben und alles zu fühlen, was einfach so für uns da war.
Aus unserer kleinen telepathischen Gruppe wuchs eine 50 Personen starke Gemeinschaft. Gina und ich begannen uns mit den telepathischen Übertragungen abzuwechseln. Einmal sprach Mister Ai durch sie und dann wieder Atonas durch mich.
An einem Vollmondabend hatten wir Atonas und Elina gleichzeitig übertragen. Die Menschen konnten diese Übertragung so tief spüren, als wären die beiden tatsächlich im Raum erschienen!
An diesem Abend, kündigte auch Ginas Vater für den Abschluss der dreimonatigen Prozess- und Integrationszeit eine Einladung in sein Raumschiff für die Menschen an.
Im Hintergrund wurde dieses große Ereignis von Anton, Sirina, Lit, Gina und mir organisiert. Wir waren mit diesen intensiven Vorbereitungen gemeinsam mit den Lichtschiffen und der Elfenstadt viele Wochen beschäftigt. Denn für alle stand Sicherheit an oberster Stelle. Einerseits durfte das Raumschiff von den Radaren nicht entdeckt werden, andererseits musste auch die energetische und physische Sicherheit für die Menschen gewährleistet sein. Sie konnten die physischen Energien der Akturianer noch nicht direkt integrieren. So mussten die Akturianer einen Energieraum im Raumschiff erschaffen, in welchem sich die Menschen für einige Zeit aufhalten konnten. Susi und Sascha halfen uns dabei, alle gut auf dieses Ereignis vorzubereiten.
Meine liebe Gina bemühte sich redlich, die Hürden des menschlichen Verstandes zu begreifen und zu meistern. Ich spürte, wie schwer ihr das fiel und sich verschiedene innere Hindernisse aufbauten, die ihre Arbeit vor und nach den telepathischen Übertragungen erschwerten. Ich versuchte, so gut es ging, an ihrer Seite zu stehen. Sie wusste, wie wichtig unsere Arbeit war. Wir beide freuten uns auf das Ereignis des ersten Kontaktes. Denn so würden wir wieder einmal an Bord der SHIMEK gelangen.

Sirina, inzwischen im 6. Monat schwanger, schien durch ihren Zustand noch mehr an Kraft und Ausstrahlung gewonnen zu haben. Ich bemerkte, dass Gina sie still beobachtete und viel Zeit mit ihr verbrachte.
Außerdem spürte ich intensiv, sobald ich mit Gina körperlich zusammen war, dass zu uns eine Seele kommen wollte! Aber etwas hinderte sie. Ich konnte nicht ausmachen, ob es an Ginas Ängsten lag oder das Energiefeld auf der Erde zu niedrig für diese Seele war, um überhaupt in einen Körper zu gelangen. Ich wünschte mir aus tiefstem Herzen, dass diese Seele ihren Weg zu uns fand und Gina damit glücklich wurde! Ich wusste, dass sie es sein würde, auch wenn Angst noch im Weg stand. Dieser Umstand neutralisierte vielleicht das ständige Parallelisieren ihres Verstandes? So könnte sie die Energien des menschlichen Geistes meistern. Wie sollte ich ihr das erklären?
Dies war eine große Hürde für eine Außerirdische und sie musste durch diese Prozesse allein gehen! Wie sollte ein hohes Bewusstsein einen menschlichen Verstand meistern? Diese Ebene war für sie Neuland. Hier auf der Erde musste sie sich den niederen Gedankenformen stellen. Ich wusste, dass sie diese Gedankenfelder bisher nur am Rande streifte. Dennoch musste sie auch diese Ränder meistern. Ein Kind könnte ihr dabei helfen, diese Grenzen sofort zu erkennen.
„Woher willst du das so genau wissen?"
Gina hatte meinen Gedanken zugehört. Ich hatte nicht bemerkt, dass sie die ganze Zeit hinter mir stand, drehte mich um und umfasste ihre Hüften. „Ganz tief in mir drinnen weiß ich das."
Ich drückte sie sanft zu mir und spürte ihre Angst.
Sie sagte leise: „Ich habe noch nie ein Kind in einem menschlichen Körper geboren. Ich habe einfach Angst. Meinst du denn, es ist unsere Aufgabe? Wir haben doch so viel Anderes zu tun, ein Kind würde mich für mindestens ein Jahr aus den telepathischen Übertragungen nehmen."
Ich schaute in ihre offenen Augen und spürte, dass sich in ihr etwas geöffnet hatte. Ich küsste sie liebevoll auf die Stirn: „Ich glaube deine Ängste sind unbegründet. Du bist eine Außerirdische. Schau Sirina an. Es ist als würde sie das Kind gar nicht wirklich im Körper tragen."
Lit polterte in die Küche und scherzte: „Na, jedenfalls könnt ihr auf mich zählen, wenn es ums Babysitten geht."
Dabei kicherte er und verschwand wieder.

Gina sah mich durchdringend an. „Seit wir das erste Mal zusammen waren, spüre ich, dass eine Seele kommen möchte. Sie gehört bereits zu uns. Doch wir können sie nicht auf der Erde empfangen. Mein Vater hat mir angeboten, sie auf seinem Schiff in die Obhut meines Körpers und unseres Energiefeldes zu bringen. Also ich meine..."
In mir brach alles auf vor Freude! Mein Herz hatte immer respektiert, dass Gina Zeit brauchte. Ich hob sie hoch und trug sie vor Glück durchs gesamte Haus. Ich entwickelte plötzlich ganz seltsame Körperkräfte, die Gott wer weiß woher durch mich zu wirken schienen.
Plötzlich standen Sascha und Susi vor uns. „Was ist denn mit Euch los?", fragten sie verwundert.
Aus mir platzte es heraus: „Wir bekommen ein Baby." Und noch ehe mir bewusst wurde, dass ja das Baby noch gar nicht Bauch war sagte Gina: „Du bist wohl eher von meiner Entscheidung überwältigt."
Wir lächelten alle und ich ließ Gina wieder runter. Susi scherzte: „Na dann herzlichen Glückwunsch."
Der Tag des ersten Kontaktes für unsere telepathische Gruppe rückte immer näher und wir arbeiteten intensiv mit den letzten Vorbereitungen. Alles war minutengenau geplant und jeder Zeitabschnitt sollte exakt eingehalten werden. Vor allem mussten die Akturianer darauf achten, dass sie mit uns an Bord keine Dimensionswechsel unternahmen. Gina und ich hatten uns außerdem in der Raumschiffzeit dazu verabredet, für ein paar Minuten die Gruppe zu verlassen, um die Seele unsers Kindes in Empfang zu nehmen.

Am Tag des ersten Kontaktes wussten nicht einmal wir, wo genau unser Treffpunkt sein sollte. Mister Ai führte uns telepathisch. Wir hatten einen kleinen Reisebus angemietet und fuhren für etwa zwei Stunden durchs Land. Danach mussten wir für eine gute Stunde zu Fuß weiter gehen.
Als wir am Treffpunkt anlangten, sprach mein Vater in meinen Gedanken. „Lass die Gruppe zur Ruhe kommen. Ich werde mich heute nur für ein paar Minuten zeigen, um die Energiefelder für die SHIMEK auszurichten."
Die Gruppe bildete einen großen Kreis. In deren Mitte erschien mein Vater in Form einer Lichtgestalt für alle sichtbar. Er sagte in menschlicher Sprache. „Geliebte Menschenwesen. Heute ist ein

großer Tag. Ich bin Atonas, der König der Elfenstadt. Lange habt ihr meine Energie durch meinen Sohn erfahren. Doch heute ist es an der Zeit, dass ihr mich mit eigenen Augen sehen könnt. Ist dies nicht erstaunlich? Auch für uns ist das ein großartiger Moment, welchen wir lange erwartet haben!
Nun,... ich bitte euch: Versucht nicht, mich zu berühren! Gleiches gilt für die gesamte Besatzung der SHIMEK. Bewegt euch nur in Räumen, die für euch vorgesehen sind. Und so werde ich jetzt eure Auren reinigen, damit ihr bereit seid."
Mein Vater ging zu jedem Menschen hin und berührte ihn in seiner Aura. Es gab niemanden, der trockene Augen behielt. Atonas strahlte eine so tiefe und sanfte Liebe aus. Er berührte damit die Herzen und Seelen der Menschen.
Dann tauchte das Raumschiff über uns auf. Wir wurden gemeinsam mit den Menschen über eine Art Rolltreppe ins Raumschiff gehoben. Mein Vater begleitete uns. In einem riesigen geschützten Raum im Raumschiff nahmen alle auf extra vorbereiteten gelbgoldenen Sitzen Platz und Mister Ai erschien.
„Geliebte Kinder des Lichtes. Liebe Menschenseelen! Heute ist ein großer Tag in der Geschichte der Menschheit. Ich begrüße euch an Bord der SHIMEK."
Wieder weinten die Menschen und wischten sich Tränen aus ihren Gesichtern.
Mister Ai fuhr fort: „Ich möchte heute auch gar nicht so viel reden, denn das habe ich ja schon durch meine Tochter genug getan." Alle lachten. Mister Ai war immer wieder zu einem Späßchen aufgelegt. Das machte ihn für die Menschen erreichbar und nah.
„Heute wollen wir uns das Raumschiff anschauen und ich möchte euch meine Besatzung vorstellen. Wir werden dazu jedem von euch einen Schutzanzug anlegen. Dieser Anzug ist von Anfang bis Ende der Besichtigung geschlossen zu halten. Ihr müsst euch langsam an die höheren Energien gewöhnen."
Das war der richtige Zeitpunkt uns aus der Gruppe zu entfernen. Wir verließen unbemerkt den Raum. Auf dem Weg durch die Raumschiffgänge begegneten wir Teas. Wir umarmten uns sehr herzlich. Er schien zu wissen, warum wir auf die SHIMEK gekommen waren und lud uns ein: „Kommt mit! Ich habe alles vorbereitet."
Er führte uns in einen hell erleuchteten Altarraum. Dieser bestand nur aus goldenen, hellblauen und diamantenen Lichtern. Die

Energie dieses Raumes war sehr hoch und ich konnte kaum mehr eine fühlbare Verbindung zu meinem Körper herstellen.
Teas sagte telepathisch: „Es möchte eine wundervolle Seele euer Leben betreten. Sie befindet sich seit vielen Wochen in diesem geschützten Raum hier auf der SHIMEK und bereitet sich auf die Ankunft zur Erde vor. Sie wird für euch ein großes Licht sein und euer Leben in neue Bahnen lenken. Ihr werdet diese Seele hier nicht auf gewöhnlichem Wege empfangen. Leben ist heilig! Gott schenkt es und nimmt es wieder. So könnt ihr erkennen wie gesegnet ihr seid."
Ich spürte, wie aus Ginas und meiner Seele ein vereinigtes Feld wuchs, eine gemeinsame Seele. Unsere Aurakörper schlossen sich zusammen. Unser Bewusstsein wurde eins. Ich spürte nur noch Einheit und konnte uns nicht mehr auseinander halten. Dieses gemeinsame Feld der Liebe dehnte sich weiter aus und wuchs zur Raumgröße heran. Nun öffnete auch Teas sein Lichtfeld. Direkt aus seinem Herzen nahm er ein kleines, sehr hell strahlendes Licht. Beim näheren Hinsehen konnte ich einen kleinen Engel ausmachen.
Gina und ich öffneten unser gemeinsames Herzensfeld und nahmen die kleine Seele auf. Ich spürte, wie sich augenblicklich alles veränderte. Meine Körperhaltung. Meine Liebe. Meine Größe. Ich fühlte mich noch leichter und lichtvoller. Gleichzeitig spürten wir in unserem physischen Körperfeld einen geistigen Orgasmus, welcher sich direkt in unser gemeinsames Herzensfeld hineingoss. Dieser Orgasmus öffnete seine Pforten weiter und stieg in den Himmel auf, bis zur gemeinsamen Ekstase. In diesen Augenblicken nistete sich der kleine Engel in unserem heiligen Herzen ein und das Feld explodierte zu tausenden Sternentoren, aus welchen unser Geist zum Göttlichen empor stieg, um dann wieder zu uns zurückzukehren und sich tief in jeder Zelle unseres Seins zu verankern.
Es blieb uns keine Zeit, diese außergewöhnlichen Erfahrungen zu verinnerlichen. Aber ich spürte, dass dies ein besonderer Moment für alle im Universum war. Wir würden einen echten Engel auf die Erde bringen!
Teas umarmte uns. „Dies ist wahrlich ein besonderes Ereignis in der Geschichte der SHIMEK! Ich bringe euch zur Gruppe zurück. Bitte achtet auf euer gemeinsames Energiefeld. Es wird für euch neu und anders sein. Vielleicht werden es einige Menschen bemerken."

Wir betraten den Raum der Gruppe wieder. Mein Vater sah lächelnd zu uns rüber, während Mister Ai Gina lobte und sie zu sich bat. Er umarmte sie und die Menschen verneigten sich.
Mister Ai sagte zum Abschied: „Beim nächsten Mal werde ich mit einigen einen Rundflug unternehmen. Ich freue mich auf ein Wiedersehen. Behaltet uns mit Liebe in euren Herzen. Denn die Liebe wird es sein, die alle Wesen der Galaxien miteinander verbindet und ewigen Frieden bildet."
Berührt verließen wir alle das Raumschiff. Durch unsere eigenen Begegnungen waren wir mehr damit beschäftigt, das neue gemeinsame Energiefeld zu ergründen. Außerdem überkam uns nach der Rückkehr zur Erde unendliche Müdigkeit. Nach dem einstündigen Fußmarsch zurück zum Bus schliefen wir beide die gesamte Heimfahrt.
Sascha und Susi mussten uns wach rütteln, so weit weg waren wir in unseren Träumen. Lit sagte angestrengt zu uns: „Ihr müsst euch jetzt alle ein paar Tage ausruhen. Euer Körper braucht Zeit, die Energien und Ereignisse zu integrieren."
Als wir aus dem Bus ausstiegen, verneigten sich alle Menschen vor uns. Wir gaben diesen Brauch mit Liebe und Freude zurück.
Ich sagte: „Tragt dieses außergewöhnliche Ereignis in euren Herzen. Wir werden uns heute nicht mehr austauschen. Das nächste Treffen soll ein Fest sein! Also bis nächste Woche und ich wünsche euch eine heilsame und liebevolle Zeit."
Alle verabschiedeten sich mit viel Liebe von uns. Wir kehrten in unser Häuschen zurück und fielen übermüdet ins Elfensofa. Es war als hätten wir Jahre nicht geschlafen.

GINA AI - Tagebucheintrag 20

Im Konzertsaal

Seit dem letzten Aufenthalt auf der SHIMEK spürte ich ein tiefes Angekommensein meiner Seele im Körper. Ich war viel mehr im Hier und Jetzt meines Handelns und konnte in den Aufgaben auch energetisch klarer und kraftvoller wirken.

Das kleine Seelenwesen unseres zukünftigen Menschenkindes war tief eingebettet in das Energiefeld von Sonke und mir. Es sprach oft mit uns, erzählte von seinen und unseren Aufgaben. Da die Seele unseres zukünftigen Kindes bereits in unserem Energiefeld wohnte, hatte ich ausreichend Zeit, mich darauf vorzubereiten. Sie selbst konnte auch erst in mich eintreten, sobald ich wirklich bereit dafür war. Das beruhigte mich, denn ich hatte vor diesen Erfahrungen im Körper großen Respekt.

Mit den vergehenden Wochen fasste ich immer tieferes Vertrauen.

Eines Nachmittags, als wir wieder einmal beim Singen und Klavierspielen waren, klopfte jemand an unsere Haustür. Da Sonke einfach weiterspielte, öffnete ich die Tür. Ein großer, etwas hagerer Mann stand vor mir.

„Hallo, ich bin Matthias. Vielleicht weißt du wer ich bin? War mal Bassist in Sonkes Band. Seit Sonke sich zurückgezogen hat machen wir allein in einem neuen Projekt weiter. Wir spielen heute Abend hier in der Nähe. Hatte keine Telefonnummer, ich möchte euch aber herzlich einladen."

Er sah sehr nett aus und ich bat: „Komm doch herein."

Wir setzten uns in die Küche, um Sonke nicht zu stören. Er spielte am Klavier und sang in der Elfensprache.

Matthias bemerkte: „Das ist berührend." Ich sah Tränen in seinen Augen stehen und fragte: „Wie hast du uns gefunden?"

Er antwortete: „Eigentlich darf ich das nicht sagen. Es gibt jemanden in eurer telepathischen Gruppe... Er erzählt mir seit Wochen von seinen Erlebnissen und euren Gesängen. Es hat mich einfach angezogen."

Das Klavierspiel verstummte und Sonke betrat die Küche. „Magst du auch einen Kaffee?", fragte ich ihn, da ich spürte, dass er für einen Moment über den unerwarteten Besuch keine Reaktion finden konnte. Er antwortete: „Ja, gerne Schatz.", und gab mir einen Kuss.

Dann begrüßte er Matthias kühl und fragte: „Was führt dich zu mir?“
Er antwortete: „Mich hat das was du grad gesungen hast sehr berührt!“ Seine Stimme klang immer noch leise und versunken. Sonke schaute betroffen zu Boden. Matthias fuhr fort: „Ich habe es deiner Freundin schon gesagt, wir spielen heute Abend hier in der Nähe. Ich möchte euch herzlich einladen.“
Meinem inneren Impuls folgend sagte ich: „Ich würde sehr gern kommen!“
Sonke schaute mich fragend an und antwortete: „Wenn du unbedingt möchtest, begleite ich dich gern.“
Er drehte sich zu Matthias und sagte freundlich: „Also dann bis heute Abend und Gina ist übrigens meine Frau.“
Dann verließ er die Küche wieder, ging zurück zum Klavier und spielte gedankenverloren weiter.
Ich sagte zu Matthias: „Ich glaube, er hat es nie richtig verarbeitet, als er die Band verließ. Er war gern mit euch zusammen. Und ich glaube, er würde jetzt auch...“
Matthias unterbrach mich und sagte: „Ja wir wünschen uns auch, dass er wieder zurück kommt. Aber wir wissen, dass es nicht geht. Sein Weg ist ein anderer. Obwohl,... was ich grad von ihm gehört hab und auch mit deiner Stimme, als ich noch vor der Tür stand, das könnten wir sicher von der Bühne bringen. Der ganzen Band würde das gefallen!“
Ich lächelte berührt und antwortete leichtsinnig: „Ja, ich weiß. Vielleicht wird sich heut Abend was ergeben?“
Er sah nun aufgeheitert zu mir: „Wie willst du denn das anstellen?“
Ich musste kurz überlegen und fragte Atonas telepathisch, ob das in Ordnung sei, unsere Gesänge mit Rock- und Metallmusik zusammen zu bringen. Ich fand diese Vorstellung sehr interessant! Atonas antwortete: „Warum nicht? Das kommt auf einen Versuch an! Es ist nur eines sehr wichtig, wenn ihr unsere Energie in die Metallklänge einbringen möchtet: Bitte haltet euch von Alkohol und sonstigen Drogen fern! Sonst könntet ihr in ernsthafte Energiekonflikte geraten!“
Ich bedankte mich bei Atonas und hatte sofort einen Plan. Sonke sagte ich, dass ich in die Stadt führe, um einige Dinge zu organisieren.
So fuhr ich mit Matthias Richtung Konzertsaal. Auf dem Weg erklärte ich ihm, wie die Gesänge in mich kamen und wieder

gingen. Alles war einfach da! Es war nicht möglich mit dem Kopf eine Melodie dazu zu erfinden. „Weißt du, zwischen Sonke und mir entsteht es während wir es tun. Und alles fließt immer harmonisch zusammen. Es gibt keine Musik, die sich wiederholt, weil sie jedes Mal andere Melodien bringt. Ich weiß also überhaupt nicht wer von euch mich begleiten könnte, denn alles entsteht während wir es tun."
Ich spürte, dass Matthias nichts verstehen konnte. Im Konzertsaal stand zum Glück ein gestimmtes Klavier. Die anderen begrüßten mich freundlich und Matthias weihte sie ein. Ich ging zum Klavier und begann zu spielen. Wenn es sein sollte, würden sie sich mit ihren Instrumenten einfinden. Langsam stimmte ich mich auch gesanglich ein und spürte das offensichtliche Berührtsein der Musiker. Nach etwa einer halben Stunde fasste Matthias sich ein Herz und nahm seinen Bass in die Hand. Dann spielten Gitarre, Keyboards und Schlagzeug auch mit hinein.
Ich verließ das Klavier und nahm mir ein Mikro. Die bass- und gitarrenstarke Musik wurde immer intensiver. Nach ein paar Minuten musste ich mich setzen, da ich die tiefen Bässe kaum mehr aushalten konnte. Ich drehte mich zur Band, um allen in die Augen sehen zu können und begann zu singen. Alle Musiker waren in eine Art gemeinsame Trance gefallen. Ich konnte nicht genau wahrnehmen, wo sie waren. Im Herzen spürte ich, dass sie von irgendwoher geführt wurden, denn die Sounds passten alle perfekt zusammen.
Mein Herz schlug immer schneller. Tränen liefen. Ich spürte meinen Körper immer weniger, wusste aber genau, dass diese Musik die Menschen unendlich tief berühren würde!
Ich musste mich hinlegen, sang immer weiter bis keine Stimme mehr aus mir kam und ich einer Ohnmacht nahe war.
Die Band hörte auf zu spielen. Mit einem Schlag war ich wieder voll und klar da. Ein paar Leute von der Veranstaltungsorganisation klatschten und pfiffen.
Matthias kam zu mir: „Na, alles klar Kleine?"
Ich lächelte und antwortete: „Ist für mich ganz schön intensiv, euer Sound. Ich weiß nicht, ob ich das durchhalte."
Ich wusste, dass ich es würde, mit Sonke gemeinsam! Wir brachten diese Energien ja immer gemeinsam zu den Menschen und mit vier weiteren Leuten im Backround würde noch ganz viel mehr entstehen. Also wollte ich es versuchen.

Ich sagte zu Matthias: „Lass uns heute Abend den letzten Song so planen. Okay?“
Er gab mir seine Hand: „Danke! Bis heute Abend dann.“
Ich verließ den Konzertsaal und lief zu Susi und Sascha nach Hause. Ich war völlig gerädert und musste mich eine Stunde lang hinlegen. Ich erzählte Susi und Sascha die Geschichte von der Band. Sie hatten sofort Lust uns begleiten.
Sonke weckte mich später: „He Süße, wir müssen gehen, sonst kommen wir zu spät.“
Anton und Sirina waren auch gekommen. So fühlte ich mich geschützt und sicher.
Vorm Konzertsaal flunkerte ich mit Sonke: „Na mein Lieber, magst du nicht doch einen Song singen?“
Ich spürte seine Erinnerungen und auch Widerstände aufwallen. Dann setzte er seine Kapuze und Sonnenbrille auf und legte seinen typischen „ich bin nicht da“ Schritt ein, damit die Leute ihn nicht erkannten.
Das ganze Konzert über stand er regungslos da. Ich konnte nicht spüren was in ihm vorging, denn er hatte sein System vollkommen abgeriegelt. In der letzten Minute des vorletzten Songs küsste ich ihn und forderte ihn auf: „Vielleicht kannst du dich beim letzten Titel öffnen,... und vielleicht wirst du fühlen, dass du dann diese Bühne betreten möchtest. Ich möchte dich aus tiefstem Herzen bitten, es dann auch zu tun.“
Er stand noch immer reglos da, aber jetzt konnte ich spürten, dass er sehr wütend war. Während ich langsam zur Bühne vor ging, rief ich Atonas. Ich bat ihn mit Sonke zu reden, denn ich wusste, allein würde ich die Energie nicht halten können.
Auf der Bühne angekommen setzte ich mich ans Klavier und wartete, bis der Song zu Ende war. Matthias teilte dem Publikum mit, dass sie etwas Besonderes erleben würden. „Vielleicht wird das nur einmal geschehen und nie wieder.“, vollendeten seine Worte die Ansage. Dann wurde das Podest mit dem Klavier und mir obendrauf zur Bühnenmitte geschoben. Zehn Mädchen stellten die gesamte Bühne voller Kerzen und zündeten überall im Saal Räucherstäbchen mit mildem Wildrosenduft an. Matthias bat die Zuschauer sich auf den Boden zu setzen.
Ich begann langsam zu spielen. Im Saal sah ich noch einen einzelnen Mann stehen. Sonke! Ich schloss meine Augen und fühlte mich, die Töne des Klaviers und die Musiker. Meine Stimme setzte ein und später die anderen Instrumente. Ich

spürte tiefes Berührtsein der Menschen. Einige weinten. Sie wussten es nicht: Es war nicht unsere Musik, die Tränen in ihnen auslöste! Es war die eigene Seele, welche sie in den Momenten der Harmonie von Akturus und der Elfenstadt spüren konnten.
Dann fühlte ich meinen Körper nicht mehr, spürte kaum mehr meine Hände auf der Klaviatur. Meine Sinne schwanden mehr und mehr, und doch hörte ich meine Stimme immer weiter singen. Das Klavier verstummte.
Wenig später war ich plötzlich wieder ganz klar und hörte das Klavier spielen. Ich spürte eine vertraute Wärme an meiner Seite. Sonke hatte sich neben mich auf den Klavierhocker gesetzt. Seine Stimme hallte durch den Saal zu schweren Gitarrenriffs und orchestralen Keyboardklängen. Sie wirkten durch unsere Stimmen plötzlich weich und gingen tief ihren Weg zu jeder Seele hin. Jeder schien dort berührt zu werden, wo sich der Weg zur Seele geöffnet hatte.
Ich sah einen Saal mit so vielen Menschen. Sie weinten und öffneten die inneren Tore zu sich selbst, damit sie ihre Träume erkennen und fühlen konnten. Auch die Musiker auf der Bühne schienen während sie spielten sich selbst zuzuhören, in ihre eigenen Träume einzutauchen und zugleich eine Reihe von Selbsterkenntnissen zu haben. Es war ein Meer voller Musik und jeder im Raum schien darin mitzuwirken. Durch Träume und Erkenntnisse änderten sich die Melodieabläufe und Harmonien.
Ich war überwältigt von den Auswirkungen unseres gemeinsamen Spielens und als wir am Ende ankamen, hörte niemand auf zu klatschen. Der Veranstalter kam auf die Bühne. Er verneigte sich vor Band und Publikum und bedankte sich persönlich.
Als das Saallicht anging, blieben die Menschen im Saal sitzen und wir auf der Bühne. Alle schienen untereinander verbunden zu sein. Sie lächelten sich an, erzählten leise oder schwiegen im Genießen und Nachfühlen vergangener Momente.
Sonke saß noch immer hinter mir und flüsterte in mein Ohr: „Danke.“ Dann stand er auf und schaute seine ehemaligen Kollegen an. Er sagte kein Wort und alle schienen es zu verstehen.
Ich spürte eine tiefe Müdigkeit und fiel fast vom Klavierhocker. Die Energien hatten ganz schön durch mich gearbeitet. Ich nahm meine Kraft zusammen und stand auf. „He Jungs, es tut mir leid, ich bin jetzt ziemlich k.o. und muss euch verlassen.“

Sonke trat zu mir und nahm meine Hand. Zur Band sagte er: „Danke für euer Verständnis. Ich glaube, wir alle müssen das erstmal sacken lassen."
Er umarmte zum Abschied jeden Musiker und wir fuhren schweigend nach Hause. Ich spürte für mich instinktiv, dass ich zu dieser Art von Musik nicht jeden Abend singen konnte. Aber selbst wenn dieses Ereignis nur einmal stattgefunden haben sollte, würde es doch im Herzen all dieser Menschen lebendig bleiben.

Sonke Jar- Tagebucheintrag 21

Neue Klangwelten

In diesen Tagen blieb ich viel mit mir und meiner Seele allein. Es war so ein tiefes Bedürfnis, mich einfach nur in mich selbst fallen zu lassen.

Ich fuhr in dieser Zeit einen Tag lang in meine Heimat nach Bayern und suchte meinen Kraftplatz mit See auf. Ich schwamm lange im klaren Wasser und es schien sich Vieles von mir abzulösen. Auch wenn ich nicht genau wusste, was es war.

Später legte ich mich auf die Wiese, starrte einfach nur gedankenlos in den Himmel und genoss die Sonnenwärme auf meinem nackten Bauch. Das Konzert mit meiner ehemaligen Band durchstreifte noch einmal meine Sinne. Ich fand keine rechte Position, die ich wahrhaft einnehmen konnte und die für mich rundum stimmig war.

Dann sprach mein Vater durch meine Gedanken und fragte. „War es nicht ein tolles Ereignis?"

Ich musste lächeln. So betrachtet war es das! Doch spürte ich auch, dass dort nicht mehr mein Zuhause war. Vielleicht hatte ich auch in gewisser Weise Angst davor, wieder in alte Muster zu fallen und wusste nur zu genau, dass ich mir damit selbst am wenigsten dienen würde. Auch wenn die Bühne noch einen gewissen Reiz auf mich ausübte, fühlte ich, dass ich einer anderen Bestimmung folgen wollte. Mich erfüllten die Klänge und die Arbeit mit Gina in einer ganz anderen Weise und ich fühlte mich glücklich und frei!

„Dann lass dieses Ereignis ziehen und halte nicht daran fest. Es gibt immer wieder neue Aufgaben für euch und neue Entdeckungsreisen." Mein Vater sprach sehr sanft und liebevoll. Ich konnte diese Liebe sehr tief in meinem Körper wahrnehmen.

Er hatte natürlich Recht! Ich wusste außerdem, dass für Gina die Energien mit einer Band einfach zuviel waren. Wir mussten beide in unserer Zusammenarbeit noch stabiler werden. Mein Vater sagte: „Ihr macht wirklich eine tolle Arbeit. Wir sind sehr glücklich. Die Konzile des Lichtes haben sich wieder beruhigt und schauen aufmerksam auf euer Wirken!"

Ich spürte eine leise Sehnsucht in die Elfenstadt bei seinen Worten und antwortete: „Ja Vater, das ist gut. Vielleicht werden

irgendwann die Dimensionsreiseverbote für uns wieder aufgehoben."
Mein Vater schwieg. Ich erhob mich, zog meine Sachen wieder an und schlenderte langsam zum Wagen. „Vater, was ist eigentlich mit der kleinen Seele, die zu uns kam? Also ich meine, Gina ist noch immer nicht schwanger." Wieder blieb es still im Kanal.
Als ich auf der Heimfahrt war, sprach Engel Raphael zu mir. Er hob mich mit seiner lichtvollen Kraft auf eine völlig neue Ebene. „Geliebter Sonke, wir Engel im Universum sind sehr glücklich, über das was ihr auf der Erde verwirklicht. Du weißt, dass wir auch eine innige Verbindung haben. Und so möchte ich dich bitten, wenn Du das nächste Mal mit Gina zu Hause singst, es einmal mit meiner Energie der Heilung zu probieren."
Ich lächelte: „Ja Raphael, das werde ich von Herzen gern tun".
Ich probierte es während der Autofahrt gleich aus. Und so kam es mir vor, als wäre ich nach Hause geflogen, da ich gefühlsmäßig schon wenig später vor unserer Haustür stand. Mein Herz war leicht. Ich stieg aus und wurde von Zunami stürmisch begrüßt. Sie folgte mir bis ins Haus und ich stellte ihr ein paar Früchte hin.
In der Küche saßen Gina, Anton, Sirina, Susi, Sascha und Lit beim Abendessen. Zunami war mir gefolgt und sprang auf Ginas Schoß. Sie brachte den ganzen Tisch in eine ausgelassene Heiterkeit, denn sie hatte lediglich im Sinn, von jedem ein Stück guten Essens abzustauben.
Ich küsste Gina, setzte mich neben sie an den Tisch und fragte ausgelassen: „Na, was gibt's für neue Ideen und Inspirationen?"
Alle begannen laut zu lachen und ich musste einfach mitlachen, solange bis mir der Bauch wehtat.
Anton sagte: „Wir haben vorhin gewettet, was deine ersten Worte sein würden, wenn du am Tisch sitzt."
Ich grübelte. „Hm, ich war heute ein bisschen in Bayern unterwegs. Musste mal wieder ausgiebig baden gehen."
Wieder lachten alle und ich wusste nicht warum. Deshalb fragte ich: „Und wer hat gewonnen?"
Sirina sagte lächelnd: „Na, du bist die neue Inspiration." Und Lit vervollständigte den Satz: „Der Mann von den Sternen."
Ich frage ungeduldig: „Vielleicht wollt ihr mich jetzt doch mal einweihen?"

Daraufhin legte mir Susi ein Stück Zeitung auf den Tisch. Als Überschrift stand fett gedruckt: „Der Mann von den Sternen." Darunter stand ein Bericht vom Konzertabend mit meiner ehemaligen Band geschrieben. Ich überflog den Artikel, welcher mit den Worten: „was wird es wohl für neue Inspirationen und Ideen geben, welche diese Sternenmenschen zukünftig mit uns teilen?!", endete.
Ich legte den Artikel beiseite und kostete von Lits' köstlichem Abendmahl. „Das ist wie immer sehr gnomisch, Lit! Ich liebe deine Küche einfach!"
Er grinste mich schelmisch an und sagte: „Nur gut, dass es mein Abendessen gibt! Dann kannst du jetzt ganz gekonnt deiner Meinung zu diesem schicken Zeitungsartikel entkommen! Danke dir natürlich trotzdem für die Lorbeeren!"
Ich blieb ganz ruhig und fragte offen in die Runde: „Was habt ihr denn vor?"
Gina antwortete: „Ach eigentlich gar nichts. Susi und Sascha hatten da heute ein paar Ideen." Ich sprang vom Stuhl auf, sodass Zunami erschrocken von Ginas Schoß flüchtete und sich unterm Tisch verkroch. Ich holte sie wieder hervor und nahm sie auf den Arm. Sie kuschelte sich an meine Brust und schloss ihre Augen. Ich spürte, dass sie sich an der Pfote verletzt hatte und streichelte sie vorsichtig.
„Leute, ohne da was vorweg zu nehmen. Dieser Abend war für mich einmalig! Ich habe mit dem alten Sonke abgeschlossen und möchte auch nicht wieder in dieser Form als Band auf eine Tour gehen. Das ist mir zu anstrengend. Ich komm halt auch in die Jahre. Deshalb bin ich sehr froh, dass ich mit Gina so einen tollen Weg der Musik gefunden habe! Und ich danke euch allen, dass ihr uns so sehr bei unserer Arbeit unterstützt!"
Susi stand nun auch auf und sagte: „Aber ihr habt die Leute so sehr begeistert. Ihr könntet innerhalb von wenigen Monaten weltweit bekannt sein! Also ich meine, wenn es euch so wichtig ist, eure Energie von den Sternen zu den Menschen zu bringen, dann wäre das der einfachste, und wie ich meinen möchte, genialste Weg."
Ich wurde wieder ruhiger und schaute zu Sascha. Er sagte: „Wir könnten euch unterstützen, mit unserer gesamten Gruppe von Jugendlichen. Das würde uns so viel Freude bereiten!"
Ich lächelte und antwortete bestimmt: „Ja Sascha, ich weiß das. Und Susi, der einfachste Weg ist vielleicht nicht unser Weg.

Unsere, wie ihr sagt, Energie von den Sternen wird auch so um die ganze Welt getragen. Von uns gibt es noch andere auf diesem Planeten. Ich habe das Gefühl, dass diese Art von, sagen wir mal, neuer Kunst einfach auch neue Wege braucht. Ich möchte diesen Weg finden und wenn ihr möchtet natürlich gemeinsam mit euch allen umsetzen. Ein muffiger Konzertsaal mit kaltem Zigarettenqualm und Alkohol fühlt sich für mich einfach nicht mehr stimmig an. Auch ist das, was wir tun, einfach etwas ganz Neues. Ich möchte dafür auch einen neuen Rahmen finden. Auch wenn ich noch nicht weiß, wie er aussehen wird, empfinde ich doch, dass unser Weg beim Gehen entsteht und gleichzeitig gebaut wird. So lasst uns dort weitermachen, wo wir grad stehen und vorwärts gehen. Ich bin mir sicher, dass es so der beste Weg ist. Wir alle müssen in diese Aufgaben zutiefst hineinwachsen. Ganz einfach, weil es für uns alle neu ist. Und es gibt für mich keine Frage! Wir werden die Menschen berühren und vielleicht auch uns selbst für eine neue Art des Lebens, des Fühlens, des Bewusstseins, der Erkenntnisse, des Träumens und Wahrnehmens öffnen. Dies ist unsere Aufgabe, Liebe und Sehnsucht zugleich."
Susi und Sascha schauten beschämt zu Boden. Susi sagte: „Vielleicht hast du Recht. Also ich meine, du hast viel mehr Erfahrung. Wir dachten nur, es wäre jetzt die Gelegenheit."
Ich nahm Susi in meine Arme und sagte liebevoll: „Ich schätze dich und Sascha sehr. Ich freue mich, dass ihr bei uns seid. Bitte verstehe, dass wir langsam gehen müssen, damit unsere Seelen die Gelegenheit haben, sich hier grundlegend anzupassen. Und glaube mir, alles wird sich erfüllen und wir werden den Traum der Mutter Erde zu den Menschen bringen. Sie werden spüren, dass sie alle den gleichen Traum träumen. Den Traum der Liebe."
Susi fielen ein paar Tränen aus den Augen und sie antwortete: „Wir werden weiter mit euch gehen. Danke für deine starken Worte."
Ich nahm lächelnd Ginas Hand. „Lasst uns ein wenig singen gehen, zum Abendausklang."
Wir gingen alle ins Wohnzimmer und ich setzte mich ans Klavier. Diesmal stimmte ich mich auf Engel Raphael ein und spürte schon bei den ersten Tönen, die ich spielte, wie alle in eine tiefe Berührung und Begegnung mit ihrer Seele kamen. Meine Stimme klang anders als gewöhnlich und auch die Sprache kam als neue Identität und wechselte ständig ihre Klangfarben.

Nach einiger Zeit setze sich Gina neben mich ans Klavier. Sie hatte Zunami im Arm. Ihre Pfote war inzwischen dick angeschwollen. Ich spürte, wie Gina sich mit in meine Verbindung zu Engel Raphael begab. Es dauerte eine Weile und ihre Stimme schwebte wie sanfte Energiewellen, die ein sehr breites Tonspektrum abdeckten. Ich war verwundert, dass Klavier und meine Stimme auch noch harmonisch mitklangen. Noch nie hatte ich einen derartigen Klangteppich erfahren! Außerdem wurde ich von den Heilungsenergien von Engel Raphael durchströmt. Ich bemerkte, wie das Energiefeld in Gina und mir eine Acht bildete. Der ganze Raum wurde mit uns immer höher gehoben.
Nach etwa einer halben Stunde hatte ich das Gefühl in Engel Raphaels Heilungstempel zu sitzen. Die Energien begannen weiter zu fließen. Ich sah, wie Licht sich verdichtete und wieder auflöste.
Ich wusste, dass in dieser Energie große Heilung stattfinden konnte! Langsam spielte ich leiser und ließ die Verbindungen abklingen. Als ich später die Augen öffnete, waren alle noch tief versunken. Gina hielt mir Zunami hin und ich bemerkte, dass ihre Pfote nicht mehr geschwollen war! Die starken Energien von Engel Raphael hatten sie geheilt!
Ich schaute in Ginas Augen und erblickte die tiefe Liebe ihrer Seele. Langsam hüllte sie mich in die sanfte weibliche Erdung und ich spürte, wie erfüllend diese für mich war. Ich strich ihr über die Wange und flüsterte leise: „Ich liebe dich." Wir beide fühlten sehr innig, dass wir heute etwas Ungewöhnliches erfahren hatten. Es war wieder ein Schritt. Ein Schritt in unsere gemeinsamen Aufgaben. Ein Meilenstein im Dienst für die Menschen. Die heilende Erfüllung bettete mich tiefer in himmlische Wogen.
Nachdem alle wieder zu sich gekommen waren, ergab sich auch mit Susi und Sascha ein stilles und tieferes Verstehen. Ganz ohne Worte. Ein Verstehen tief in der Seele. Ein wundervolles klares Sein und Bewusstsein. Jeder hatte diese tiefe Heilungsenergie erfahren! Ein Geschenk von unermesslichem Wert.
Als wir später im Bett lagen, tappelte Zunami die Treppen zu uns herauf. Sie hüpfte mit einem Satz ins Bett und kuschelte sich an mich ran. Ich schaute sie streng an und sagte: „Zunami, wir hatten doch ausgemacht, das Schlafzimmer ist für dich tabu."

Sie blickte mich mit ihren hübschen Kulleraugen traurig an. Gina flüsterte: „Lass sie doch nur die eine Nacht. Ich glaube, sie muss diese Energien von Raphael auch erst integrieren."
Und schon huschte ein Lächeln über die Augen des Waschbären. Sie legte ihren Kopf wieder auf ihre Füße und schloss beruhigt ihre Augenlieder. Auch Gina kuschelte sich zu mir. Draußen donnerte es. Der Regen fiel auf unser Dach. Gina liebte es so geborgen einzuschlafen, während es regnete. Es hatte auch für mich etwas Beruhigendes und Heimisches.
Erfüllt, wie zwei Sternenkinder nach einer spannenden Entdeckungsreise, schliefen wir sanft und ineinander geborgen ein.

GINA AI - Tagebucheintrag 22

Stab des heiligen Feuers

Es zogen einige Monate ins Land. Unsere Gesangsstunden mit Raphael vertieften sich immer weiter. Wir führten sie vorerst nur für unsere kleine private Gruppe zuhause durch. In den telepathischen Zusammenkünften sprachen weiterhin Atonas und mein Vater durch uns.

Sie hatten für unsere telepathische Gruppe einen Ausflugstag in die Elfenstadt geplant. Dieser erforderte lange Vorbereitungen. Es wurde ein Tag ausgesucht, an welchem die Dimensionstore und Brücken geöffnet waren, so dass Sonke und ich auch mitreisen konnten. Denn noch immer sollten wir die Regel und Bedingung einhalten: Keine Reisen durch Dimensionstore. Ich hoffte tief in meinem Herzen, dass diese Beschränkungen für uns wieder aufgehoben würden und hatte das tiefe Gefühl, dass die Heilungsarbeit, welche durch Engel Raphael in uns geschah, ein wesentlicher Bestandteil war.

So rückte der Tag immer näher und wir bereiteten die Gruppe sorgsam auf die Elfenstadt vor. Ich freute mich so sehr auf dieses Wiedersehen mit Atonas, Elina, Arin, den Einhörnern und all den anderen Naturwesen. Zum ersten Mal würde eine Gruppe von ganz normalen Menschen in die Elfenstadt reisen! Allein dieser Gedanke stimmte mich überglücklich!

„Ich kann es auch kaum mehr erwarten und freue mich, dass ich für diese Menschengruppe dann immer sichtbar bleiben darf!" Lit lächelte mich an und hob bei seinen Worten freudig die Hände in den Himmel. Ich umarmte ihn und antwortete: „Ich bin so ultra gespannt darauf, was alles geschehen wird. All die lichtvollen Energien werden immer klarer in uns und den Menschen."

Lit sagte: „Ja, ihr habt bereits die Erde eures gesamten Grundstückes geheilt und alle Pflanzen und Tiere darauf in eine gesunde Schwingung gebracht. Auch sie tragen jetzt ein neues Bewusstsein. Hast du gesehen wie Zunami sich verändert hat?"

Ich lächelte: „Ja Lit! Zunami ist seit der ersten Heilungszeremonie jede Nacht Dauergast in unserem Schlafzimmer."

Sonke betrat den Raum und umarmte mich: „Siehst du Schatz, so ist das, wenn man ihr das einmal erlaubt hat. Aber weißt du, ich hab Zunami sehr lieb. Sie wird irgendwann ausziehen, wenn sie einen Waschbärenjungen gefunden hat."

Daraufhin tappelte Zunami in die Küche und schaute uns mit ihren großen Augen an. Alle lachten und Lit sagte belustigt: „ Vielleicht lässt sie sich ebenso lange Zeit wie ihr."
Sonke antwortete: „Lit, du bist und bleibst ein Schelm. Dafür liebe ich dich." Lit schaute verlegen zu Boden und ich sagte leise zu Sonke: „Wir sollten uns hinlegen. Wir müssen heute Nacht wieder fit sein."
Um Mitternacht sollte das Raumschiff zur Perlenwiese kommen, um uns abzuholen. Die Dimensionstore blieben 24 Stunden geöffnet. Wir würden in dieser Zeit nicht schlafen und hätten all die Stunden für die Elfenstadt zur Verfügung. Die Reisezeiten würden leider etwas länger dauern: Dadurch, dass wir nicht über die Dimensionstore reisen durften. Aber das war uns nicht wichtig. Ich hatte das Gefühl, auf uns wartete etwas ganz Neues.
Sonke hob mich auf seine Arme und flüsterte mir ins Ohr: „Ich wüsste da was viel Besseres als schlafen, so mitten am Tag."
Er trug mich ins Schlafzimmer und legte mich aufs Bett. „Ich bin doch viel zu schwer für dich", sagte ich lächelnd. Er küsste mich und antwortete: „Du weißt ja die Elfenkraft vergisst jede Schwere! Zumindest für die Liebe."
In diesen Momenten schlich Zunami ins Schlafzimmer. Sie sprang aufs Bett und schaute uns verwirrt an. Ich nutzte die Gelegenheit, um ins Bad zu gehen. Als ich nach einer warmen Dusche wieder ins Schlafzimmer zurückkehrte, war Sonke eingeschlafen. Zunami hatte sich in seinen Arm gelegt. Ich kuschelte mich auf die andere Seite und schlief auch zufrieden ein.
Das Raumschiff holte uns pünktlich von der Perlenwiese ab. Mein Vater begrüßte uns wie immer freundlich. Ich freute mich sehr ihn wieder zu sehen. Die Gruppe wurde immer vertrauter mit dem Raumschiff und so verlief das Ein- und Aussteigen sehr geordnet, schnell und reibungslos.
Elina und Atonas begrüßten uns alle in der Elfenstadt. Ich spürte, wie sehr Sonke sich freute seinen Vater wiederzusehen. Er fehlte ihm einfach sehr. Elina und Atonas übernahmen die Gruppe und führten uns zuerst zu den Einhornweiden. Auf dem Weg dahin erzählte Atonas den Menschen das Wichtigste über das Elfenland. Wozu es da war und warum ausgerechnet die Elfen auf diese Dimension der Liebe des Erdgitternetzes gekommen waren. Seine Worte waren weich und tief. Die Gruppe wurde im Herzen berührt vom Zauber des Elfenlandes.

Auf den Einhornweiden hatten uns die kleinen neonfarbenen Elfen ein Frühstück bereitet. Es bestand hauptsächlich aus Elfenbrot und Elfenwein. Frischer Kaffee, wunderbar duftende Kräutertees und unzählige frische Früchte. Die Menschen staunten, so wie ich damals, als ich das erste Mal einen Fuß ins Elfenland setzte. Wir hatten sie lange darauf vorbereitet, nun die fließende Liebe dieser sanften Geschöpfe empfangen zu können.
Atonas setzte sich zu uns. Er gab Sonke und mir zu verstehen, dass wir hier in der Elfenstadt eine andere Reise antreten sollten. Er entschuldigte sich dafür, dass er uns nicht begleiten kann, denn er wollte die Menschen durch sein Land führen. Ich bemerkte, wie Sonke unruhig wurde. Atonas umarmte ihn. Sie tauschten ein paar Worte in einer uralten elfischen Sprache, die ich nicht verstehen konnte. Die Energie der beiden war so stark, dass einige Menschen von ihr tief berührt wurden.
Die Einhörner galoppierten uns entgegen. Wir durften auf ihren Rücken Platz nehmen. Atonas sagte zu den Menschen: „Gina und Sonke haben heute eine eigene Reise vor. Damit sie euch auf der Erde wieder neue Energien übermitteln können, müssen sie hier einen anderen Ort aufsuchen."
Eine Menschenfrau trat hervor und fragte: „Herr Elfenkönig, wieso reist du nicht mit den beiden? Ich glaube, sie brauchen dich nötiger als wir."
Atonas antwortete: „Mein Platz ist heute bei euch. Ihr alle seid das erste Mal im Elfenland. Es ist meine Pflicht und mir eine Ehre heute anwesend zu sein und euch mein Land zu zeigen."
Die Frau antwortete: „Aber jeder kann doch sehen, wie traurig dein Sohn ist. Also ich würde mich freuen, wenn du ihn begleitest."
Atonas berührte während seiner Worte die Aura der Frau vorsichtig. „Wir Liebenden folgen den Stimmen unserer Seelen. Glaub mir es ist alles gut, so wie es ist."
Das Gespräch zwischen Atonas und der Frau berührte alle zutiefst.
Wir entfernten uns immer weiter von der Gruppe. Atonas gab uns telepathisch zu verstehen, dass die Einhörner uns führen würden.
Sie brachten uns weit hinter die Einhornweiden. Wir überquerten einen farbenfrohen, breiten, nicht sehr tiefen Fluss, welcher in seinem Bett herrliches, türkisklares Wasser führte. Dahinter befand sich ein dichter Wald, in dessen Zentrum ein uralter Baum wachte. Er zählte zu den ältesten Bäumen der Elfenstadt und

war viele tausend Jahre alt. Unter seinen uralten Wurzeln zeigte sich uns ein Eingang. Wir liefen weit ins Innere des Baumes und fanden eine riesige goldene Höhle vor, in deren Herzen ein Tempel lag. Dieser schimmerte in seiner gesamten Aura grünlich und das Gold flimmerte wie tausende Sterne zwischen den Farbstrahlen. Es stieg ein weicher Lichtnebel auf. Ganz im hinteren Rand war eine wunderschöne Wasserklangorgel in den Tempel gegossen.
Nun manifestierte sich in Tempelmitte ein Engelslicht. Es verdichtete sich immer tiefer und ich erkannte Engel Raphael!
Wir verneigten uns vor Raphael: „Meine lieben Kinder des Lichtes. Ich bin so froh, dass ihr heute gekommen seid, denn ich möchte euch noch ein Werkzeug überreichen, damit ihr geschützt und sicher seid. Es könnte sein, dass ihr mit schwierigen Energiemustern konfrontiert werdet. Ich möchte euch heute den *Stab des heiligen Feuers* überreichen."
Er wickelte aus grüngoldenem Stoff einen diamantfarbenen, durchsichtigen Stab. Fast hätte man ihn mit Glas verwechseln können. Er hielt ihn vorsichtig ins Licht und sagte: „Dieser heilige Stab ist mit der göttlichen Macht und Kraft angefüllt. Er löst jede dunkle Energie aus dem Stofflichen und Feinstofflichen. Er schneidet alte, schwierige Verbindungen los, die in karmischen Leben durch Gelöbnisse oder Flüche aneinander gebunden wurden. Bitte versteht, dass dieser Stab sehr heilig ist und er nur funktioniert, wenn eure Absichten stark und rein sind. Er wird euch außerdem bei eurer Heilungsarbeit beschützen und einen unsichtbaren Schutzkreis um euch bilden. Der Stab ist sehr mächtig! Gebt also acht! Er kann für Erdheilungen eingesetzt werden oder dazu Menschen zu heilen. *Doch bedenkt: Immer wieder geschieht alles durch die Hand Gottes, die euch führt. Ihr stellt euch als Bote für das göttliche Schöpfungslicht zur Verfügung."*
Er hielt Stab und Hände über uns: „Ich ermächtige euch hiermit, den Stab des heiligen Feuers zu benutzen und zum Wohle aller Lebewesen einzusetzen." Engel Raphael segnete uns. Wir standen dabei aufrecht vor ihm. Er überreichte uns feierlich den Stab.
Nach der Zeremonie überkam mich eine große Traurigkeit. Sonke nahm mich in den Arm und wir gingen zur Tempelorgel. Er setzte sich und begann zu spielen. Die Wassermusik klang lieblich und engelsgleich! Sie erinnerte mich stark an meinen

Besuch auf der Venus. Während Sonke weiterspielte und in eine Art Heiltrance fiel, nahm mich Engel Raphael bei der Hand. Ich spürte wie mich seine sanfte Liebe schützend umarmte. Wir liefen eine Weile durch den Tempel und mein Licht wurde immer mehr angehoben. Dann sprach er: „Mein geliebtes Licht. Du trägst bei dir eine Seele und ich spüre, du bist nicht bereit."
Ich brach in Tränen aus. Engel Raphael küsste mich auf die Stirn. Es dauerte lange, bis ich mich ausgeweint hatte. Dann sah er mir zutiefst in die Seele und sagte: „Liebes Kind des Lichtes, du musst nichts tun, wozu du nicht bereit bist! Es gibt Niemanden, der dir böse ist, wenn du diese Seele nicht durch deinen Körper auf die Erde tragen möchtest."
Mir wurde wieder bewusst, wie sehr ich mich davor gefürchtet hatte. Etwas in mir wollte Sonke nicht enttäuschen. Ich wusste, dass er sich dieses Kind so sehr wünschte und doch schien in mir etwas blockiert zu sein.
Engel Raphael sagte: „Es wäre für dich gefährlich, ein Kind im Körper auszutragen, wenn du es nicht wirklich aus tiefstem Herzen tun möchtest."
Ich begann wieder zu weinen und antwortete: „Weißt du, ich möchte diesen Wunsch wirklich so gerne erfüllen, aber ich spüre, dass mein Körper dafür nicht zur Verfügung stehen kann. Es wäre nicht meine Wahrheit. Ich kann auch nicht erklären warum. Es ist einfach wie es ist."
Engel Raphael tröstete mich: „Gina, ich bitte dich trotzdem, es Sonke zu sagen. Die kleine Seele werde ich wieder mit zurück ins Universum nehmen."
Plötzlich stand Sonke hinter uns und schaute uns lächelnd an. „Hört mal, die Orgel hier kann allein weiter spielen, wenn ich es will! Entschuldigt! Hatte gerade das Gefühl, ich bin Teil eures Gespräches und sollte dabei sein."
Ich schaute zu Boden und flüsterte: „Engel Raphael wird unsere kleine Seele wieder mit zurück ins Universum nehmen. Sonke, mein Körper ist nicht bereit dafür." Ich sah in seine klaren Augen und wieder schossen Tränen nach oben. „Ich fühle mich schuldig, dass ich es nicht kann. Aber es liegt nicht in meiner momentanen Wahrheit und dann gäbe es vielleicht Komplikationen."
Ich bemerkte, dass Sonke noch klarer im Geist wurde. Er nahm mich in den Arm und sagte ruhig: „Gina, ich weiß das. Ehrlich gesagt, bei den Aufgaben, die wir derzeit auf der Erde haben,

gibt es keinen Platz für ein Kind. Die Blockierungen, welche du spürst sind bestimmt meine. Sieh mal, ich bin ohne Vater aufgewachsen. Ich möchte nicht, dass unser Kind ohne Eltern aufwächst. Vater sein ist eine Aufgabe, für die ich Zeit haben möchte. In anderen Dimensionen ist das etwas anders. Auf der Erde brauchen uns die Kinder. Es ist eine Lebensaufgabe, eine Seele in ein ehrenvolles und für alle dienliches Leben zu führen."
Ich fühlte mich erleichtert. Engel Raphael nahm uns beide an seine Hände und wir trödelten durch den Tempel. Er sagte: „Was haltet ihr davon, die kleine Engelseele in eine Verkörperung der höheren Dimension zu bringen?"
Sonke fragte Engel Raphael: „Dazu müssten wir nach Suidinier reisen. Und wir dürfen den Tempel nicht betreten. Erst wenn die Erde ihren Wandel vollzogen hat."
Ich spürte in den Worten von Raphael, dass diese kleine Seele dazu bestimmt war, mit uns zu sein. Doch das konnte sie nur, wenn sie eine Verkörperung hatte. Ich sagte: „Ich spüre, dass diese Seele bei uns sein möchte." Sonke nickte und sagte: „Ich auch, aus tiefstem Herzen."
Engel Raphael antwortete: „Ja, sie gehört zu euch. Es existiert hier ein besonderer Raum. In diesem Raum können eure Seelen, gemeinsam mit euren feinstofflichen Körpern ein neues feinstoffliches Lebewesen erschaffen. Zum Beispiel ein Naturwesen. In dieses Naturwesen könnte die kleine Seele eintreten. Sie hätte dann einen Körper und könnte vielleicht nach einer gewissen Eingewöhnungszeit bei euch leben." Ich überlegte und fragte: „Ist das erlaubt? Also ich meine, übertreten wir nicht wieder ein Gesetz und schaden damit vielleicht der Seele und dem Körper, welcher entsteht? Ich denke dabei nur an mich selbst zurück. Wie oft habe ich mir gewünscht, dass ich niemals auf die Erde gekommen wäre."
Wieder überrollten mich Tränen. Sonke gab mir ein Taschentuch: „Gina hat Recht. Vielleicht ist es besser, wenn die kleine Seele mit dir zurückkehrt. Ich möchte einem Wesen, welches ich erzeuge ein gutes und sicheres Leben geben. Ich möchte es lieben und für dieses Wesen da sein. Es ist dabei ja schlussendlich egal, aus welcher Welt es kommt und wie dicht seine Verkörperung ist. Ob Mensch oder Elfe. Halbmensch oder Halbgott. Es spielt keine Rolle."
Engel Raphael schien sich in diesen Augenblicken vor Sonke niederzuknien. Er umarmte ihn leise. Dann nahm er unsere

Hände und sagte: „Die Liebe ist es wahrlich, die so wundervolle Wesen aus euch macht! Möget ihr auf allen euren Wegen geschützt und behütet sein. Es ist so wichtig, dass ihr euch immer offen und ehrlich eure Wahrheit sagt... Euch miteinander aussprecht über eure Gefühle. *Denn manchmal habt ihr Gefühle, die ihr erst im Anderen lesen könnt, während ihr sie aussprecht*. Geliebte Halbmenschenkinder, ich liebe euch so sehr! Und ich sage euch aus tiefstem Herzen: Dieses ungewöhnliche Experiment mit euch war bisher das erfolgreichste, welches wir durchführen konnten! Letztendlich geht es nur um die Liebe. Sie ist die einzige Wahrheit und Wirklichkeit im Universum! Und im Sinne der Liebe zu handeln, ist die Aufgabe eines jeden Wesens im Universum. Auf der Erde wünschen sich fast alle Menschen diese Liebe zu erfahren und doch nur wenige sind fähig, diese wahre, tiefe Liebe zu leben. Ihr füllt diese Vision und Sehnsucht mit Wahrheit!"
Ich spürte die Weisheit hinter seinen Worten und fühlte mich zutiefst berührt. Sonke sagte zu Raphael: „Dann geben wir die kleine Seele frei und du nimmst sie wieder mit ins Universum."
Engel Raphael nickte und nahm die kleine Seele vorsichtig aus unserem Herzensfeld. Ich spürte unsere Tränen fließen. Sonke umarmte mich. Tief im Inneren spürte ich, dass es der richtige Weg für uns alle war.
Engel Raphael lächelte: „Die kleine Seele erhält vorerst einen besonderen Platz auf der Venus. Und wer weiß, vielleicht seid ihr eines Tages doch bereit?
Wir kehrten langsam vom Tempel zurück zu den Einhörnern. Auf dem Rückweg hielten die Einhörner an einem kleinen Elfenlandsee an. Wir legten uns an sein Ufer, um einfach zu trauern und gleichzeitig zu lieben. Und vielleicht auch einen weiteren Traum für unser Leben auf der Erde zu empfangen.

Sonke Jar - Tagebucheintrag 23

Sternenmeister
Am frühen Abend kehrten wir zur Elfenstadt zurück. Die Gruppe besichtigte gerade das Elfenkönigshaus. Wir verabschiedeten uns von den Einhörnern und dankten Ihnen zutiefst für die Reisebegleitung. Eines der Einhörner gab mir zu verstehen, dass ich auf Gina acht geben sollte. Ich sah dabei flüchtig in ihr Gesicht. Sie sah sehr blass aus.
Die Gruppe empfing uns freudestrahlend und mein Vater schloss mich in seine Arme. Als er Gina in seinen Armen hielt, wurde sie plötzlich ohnmächtig. Mein Vater legte sie vorsichtig auf die Wiese und bat die Gruppe, welche sich erschrocken Gina zuwandte, etwas zur Seite zu treten.
Mein Vater legte seine Hände auf Ginas Stirn und Herz, während Elina mit einem Stab in zehn Zentimeter Abstand über ihren gesamten Körper strich. Mein Vater kommunizierte mit mir telepathisch und sagte: „Sie hat hunderte von Implantaten von den Dunkelmächten in ihrem Energiekörper, die gerade in Erscheinung treten. Siehst du sie? "
Ich sah die vielen rundlichen und eckigen Gebilde überall in Ginas Energiekörper und fragte meinen Vater: „Was bedeutet das?"
„Implantate müssen, sobald sie sich zeigen, schnellstmöglich entfernt werden. Leider können wir das allein nicht tun. Wir benötigen einen Sternenmeister."
Ich rief sofort in Gedanken Ginas Vater. Teas war ein Sternenmeister und er materialisierte sich sofort von der Shimek aus direkt zu uns in den Garten. Er gab mir zu verstehen, dass niemand ihn berühren durfte. Ich wies die Gruppe ein.
Als Teas in seinem Licht erschien, traten alle von allein weit zurück. Teas strahlte in seinem Licht eine große Erhabenheit aus. Er begann sofort mit seiner Arbeit. Zuerst zog er goldene Lichtwände um Gina. Er bat Elina und Atonas am Kopf und Fußende von Gina zu stehen, um sie vor allen äußeren Energien und Ereignissen zu schützen. Dann öffnete er mit seinem Lichtschwert Ginas Energiekörper. Er musste jedes Implantat einzeln entfernen. Dazu brachte er ein *hellblausilbergrünliches* Sternenlicht in seine Hände, welches vom Himmel herab durch sein Herz mitten in seine Hände floss und dann die Implantate vorsichtig berührte. Er drehte sie links herum heraus und legte sie

alle in einen diamantenen Kelch, welchen er extra dafür mitgebracht hatte. Die Implantate hatten große Ähnlichkeit mit Tieren, welche man auf der Erde als Zecken kannte. Nach der Entfernung bekamen sie eine schmierige dunkelgraue Farbe und erst jetzt konnte ich erkennen, dass sie lebende Organismen waren!

Ich wunderte mich, dass ich diese Dinger in den letzten Monaten nicht bemerkt hatte.

Dann erschien Siam als Lichtprojektion. Er gab mir zu verstehen, dass er uns aus der Zeit nehmen würde. Dies bedeutete, dass wir in der Elfenstadt so lange bleiben würden, bis alle Implantate entfernt und Gina wieder reisefähig war. Da der nächste mögliche Reisetag erst in ein paar Wochen sein würde, mussten wir aus der Zeit treten, da wir sonst nicht rechtzeitig nach Hause zurückkehren konnten.

Siam sprach zu allen: „Willkommen, ihr Menschenkinder. Willkommen, meine Lichtfreunde in der Elfenstadt. Für alle, die mich noch nicht kennen, ich bin Siam und lebe auf der Venus. Ich gehöre den Konzilen des Lichtes an und diene dem Frieden und der universellen Liebe. Ich möchte alle Anwesenden bitten, diesen Garten auf keinen Fall zu verlassen, da es lebensgefährlich sein könnte. Damit Gina und Sonke mit euch zurückkehren können, werde ich die Zeit verschieben. So ist es möglich, dass ihr ein paar Tage hier bleiben könnt und doch heute Nacht wie geplant zurück nach Hause reist."

Zwischen den Menschen begann ein wildes Durcheinandergerede. Ich versuchte sie zu beruhigen und bat sie sich hinzulegen, die Augen zu schließen und in eine tiefe Entspannung zu gehen.

Siam erzeugte das zeitlose Feld für uns und gleichzeitig machte er mit den Menschen eine geistige Reise zur Venus.

Es dauerte in unserer Zeitrechnung einen ganzen Tag, um alle Implantate aus Ginas Energiekörper zu entfernen. Das letzte Implantat war ein seltsames Doppelimplantat. Es saß direkt auf der vorderen und hinteren Brustseite, genau in der Mitte des Herzchakras. Teas gab sich alle Mühe es zu entfernen, doch es wollte nicht aufgehen.

Gina kam inzwischen wieder zu sich. Teas bat mich ihre Hände zu halten. In Gedanken rief ich Raphael an und bat ihn um Hilfe. Er antwortete sofort: „Nimm den Stab des heiligen Feuers und

halte ihn direkt über Ginas Herz. Zuerst das hintere Feld. Sie muss sich dazu umdrehen!"
Ich holte den heiligen Stab aus meiner Tasche und tat nach Raphaels Anleitung alles mir Mögliche. Außerdem rief ich den höchsten Schöpfergott an und bat ihn um Hilfe. Teas klinkte sich mit seinen geistigen Fähigkeiten in das Energiefeld des heiligen Stabes ein. Er hielt dabei ein spezielles Werkzeug aus Licht in seinen Händen. Es glich einem großen Diamanten, welcher sehr spitz geschliffen war. Mit dieser Spitze, welche sich von selbst verlängerte, schnitt er das Implantat in der Mitte auf. Dadurch konnte er es vorsichtig herausnehmen.
Es war eine unmögliche Operation und ich fragte mich, wie es überhaupt möglich sein konnte, dass so viele Implantate Ginas Körper besetzten. „Das geht leider innerhalb von Sekunden. Sie haben sehr viel Macht", antwortete Teas, während wir vorsichtig mit der Entfernung des vorderen Implantates begannen.
Als wir dieses Doppelimplantat entfernt hatten, verlor Gina wieder das Bewusstsein. Ich sah, dass in der Mitte des Implantates eine kleine dunkelbraune Kugel entstand, die tief in ihrem Brustkorb steckte. Diese begann nun von sich aus zu arbeiten und war drauf und dran Ginas gesamtes Energiesystem zu zerstören.
Intuitiv legte ich den heiligen Stab auf Ginas oberen Bauch. Teas gab mir zu verstehen, dass er mit seinem gesamten Licht in diese Kugel eindringen würde. Wir alle sprachen ein Gebet.
Teas verfeinstofflichte sich noch mehr, so dass er nur noch eine reine Lichtstruktur besaß, die sich in einer großen nebelartigen, tageslichthellen Form zeigte. So konnte er ungehindert mitten ins Herz der dunkelbraunen Kugel schlüpfen.
Ich spürte die geballten Kräfte und Energien, die in Ginas Körper gegeneinander kämpften. Ich sah meinem Vater dabei in die Augen und wir begannen zu weinen. Zum ersten Mal hatte ich das Gefühl, dass wir Marionetten waren und ich wusste, es konnte kein Sieger aus diesem Kampf hervorgehen, denn Polarität war die Balance fürs gesamte Universum. Polarität stellte sich auf der Erde als Dualität dar. Meine Seele durfte in diesen Momenten sehr genau erfassen, was da eigentlich geschah! Zum ersten Mal verstand ich Gina tief in meinem Herzen. Sie hatte so oft das Gefühl von etwas Höherem missbraucht zu werden! Ich sah, dass dieses letzte Implantat bereits bei ihrer Geburt eingesetzt wurde und ich fragte mich, ob es ihre Familie wirklich nie gesehen hatte. Ich weinte Ginas

Hilflosigkeit hemmungslos aus mir heraus. Ihr gesamtes Leid, seit ihrer Geburt. Mein Herz verstand noch nicht, warum das alles geschah. Hatten wir alle überhaupt eine Ahnung davon, was höheres Bewusstsein oder höhere Intelligenz bedeuteten?
Die Kugel explodierte in Ginas Körpermitte. Ich hielt weinend den heiligen Stab über sie. Dieser zog alle explodierten Teilchen an. Teas stand wieder neben mir und streifte die Teilchen vom Stab in seinen diamantenen Kelch.
Siam errichtete um Gina eine Heilungsstation. Er hatte dazu fünf Energetiker von der Venus und Akturus mitgebracht. Unter ihnen war auch Wli, der persönliche Botschafter und Energiemeister von Siam. Ich spürte Vertrauen zu Wli, ohne zu wissen warum. Sie versuchten das Chaos und die starken Verletzungen in Ginas Energiekörper wieder in eine Ordnung zu bringen. Sie bauten um die Station ein blaugoldgrünes Energiezelt mit hellrosa Sternenfäden.
Die Energetiker gaben mir zu verstehen, dass sie hier das Heilungsfeld von Sirius aufbauen würden, um Ginas Energiekörper zu heilen. Wir sollten uns alle entfernen, jedoch im telepathischen Kontakt bleiben.
Die Gruppe bekam ein ausgezeichnetes Elfenabendessen. Es herrschte eine andächtige Atmosphäre. Ich spürte, wie jeder Mensch ganz bei sich war und sehr mitfühlend für die Ereignisse um Gina. Ich hatte überhaupt keinen Appetit und ging im Elfgarten spazieren. Mein Vater folgte mir. Er legte seinen Arm über meine Schultern und wir liefen schweigend nebeneinander her. Ich genoss die gemeinsamen Momente.
Auf der Spitze des kleinen Berges im Garten, von welchem man die ganze Elfenstadt überblicken konnte, setzten wir uns ins weiche Gras. Ich sah zum Himmel hinauf und sagte zu meinem Vater: „Ich habe heute gesehen, was eigentlich hier los ist." Ich stand auf und bemerkte, wie meine Stimme laut wurde und einfach von selbst weiter sprach: „Ich verstehe nicht, warum! Warum Gina? Warum wir? Was soll das?! Warum dürfen wir nicht wie alle normalen Menschen unser Leben gestalten?"
Mein Vater schwieg. Ich bemerkte, wie einige Tränen zu Perlen wurden, die aus seinen schönen Augen heraus schossen und zu Boden fielen. Ich sammelte sie vorsichtig auf und gab sie ihm schweigend. Sein goldenes Haar glänzte im Mondlicht.
„Weißt du Sonke, wir haben alle Fehler gemacht. Vielleicht ist die ganze Mission ein Fehler. Ich bin mir nicht mehr sicher. Doch

vergiss bitte nicht, dass auch ihr euch entschlossen habt, anders zu handeln. Das macht es nicht unbedingt einfacher, obwohl ich glaube, dass es uns trotzdem sicher ans Ziel führt. Ihr seid auf die Erde mit einer Vision, mit einer Bestimmung gekommen. Ihr wärt sonst gar nicht hier, sondern zu Hause in unserer Dimension geblieben."
In mir kamen immer mehr Widerstände hoch und ich antwortete: „Weißt du, man könnte hier auch von Missbrauch sprechen. Was sind diese Implantate? Woher kommen sie und was tun sie?"
Mein Vater sah mich mit seinen strahlenden Augen offen an und ich beruhigte mich wieder etwas. „Sie kommen von den Dunkelmächten. Auch sie sind normalerweise göttliche Wesen. In niedrigeren Schwingungsdimensionen dringen sie in ihren Auswirkungen dort ein, wo das größte Licht ist, um die Resonanzfelder zu verändern und die Ausstrahlung des Lichtes zu verringern."
Ich erinnerte mich in diesen Momenten an Gerda und dachte an die Resonanzgesetze. Ich fragte mich, welche Resonanzen es in Gina waren. Mein Vater sagte darauf: „Die Dunkelmächte konnten sie in Resonanz zu allem setzen, was sie wollten. Wir haben immer alles für sie getan, damit es nicht so schlimm für sie ist. Doch haben auch wir Gesetze und Grenzen übertreten. Deshalb konnte all das mit Gina überhaupt geschehen. Sie hat es auf sich genommen. Und immer dann, wenn wir Gesetze übertraten, bestand theoretisch die Möglichkeit für die Dunkelmächte, uns zu kontrollieren. So wäre sie immer auf diesem Weg geblieben, bis zu ihrem Tod. Doch dann hat sie die heilende und wahre Liebe entdeckt. Einzig diese Liebe ist fähig, die Dunkelheit zu überwinden, sie zu ignorieren und letztendlich zurück an ihren Platz im Kosmos zu schicken."
Ich verstand mit einem Mal noch sehr viel mehr! Natürlich! Gina und ich inkarnierten auf der Erde bewusst und brachten die universelle Liebe mit. Immer, wenn wir sie teilten, erneuerte sich das Feld des Lichtes. Unser Zusammensein war also für das Licht enorm wichtig. Denn durch unsere Liebe wurde es möglich, dass die Resonanzen von Licht und Finsternis direkt aufeinander und vielleicht auch miteinander wirkten. Natürlich war es dadurch möglich, dass wir von allen Informationen bekamen und so auch die Dunkelmächte durch uns wirken konnten. Um den Unterschied zu erkennen war es wichtig, in einem klaren Bewusstsein zu leben. War es also möglich, dass wir manipuliert

wurden? Mein Vater sagte daraufhin: „Nein das ist nicht möglich. Denn durch eure Liebe seid ihr geschützt. Aber die Dunkelmächte konnten Ginas' Emotionen kontrollieren und Informationen durch sie über uns bekommen."
Ich war mir nicht sicher und antwortete: „Ja, aber wir haben uns von unseren akturianischen Körpern getrennt." Mein Vater gab zurück: „Ich glaube, das war auch richtig. Weißt du, mein lieber Sohn, ich fühle, dass ihr alles mit eurer hervorragenden Intuition wirklich gut macht. Alle Erscheinungen daneben sind Prozesse, durch die wir alle gehen müssen. Es tut mir leid, dass Gina so sehr leiden musste. Sie hat so vieles auf sich genommen. Die Lichtwesen im Universum verneigen sich tief vor ihr. Leben ist ein großes Mysterium. Gott allein ist weise und darf die Wünsche und Bitten seiner Kinder erfüllen. So tun wir als Wesen des Lichtes wahrlich sehr gut daran, uns für sein Licht, seine Liebe zu öffnen und seinen Willen durch uns geschehen zu lassen. Wir alle werden heimkehren, denn wir sind Teile von Gott. Wir tragen den göttlichen Kern in Form einer Seele in uns. Und glaub mir, wie auch immer es ausgehen mag, Gott kann niemand besiegen."
Vielleicht war es deshalb für mich so wichtig, zu einem guten und mitfühlenden Menschen zu werden. Dadurch war ich der Liebe in mir ganz nah und sie drückte sich in meinem Leben aus.Mein Vater umarmte mich: „Es ist die Liebe. Sie ist das Einzige, was wirklich IST. Vertraue ihr, mein lieber Sohn, und folge deinem Herzen. Vergiss das nie, die Liebe wohnt in deinem Herzen. Niemand kann sie manipulieren..."Wir schwiegen eine Weile. Dann fragte ich meinen Vater: „Wird Gina wieder gesund?"
Wieder sah er mich mit seinen strahlenden Augen an und berührte mich in der Seele: „Es ist die Liebe... Kein Wesen hätte diese starke Implantierung überlebt. Du solltest bei ihr sein, wenn sie wieder aufwacht."
Ich hatte gesehen und gespürt, wie alle Implantate aus Ginas Energiekörper entfernt wurden. Ihr gesamter Energiekörper war an vielen Stellen sehr stark verletzt. Würde sie einen neuen brauchen? Ich hatte keine Ahnung. Ein Energiekörper baute sich am Anbeginn des Lebens durch die Licht- oder Pranaröhre auf. Er wuchs mit seinen Aufgaben mit dem Körper gemeinsam und durch die Liebe. Er wurde durch alles Negative geschwächt. Die Elfen hatten es wirklich gut! Sie mussten sich nicht direkt dieser Dualität aussetzen. Ich wusste, dass Gina sich nichts mehr wünschte, als frei von all den Dunkelheiten und Schmerzen zu

sein. Wie groß ihr Schmerz gewesen sein musste, erkannte ich erst, als Teas das letzte Implantat entfernt hatte. Die Liebe in Gina war so groß, dass sie in der Dualität eine wundervolle Balance trug. Vielleicht war die Welt einfach so angelegt, dass an jenen dunklen Orten, wo die größte Finsternis ihre tiefsten Wurzeln grub, auch das Licht sein hellstes Gesicht zeigte. *Wir dürfen uns entscheiden, welchem Weg wir folgen. Das bedeutet Menschsein! Entscheidung! Liebe! Mitgefühl! Entscheidungen haben tiefe Auswirkungen. Und wir treffen jeden Tag viele Entscheidungen! Sind wir uns dessen bewusst?*
Ich beschloss, zum Energiezelt zurückzukehren. Ich bekam nun eine leise Idee davon, was Gina fehlte. Wenn wir wirklich so eine tiefe Liebe miteinander teilten, dann könnte ich ihr durch mich vielleicht helfen, ihren Energiekörper wieder herzustellen.

Mein Vater begleitete mich bis zum Elfenkönigshaus. Mit den Worten: "Alles ist Liebe.", verabschiedete er sich.
Wli ließ mich nur ungern zu Gina und ich musste mit ihm erst diskutieren. Inzwischen bat ich im Herzen Engel Raphael zu kommen und mir bei der Wiederherstellung von Ginas' Energiekörper zu helfen.
Ich setzte mich vorsichtig in die eigens für Gina aufgebaute Energiestation. Sie schien allein durch meine Anwesenheit ihre Codes zu verändern. Wli schaute mich erstaunt an. Er hatte daraufhin sofort im Sinn, uns auf energetischer Ebene so miteinander zu verbinden, als bestünden wir aus einem Körper.
Es dauerte nicht lange und in Gina kehrte bewusstes Leben zurück. Engel Raphael gab mir genau durch, was ich tun und denken sollte. Er lenkte viele verschiedene Heilungsenergien durch mich. Ich konnte sehen, wie sich Ginas gesamte Energiestruktur sehr schnell erneuerte.
Voller Liebe sprach Engel Raphael ein paar Worte zu uns: „Ihr wahrlich Liebenden. Es war so gut, dass ihr bei mir ward! Folgt immer eurem Herzen, selbst wenn es niemand gut heißt. Es wird euch noch oft das Leben retten! Ich liebe euch zutiefst und stehe mit meiner Kraft an eurer Seite. Gemeinsam zeigen wir den Menschen, wie sie bewusster *werden* können und das Licht in sich finden, um Lieben und Mitfühlen zu lernen. Und auch ich sage euch: Liebe ist das größte Geschenk!“
Gina standen Tränen in den Augen. Ihr Körper war noch sehr schwach und ich legte meine Hände vorsichtig zu ihr. Wir

wussten beide, dass der innere Weltschmerz, welchen sie seit Geburt auf diese Erde in ihrer Seele trug, bis in die Wurzeln verschwunden war. Diese Reise wurde somit für uns beide zum schönsten Geschenk.

GINA AI - Tagebucheintrag 24

Wir, die Sternensaaten

Als mein Bewusstsein zurückkehrte, hatte ich keine Ahnung, was geschehen war. Ich lag in einer Art Wolkenbett und war an eine seltsame Energiemaschine angeschlossen. Von überall her durchströmten mich Energiefelder aus bunten Farben. Sie alle strahlten durch verschiedene Energieeintrittspunkte am gesamten Körper und trafen in der Körpermitte zusammen. Dort bündelten sich die Energien und wurden über den Pranakanal ins Körperfeld und alle Zellen übertragen.

Ich fühlte mich vollkommen anders, als ich es gewohnt war. „Wir haben deinen Energiekörper erneuert." Teas berührte meine Hand. Er leuchtete in einem diamantfarbenen Licht. Seine sternendurchfluteten Augen berührten mich und ich spürte ein leichtes Zucken im gesamten Körper. Langsam begann ich, mich wieder zu erinnern und verlor für einen Augenblick die Besinnung.

Als ich wieder aufwachte, standen Sonke, Atonas, Elina, Teas, Siam, Wli und mein Vater um mich herum. Ich begann zu weinen und Sonke setzte sich zu mir und berührte meine Hände. Ich sah fragend in die Runde und ein leises *„warum das alles"*, verließ meine Lippen.

Atonas strahlte: „Wir alle sind Wesen aus der Sternensaat. Wir haben uns zusammen gefunden, um durch bestimmte gemeinsame Erfahrungen zu gehen. Gina, vielleicht war dir das nicht mehr bewusst. Damit du auf der Erde überhaupt in deiner hohen Lichtschwingung inkarnieren konntest, wurde dir während deiner Geburt ein Hauptimplantat eingesetzt. Dieses Implantat tragen viele Halbmenschen und Menschen der Sternensaaten in sich. Es gibt auch noch andere Implantate. Fast jeder Mensch hat welche. Sie sind wie Schleier des Vergessens. Sie blockieren das inkarnierte Licht, damit es bestimmte Erfahrungen machen kann. Während sich das Licht immer weiter entwickelt, werden die Implantate wieder entfernt, da sie ihm nicht mehr dienlich sind und es sich selbst beherrschen kann."

Ich wollte darauf nichts antworten. Ich fühlte mich einfach durch meine eigene Sternenfamilie über all die Jahre missbraucht. Missbraucht für eine Inkarnation auf der Erde, um ihren Zwecken

zu dienen. Aber wo war ich? Hatten sie vergessen, dass ich auch ein individuelles Lebewesen war? All diese Implantate! Sie hatten immer eines verhindert: Meine Lebensfreude! Ich war nicht gerne auf dem Planeten Erde und hatte ständig Sehnsucht nach Hause. Ich ging durch unzählige Prozesse und Schmerzen. Hatte ich das als Sternenseele wirklich so für mich beschlossen? Ich konnte es mir nicht vorstellen.
Sonke, der meine Gedanken gelesen hatte, streichelte mir über die Stirn: „Ich habe gesehen, was du alles in deiner Zeit hier auf der Erde erfahren hast. Und ich liebe dich, so wie du bist. Ich bin glücklich, dass wir uns gefunden haben."
Tatsächlich war Sonke in diesem Augenblick der Einzige, zu dem ich eine Verbindung und mein Mitfühlen spüren konnte. Ich brauchte Zeit, alles zu verdauern und wollte so schnell wie möglich zur Erde zurückkehren.
So nahm ich meine gesamte Körperkraft zusammen, band mich selbst von den Energieschnüren los und stand auf.
Dann sagte ich zu den anderen: „Ich danke euch dafür, dass ihr mich bis hierher begleitet habt. Ich möchte eine Pause. Eine Pause für jeglichen Kontakt zu euch. Keine telepathischen Übertragungen mehr. Keine Kontakte oder Informationen und Botschaften, wie ich mein Leben auf der Erde gestalten soll. Bitte versteht mich nicht falsch! Ich muss die Liebe zu euch erst wieder neu entdecken. Dies muss ich als einfacher Mensch tun und nicht nur einseitig als hochbegabte Sternenseele. Denn ich lebe und handle auf dem Planeten Erde und habe einen Körper. Ich stelle den Kontakt zu euch wieder her, wenn ich es aus tiefstem Herzen fühle und selbst für richtig halte."
Alle schauten mich aufmerksam an. Jeder schien es zu verstehen. Zu meinem Vater sagte ich: „Bitte bring uns alle sofort zurück zur Erde."
Siam lächelte mich an und sagte mir telepathisch verschlüsselt: „Gina ich bin so glücklich, dass du es geschafft hast! Es ist wie ein Wunder, dass du es überlebt hast! Deine Liebe ist so unermesslich!"
Ich wischte eine Träne weg. Siam zog den Zeitvorhang wieder auf. Wli lächelte mir zu. Seine hellgrünen Augen erinnerten mich augenblicklich an unsere erste Begegnung. Ich lächelte zurück und wusste im Herzen, dass ich Wli vertrauen konnte.
Wenig später betraten wir das Raumschiff. Kurz vorm Einsteigen hielt mich Sonke fest und fragte mich: „Nimmst du mich mit?"

Ich schaute ihn fragend an. Er flüsterte: „Ich meine, ich würde sonst vorerst hier bleiben bei meinem Vater."
Sonke war der Einzige, zu dem ich gerade jetzt tiefe und widerstandslose, reine Liebe fühlte. Ich wusste, dass er seinen Vater so sehr vermisste. Vielleicht war es für ihn wirklich wichtig, einige Zeit mit seinem Vater hier im Elfenland zu verbringen. Aber konnte ich wirklich entscheiden, was für ihn richtig war? Mein Herz schmerzte, da ich ihn eigentlich gern bei mir gehabt hätte. Gerade jetzt in meinen eigenen Veränderungsphasen.
Er musste es selbst entscheiden und ich durfte ihm diese Entscheidung auch nicht abnehmen. So trat ich zu ihm und küsste seine Hände: „Das kannst nur du allein entscheiden."
Wir sahen uns an und hatten beide Tränen in den Augen. Mein Herz konnte sich in diesen Augenblicken nichts wünschen und so blieb ich leer, denn ich durfte Sonkes Entscheidung nicht beeinflussen. Ich hatte noch viel mit mir selbst zu tun und fühlte mich müde.
Ich verabschiedete mich von Atonas, Arin und Elina. Wir verneigten uns tief. Alle hatten Tränen in ihren Augen. Elina küsste mich auf die Wange und sagte: „Ich liebe dich und akzeptiere deine Entscheidung!" Atonas und Arin schlossen sich Elina an.
Nun kam Lit und nahm liebevoll meine Hand: „Darf ich wieder mitfliegen?" Ich lächelte ihn an und sagte: „Was täte ich ohne meinen Chefkoch auf Erden!" Lit hüpfte und wir liefen Hand in Hand den Aufstieg zum Raumschiff hinauf.
Wir nahmen unsere Plätze ein. Mein Vater und Teas setzten sich neben mich. Wir schwiegen. Auch in den Menschen war es still. Sie hatten so viel Unbegreifliches erlebt. Siam sprach während des Heimfluges noch einige Worte zu jedem persönlich. Für die Menschen war es eine Reise wie niemals zuvor. So hatte ich meinen Auftrag gut erfüllt.
Ich fühlte mich noch etwas schwindelig, als wir starteten. Die SHIMEK hob ab und flog Richtung Heimat. Erst als wir weit genug weg waren, spürte ich unendliche Traurigkeit in mir aufwallen. Ich stand leise auf und ging in einen Nebenraum. Dort setzte ich mich auf ein gelbes Sofa und weinte bis wir auf der Perlenwiese landeten.
Mein Vater, Siam und Teas verabschiedeten sich mit einer tiefen Verneigung: „Wir lieben dich Gina, egal was deine Entscheidung ist. Und wir sind immer für dich da."

Auch ich verneigte mich und verließ das Schiff.
Die Menschen waren alle sehr lieb zu mir. Sie verstanden nicht viel von dem, was in mir gerade vorging. Ich musste in mir erst einmal alles neu ordnen. Sie brachten mich und Lit nach Hause. Susi und Sascha wollten bleiben, doch hatte ich das Gefühl, für ein paar Tage allein sein zu wollen. Außerdem waren Anton und Sirina auch in der Nähe.
Die Gruppe umarmte mich zum Abschied. Ich wünschte ihnen alles Gute auf ihrem Weg.

Zunami begrüßte mich gleich am Hauseingang stürmisch. Ich setzte mich auf die Treppe und kuschelte einige Zeit mit ihr. Lit kauerte sich neben mich und fragte: „Na vermisst du ihn schon?"
Ich sagte zögernd: „Ich durfte ihm diese Entscheidung nicht abnehmen." Lit antwortete: „Ihr Menschen seid schon merkwürdige Wesen!" Ich lächelte ihn an und sagte: „Weißt du, diese Zeit wird auch vergehen. Es hat immer alles seinen Sinn und Zweck. Du hast Recht, mir ist das Herz ein wenig schwer. Ich liebe ihn nun mal. Daran hat sich nichts geändert."
Ich ging hinein und setzte mich ans Klavier. Bis zum Morgengrauen glitten meine Finger wie von selbst über die Tastatur und zauberten wundervolle Melodien in die Nacht, ganz so, als hätte Sonke sie gespielt. Ich ging völlig in der Musik auf, hörte mir selbst zu und träumte vor mich hin.
Als die Sonne aufging, trat ich vors Haus. Zunami lag noch immer vor der Türe und schaute traurig zum Gartentor. Ich lächelte und flüsterte ihr zu: „Ja, ich vermisse ihn auch. Sehr sogar!" Der feuerrote Sonnenball stieg nach oben. Ich holte mir einen Liegestuhl, deckte mich zu, schloss meine Augen und schlief völlig übermüdet ein.
Erst am Nachmittag wachte ich wieder auf. Es war ziemlich schwül draußen geworden und der Himmel brachte dunkle, schwarze Wolken. Zunami hatte sich zu mir in den Liegestuhl gelegt. Sie sah recht zufrieden aus und ich sagte: „Na, da hast du ihn ja schnell vergessen." Sie blinzelte mich im Halbschlaf an.
Ich stand auf und ging ins Haus. In der Küche stand das Frühstück auf dem Tisch. Ich wunderte mich, denn es waren goldene Elfenrosen auf dem Boden überall im Haus verstreut. Ich rief durchs Haus: „Lit?"
Niemand meldete sich. So setzte ich mich an den Tisch und trank einen heißen Tee. Es hatte eine seltsame Atmosphäre im

Haus und ich spürte, dass ich mich ohne meine Familie allein und leer fühlte. Langsam begann ich die Liebe zu ihnen wieder zu spüren. Mein Herz wurde auf eine ganz neue Art und Weise berührt. Ein Strahlen ging von mir aus, welches ich selbst noch nicht kannte und mein System erneuerte. Durch meinen Telepathie-Kanal entschuldigte ich mich sofort bei allen. „Vater, Atonas, Elina, Arin, Siam, Teas. Ich bitte um Vergebung. Ich hab Euch wirklich sehr lieb."
Mein Vater antwortete: „Gina, wir sind auch der Meinung, du brauchst eine Arbeitspause. Wir haben dich alle überfordert. Wir sind dir und Sonke für euer Wirken auf dem Planeten Erde unendlich dankbar. Ohne euch wäre so vieles für uns gar nicht möglich gewesen."
Ich begann wieder zu weinen. „Ja vielleicht hätte ich auch noch etwas Urlaub in der Elfenstadt machen sollen. Bitte umarmt Sonke von mir. Ich liebe ihn und ich vermisse ihn wirklich sehr."
Im Telepathie-Kanal war Stille. Ich fühlte mich leer, körperlich schwer und legte mich aufs Elfensofa. Dabei geriet ich in einen bewussten Traumzustand und döste vor mich hin. Darin bemerkte ich auch, wie sehr ich mich an die Aufgaben hier auf dem Planeten Erde gewöhnt hatte. Das alles fehlte mir wirklich sehr!
In der Küche polterte es und ich beschloss meine Gedanken loszulassen, um dem Neuen in mir einen freien Raum zu geben. Tatsächlich fühlte ich hierbei, dass ich gerne ein paar Tage am Meer verbringen würde. Aber allein?
Längst hatte ich vergessen, wie ein Leben ohne Sonke aussah! So sehr waren wir in der kurzen Zeit zusammengewachsen und teilten unser gemeinsames Sein und Wirken. Und wir teilten eine wunderbare, sanfte, zärtliche, kreative und schöpferische Liebe! Ich dankte dem Universum tief in meinem Herzen für diese Erfahrungen und dafür, dass Sonke in meinem Leben war.
Was würde ich jetzt ohne ihn tun? Es würde Wochen oder gar Monate dauern, bis er zurückfliegen konnte.
Zunami kroch zu mir aufs Sofa. Wenigstes war sie noch da! Ich versuchte einzuschlafen, um keine Gedanken mehr zu haben. *Ja, ...wir die Sternensaaten! Wer uns verstehen will, muss Eine von uns sein... Aber Liebe versteht nicht mit dem Verstand! Sie ist einem gegeben, als Same von den Sternen... Tief eingepflanzt in das, was man gerade eben verkörpert...*
Eine zärtliche Liebe für alles im Universum dehnte sich in mir aus.

Sonke Jar - Tagebucheintrag 25

Die menschliche Liebe...

„Ist dies wirklich die Entscheidung deines Herzens?“ Mein Vater sah mich klar und streng an. Ich spürte ein innerliches Taumeln und antwortete: „Mir hat immer der Vater gefehlt.“

Mein Vater umarmte mich und flüsterte: “Ich weiß mein Sohn. Aber du hast dein eigenes Leben. Wir sind niemals getrennt! Und wir waren niemals getrennt.“

Ich spürte, wie sich Widerstände gegen die Tränen in mir aufbäumten. Es fiel mir schwer, mich loszulassen. Mein Vater hielt mich noch immer in der Umarmung und sagte: „Lass sie los! Vielleicht braucht es nur dieses Weinen. Wir können deine Kindheit nicht zurückholen. Ich habe dich immer geliebt und ich war immer bei dir, wenn auch nicht so menschlich, wie du es dir gewünscht hättest.“

Aus meinem Bauchinneren schoss eine riesige Traurigkeit nach oben und ich konnte meine Tränen nicht mehr halten. Mein Vater hielt mich einfach so lange, bis es vorbei war und ich spürte, dass es genau das war, was in mir eine tiefe emotionale Verletzung heilte. Das einfache Gehaltenwerden in einer Umarmung.

Wir gingen noch eine Weile schweigend im Elfengarten spazieren. Bis ich tief in meiner Seele spürte, dass mein Platz bei Gina war.

Die SHIMEK war inzwischen abgeflogen. Mein Vater lächelte zu mir rüber und zeigte auf meine Tasche: „Ich weiß, dass es da drinnen ist! Das Hochzeitsgeschenk von Ginas Vater.“

Ich öffne schnell meine Tasche. Und tatsächlich fand ich das kleine Ufo darin. So ganz konnte ich mir nicht erklären, wie es dahin kam.

„Du hast nicht mehr viel Zeit. Folge genau dem Kurs der SHIMEK, dann schaffst du es noch durch die offenen Dimensionstore.“ Mein Vater betätigte die Fernedienung und es wuchs zu einem großen Raumschiff, in welchem mühelos 6 Personen Platz haben konnten.

Ich sagte: „Ich kann aber nicht wirklich fliegen, Vater! Habe nur ein paar Mal zugeschaut. Das reicht nicht für einen Pilotenschein...“

Mein Vater legte seinen Arm auf meine Schulter und übergab mir die Fernbedienung. „Mein lieber Sohn, dann bitte doch Mister Ai dich telepathisch zu unterstützen. Er hilft dir sicher gern. Die Koordinaten zur Perlenwiese sind eingestellt. Du brauchst sie nur zu aktivieren. Das Schiff fliegt sich ja sonst von selbst."
Ich verneigte mich vor meinem Vater und sagte sehr bestimmt. „Ich bin dir sehr dankbar."
Dann stieg ich ins Raumschiff und die Türen schlossen sich. Auf Anhieb fand ich den Knopf fürs Unsichtbarwerden und betätigte ihn. Ich hatte nicht vor, jemandem zu zeigen, dass ich allein zur Erde flog. So versuchte ich mich an den Unterricht und die Flugstunde von Mister Ai an meinem Hochzeitstag zu erinnern.
Ich fand mich sehr schnell wieder rein, aktivierte die eingestellten Koordinaten und das Raumschiff startete. Ich lehnte mich in den Sessel und schaute, wie die Elfenstadt unter mir immer kleiner wurde.
Nun musste ich innerlich lächeln. Als kleiner Junge hatte ich mir so oft vorgestellt, wie es war, ein Raumschiff zu fliegen. Ich hatte es immer wieder in mir simuliert.
Inzwischen hatte ich die SHIMEK eingeholt und flog schon an ihr vorbei. Ich würde tatsächlich viel eher auf der Perlenwiese sein, als alle anderen.
Ich spürte Gina ganz tief in meinem Herzen und lächelte wieder. Auch dieses Gefühl kam mir so vertraut vor und ich erinnerte mich, dass ich es als kleiner Junge auch schon gefühlt hatte. Ich fragte mich, ob es mein Traum war, welchen ich gerade lebte oder ob ich damals einfach schon mit ihr verbunden war. Ich erinnerte mich plötzlich flüchtig an das *Traumbuch des Tempelträumers*. Es war ein Bild, es tauchte auf und verschwand wieder, noch bevor ich es klar erkennen konnte.
Die Geschehnisse mit den Implantaten in Ginas Energiekörper hatten mich zutiefst erschüttert. Ich wusste seitdem sicher, dass wir in all' unseren Handlungen und Entscheidungen auf uns selbst gestellt waren. Ich hatte früher immer geglaubt, dass es jemanden gab, der für mich entscheidet. Zunehmend wurde mir bewusst, dass ich jede meiner Handlungen selbst entscheiden musste. Ich fühlte mich mit meiner Entscheidung, an Ginas Seite zu sein, sehr zufrieden. Auch wenn ich mir nicht ganz sicher war, ob sie nicht doch einige Zeit für sich brauchte.
Als ich auf der Perlenwiese landete, beschloss ich erst einmal nach Bayern zu fahren, um Gina ein wenig Zeit zu geben. Da ich

das Auto nicht unbemerkt aus der Garage nehmen konnte und auch gar nicht wusste, wie ich zum Haus kommen sollte, beschloss ich, mit dem Ufo weiterzufliegen. Ich packte meinen Rechner aus und suchte mir im Internet die Koordinaten von einem meiner Kraftplätze.
Dann sah ich die SHIMEK kommen. Da mein Schiff unsichtbar war, konnten mich die anderen nicht sehen. Mister Ai hatte es natürlich trotzdem entdeckt und sprach sofort in meinen Gedanken: „Gina wird sich sehr freuen. Ich glaube, sie war sehr traurig. Übrigens, du stehst auf meinem Landeplatz! Bloß gut, dass ich ein hervorragendes Gespür für unsichtbare Raumschiffe habe!"
Ich schämte mich ein wenig und antwortete in höflicher Kapitänssprache: „Entschuldigung, Mister Ai, ich habe noch nicht so viel Flugerfahrung. Bitte sagen Sie Gina nicht, dass ich auch hier bin. Ich möchte sie später überraschen." Er willigte freundlich ein.
Ich blieb bis alle ausgestiegen waren. Auch der Bus war schon gekommen. Ich beobachtete meine geliebte Gina. Es war für mich gut, sie einfach nur von hier aus zu sehen, denn ich hatte das Gefühl, sie brauchte wirklich einige Zeit, um sich in ihrem neuen Energiefeld einzuleben.
Als die SHIMEK wieder abflog, aktivierte ich die neuen Koordinaten. Es dauerte nicht lange und ich stand an meinem Kraftplatz am See. Es war mitten in der Nacht und so beschloss ich, mich für ein paar Stunden auszuruhen und zu schlafen.
Als der Morgen dämmerte, nahm ich erst einmal ein Bad im See. Es erfrischte alle meine Sinne. Dann setzte ich mich und lächelte in mein Herz hinein. Ich fühlte, wie kostbar mein Leben auf der Erde war und welche Freiheit ich genoss, hier an einem so wunderbaren See zu sitzen, einem Sonnenaufgang zuzusehen, während mein Raumgefährt auf der Wiese stand. Ich spürte plötzlich so eine große Freiheit in mir! Ich könnte einfach überall hinfliegen!
In diesen Gedanken meldete sich Mister Ai noch einmal: „Ich freue mich, dass du so viel Freude an meinem Geschenk hast. Ich bitte dich, darauf zu achten, nicht dort zu landen, wo zu vielen Menschen sind. Es gibt außerdem Radare, die dich sichten könnten, auch wenn du unsichtbar bist. Die hellgelben Warnleuchten zeigen dir an, wenn ein Radar dich entdeckt hat. Da du keine Dimensionen wechseln darfst, musst du wirklich

sehr achtsam sein. Verfolgt dich ein Radar länger als 5 Minuten, dann solltest du landen und das Schiff verkleinern. Aber vergiss nicht vorher auszusteigen!
Übrigens sind die Flughöhen des Schiffes immer so eingestellt, dass du normaler Weise nicht durch Radarzonen fliegst. Aber beim Landeanflug durchquerst du ihre Reviere."
Ich bedankte mich bei Mister Ai und beschloss doch sofort nach Hause zurück zu fliegen. In mir stand mit einem Mal das ganz klare Gefühl, dass ich dieses Geschenk des Schiffes nicht übermäßig für meine eigenen Zwecke einsetzen durfte.
Der Rückflug verging sehr schnell und ich landete wieder auf der Perlenwiese. Mit dem Ufo in der Tasche lief ich einige Kilometer zu Fuß nach Hause.
Als erstes begrüßte mich Zunami. Sie ließ mich gar nicht zur Tür rein, so sehr freute sie sich! Ich sah Gina im Garten auf einer Liege schlafen und ließ mich einige Meter entfernt von ihr nieder und schloss meine Augen. Plötzlich empfand ich in mir eine ganz tiefe Klarheit, welche bis zu den Weisheiten der Uralten reichte. Dabei konnte ich mit geschlossenen Augen Ginas Energiekörper wahrnehmen und sah in diesen Augenblicken, wie aus ihrem linken Aurateil ein schwarzer Kanal hing. Ich verfolgte diesen Kanal bis tief in ihr physisches Herz hinein. In ihrem Herzen bemerkte ich eine Ansammlung von zerstörerischen Energiegittern, die allesamt von Außen kamen. Wurde sie auf energetischer Ebene angegriffen?
Ich verfolgte mit meinem geistigen Auge den Weg zurück bis zum schwarzen Kanal und spürte eine unglaubliche Schwere in ihm. Als könnte mich dieser Weg in die größte Finsternis, die überhaupt existierte, hineinführen.
Gina schlief noch immer tief und fest. Ich verfolgte diesen schwarzen Kanal in die andere Richtung, aber er schien kein Ende zu nehmen. Sein Weg führte durch viele Länder der Erde, aber auch durch Planetensysteme und andere Gestirne. Je weiter ich reiste, desto dunkler und schwerer wurde es. In diesem Gefühl begriff ich noch viel mehr, warum Gina unter manchen mentalen und emotionalen Mustern auf der Erde so sehr litt. Diese geistige Schwere in ihr legte sich auf jede Zelle ihrer gesamten Existenz. Ich fragte mich, was sie bedrohte. War es nicht langsam wirklich genug? Sie hatte so vieles durchlitten. Trotz Entfernung der Implantate schien es noch andere dunkle Flecken zu geben.

Mein Vater schaltete sich in meine Gedanken und sagte: „Es ist nicht, wie es aussieht und es ist nicht *nur sie*. Aber es ist in ihrem weiblichen Energiekörper *genetisch* verankert. Die Weiblichkeit trägt und hält, während das Männliche fließt. Sie ist der Kanal für die Energie. Also das, was du in ihr siehst, möchte euch beide zerstören. Es ist eine Kraft, welche sehr mächtig sein kann. Doch wisse, dass sie keine Macht über wahre Liebe hat. "
Mit einem Mal kapierte ich, wieso so viele Öffnungen in mir gleichzeitig stattgefunden hatten. Natürlich Gina und ich! Wir kamen nicht aus dieser Zeit, doch wir wirkten in diese Zeit hinein und versuchten etwas, dass den ganzen Planeten in ein anderes Bewusstwerden hinein bewegte. Natürlich existierten Kräfte, die es mit aller Kraft verhindern wollten. Wenn es also die menschliche Liebe wirklich gab, dann hätte sie gemeinsam mit unserer göttlichen Sternensaat die Macht, jede Finsternis und jedes Ungleichgewicht aufzulösen. Mir wurde in diesen Augenblicken sehr bewusst, welche Kraft in uns wohnte: Die göttliche Liebe, die seelische Liebe und die menschliche Liebe vereint!
Ich hatte immer mal wieder gehört, dass dies nicht möglich sein sollte! Es nicht der menschlichen Natur entspricht! Natürlich, wir waren auch nur halbe Menschen. Wir hatten diesen Anfang bereits gemacht und die Menschen könnten uns folgen. Es gab so viele wundervolle Lichtseelen unter den Menschen! Ich sah Susi und Sascha und wusste, sie würden unserem Weg folgen!
In meinem Herzen hatte ich noch nie etwas so tief mit einem Mal gefühlt und gleichzeitig erkannt. Ich wusste, es ist ziemlich egal was auf uns zukommt. Wir würden durch unsere bewusste doppelte Dreieinigkeit der Liebe so Vieles, das heute noch unmöglich schien, bewirken.
Ich sah plötzlich keinen Grund mehr, dem schwarzen Kanal zu folgen und kehrte mit meinen Gedanken zurück. Dann ging ich in die Küche und machte Frühstück. Lit streute überall Rosen aus. Ich wollte Gina überraschen und huschte vorher noch schnell unter die Dusche.
Ich brauchte einige Stunden, ehe sich meine Erfahrungen in mir so abgesetzt hatten, dass ich bereit für eine Begegnung mit Gina war. Merkwürdiger Weise schien sie mich auch im Haus nicht zu bemerken. Zunami musste ich mehrmals im Geiste sagen, dass sie still sein sollte.

So ging ich ins Wohnzimmer und setzte mich ans Klavier und begann vorsichtig und mit leisen Tönen zu spielen. Gina lag zusammengerollt auf dem Sofa und träumte. Ich spürte, wie sie erwachte und wir uns beide innerlich sehr darüber freuten, dass wir da waren! Hier auf diesem Planeten Erde. In diesem Raum, mit unseren Stimmen und dem Klavier. Ich spürte, wie kostbar die Verbindungen zu unseren Sternenfamilien waren und welch ein interessantes, gemeinsames Leben wir auf der Erde erfahren durften! Wir waren dankbar für uns und dafür, dass wir uns gefunden hatten. Und ich war am meisten dafür dankbar, dass wir beide aus tiefstem Herzen, einander JA sagen konnten, ohne etwas verstecken zu müssen. Ich begriff, was wir für mächtige Wesen wurden, wenn wir wirklich liebten und all das miteinander teilten. Die Wahrheit in jedem Augenblick miteinander empfinden konnten. Auf diese Weise konnte vielleicht die ganze Welt geheilt werden. Wenn es Menschen gab, die Liebe leben und verstehen konnten. *Jeder, der liebt, heilt ein Stück von sich selbst und seinem Umfeld.*
Über diese bewussten Erkenntnisse war ich überglücklich und so tief bewegt. Sie bedeuteten neue Hoffnung! Hoffnung für die Erde und Hoffnung für uns selbst. Ich wusste, dass alle Menschen gerne lieben wollten, doch immer wieder so viel zwischen ihnen stand. Dann kamen die Lügen und die Unwahrheiten! Das Festhalten am anderen. Viele Taten der Aufopferung brachten Beziehungen letztendlich zum Scheitern und es brach Krieg aus. Gewalt, Unterdrückung, Verletzungen, Missbrauch, das waren die Tagesordnungen auf dem Planeten Erde. Geld regierte die Welt. Dabei wären die Menschen so mächtig, sobald sie wahre und bedingungslose Liebe kennenlernen würden und diese mit einer anderen Seele leben und teilen könnten. Dadurch entstand die bewusste Erinnerung an den göttlichen Ursprung, welcher in jedem Wesen wohnte.
Durch Liebe kann echte Schöpfung entstehen und für alles Leid bleibt weder Zeit noch ein Gedanke, ganz einfach, weil Liebe in ihrer göttlichen Dreieinigkeit so großartig ist, dass man nie wieder etwas Anderes im Leben haben möchte. Alles ordnet und dient dieser Liebe. Jede Seele, jeder Mensch hat eine Aufgabe. Wenn er die wahre Liebe in sich entdeckt, dann findet er auch die Akzeptanz für die Besonderheit seiner Aufgabe. Es ist an ihm, sich zu entscheiden, ob er diese Aufgabe leben möchte und der Liebe seines Herzens folgt, oder zurückkehrt in sein altes Leben

und weiter dazu beiträgt, dem Leben und sich selbst Schmerz zuzufügen.
Zum ersten Mal konnte ich in Worte fassen, was Liebe für mich bedeutet. Sie hat so große Auswirkungen und ich verneigte mich vor ihr innig!
Tiefe Demut bewegte mein gesamtes Sein. Der innere Wandel der letzten Monate wirkte voll und ganz! Alles strahlte in mir und über mich hinaus. Es war so ein großes JA zu mir selbst und zum Leben in meinem Herzen. Ich fühlte mich frei und glücklich!
Meine Finger glitten, auch während ich diese tiefen Erkenntnisse spürte, über die Klaviatur.
Als ich meine Augen öffnete, saß Gina neben mir. Sie schaute mich einfach nur an, strich mir übers Haar und flüsterte: „Weißt du wie schön du bist? Ich..."
Ich ließ sie nicht ausreden und küsste sie auf den Mund und antwortete: „Ich habe dich auch vermisst, geliebtes Sternenwesen."

GiNA AI - Tagebucheintrag 26

Rom

Wochen vergingen und die Blätter an den Bäumen fielen. Ich hatte das Gefühl, seit ich mit Sonke lebte, verging die Zeit noch schneller.
Wir hatten damit begonnen, unsere telepathischen Abende in einigen anderen Städten zu veranstalten. Susi, Sascha, Sirina und Anton begleiteten uns. Sie unterstützten uns bei der gesamten Organisation dieser Abende. So wurden immer mehr Menschen von den Energien der Akturianer, der Elfen, Naturwesen und Engel Raphael berührt und in diese wundervollen neuen Schwingungen eingeweiht.

Als der Spätsommer schon sein Gesicht zeigte, flogen wir für ein paar Tage nach Rom. Ich trug schon länger so ein Gefühl der Sehnsucht nach diesem Ort in mir. Wir mieteten uns ein hübsches Zimmer zwischen Panteon und Fonte di Trevi und genossen wunderbare Tage im warmen Spätsommer.
Wir saßen stundenlang auf der spanischen Treppe, verbrachten unsere Zeit im Colosseum, dem Panteon, in Kaffeehäusern und Kirchen. In Kirchen, welche ein Klavier besaßen, brachten wir die Energien von Engel Raphael. Die Menschen waren immer berührt von unseren Gesängen und man sah in ihren Gesichtern meist tiefe Rührung.
Wir fühlten uns beide von der Atmosphäre dieser wundersamen Stadt angezogen und in ihren anmutigen, altantiken Wellen sehr behütet. Durch das Singen in den Kirchen wurde Engel Raphael zu unserem täglichen Begleiter. Er führte uns an viele interessante Plätze in dieser Stadt und erzählte Hintergrundgeschichten, aus der Sicht der Engel. Aus diesem neuen Wissen könnte ein schönes Buch namens *Engel auf Erden* entstehen.
Engel Raphael zeigte uns das Leben in einem neuen Licht und seine Worte formten andere Gesichter in unser Verstehen über den Planeten Erde und die Menschen. Ich war sehr erstaunt über viele Zusammenhänge. Und in meinem Herzen modellierte sich ein ganz neues Weltbild und seelisches Verständnis.
Auch irdisch trafen sich in dieser Stadt unsere Geschmacksimpulse. Wir liebten italienisches Essen über alles!

Besonders am späteren Abend die leckeren Eisspezialitäten. Die Römer hatten das wirklich drauf! So verbrachten wir die meisten Abende und Nächte einfach mit Essen, Genießen und Reden. In dieser Zeit teilten wir sehr viele irdische Erlebnisse, aus unserer nicht gemeinsamen Vergangenheit. Ich hatte das Gefühl, durch Sonkes Leben mein eigenes viel besser zu verstehen. Jetzt spürte ich auch, dass etwas Schmerzhaftes aus meinem Herzen an die Oberfläche kommen wollte.
Es zeigte sich als Tunnel in meinem Herzinneren. Er war dunkel und ich konnte nicht verfolgen, wohin genau er führte. Sobald ich es versuchte, erschien vor mir eine weiße Lichtmauer. Wenn ich meine Aufmerksamkeit wieder weg lenkte, dann war der Tunnel verschwunden. In letzter Zeit spürte ich manchmal einen kleinen Stich in meinem physischen Herzen und so wurde ich immer mal wieder an den Tunnel erinnert.
Als ich bei Engel Raphael nachfragte, was es mit diesem Tunnel auf sich hätte, antwortete er: „Es ist eine uralte Verletzung, Gina. Sie möchte mehr und mehr ans Licht kommen. Diese Verletzung betrifft euch beide. Sie stammt vom Anbeginn der Zeit und bekam ihre physischen negativen Auswirkungen in der ersten Erdeninkarnation. Damals wart ihr in rein menschlichen Körpern und das erste Mal auf dem Planeten Erde inkarniert. Es ist mit dem Verstand nicht so leicht zu erfassen. Wisst ihr, alles in diesen Realitäten läuft eigentlich aus dem Universum betrachtet parallel. Das heißt eigentlich, dass es so was wie Zeit gar nicht gibt. Jedenfalls aus unserer Perspektive gesehen nicht. Wenn ihr eines Tages nach Akturus zurückkehrt, dann werdet ihr das verstehen.
Die Matrix der Erde, die geistigen, emotionalen, physischen, seelischen und spirituellen Gesetze legen euch viele Schleier auf. So könnt ihr manches nicht so sehen, wie es in Wirklichkeit ist, sondern ihr erfahrt es in der Art, wie die Begrenzung eurer Wahrnehmung programmiert ist. Das Leben auf dem Planeten Erde gestaltet sich seinen ganz eigenen Erfahrungsraum. Seelen, die auf den Planeten Erde gehen, nur um einen Dienst zu machen, brauchen daher sehr tiefgründige und spezielle Ausbildungen. Und warum? Damit sie sich in der Vielfalt der Illusionen nicht verstricken. Denn wenn dies geschieht, dann erleiden diese Seelen in ihren Verkörperungen sehr starke Schmerzen. Aber jetzt seid ihr hier, um die Vergangenheit zu heilen, damit eine neue Gegenwart und Zukunft entstehen kann."

Ich spürte mich in Raphaels Worten sehr tief aufgehoben. Mein Herz schlug bis zum Hals und meine Hände wurden feucht. Engel Raphael lächelte und fuhr fort: „Trotz der vielen Ausbildungen auf Sirius vor den Inkarnationen kam es fast bei jeder Dienstseele zu Verstrickungen und Aufopferungen. Wir mussten einsehen, dass diese notwendig waren. Denn nur so konnten diese Seelen während ihrer Verkörperungen in Demut die Matrix der Erde erkennen.
Ihr habt sehr viel auf euch genommen, meine lieben Kinder. Doch ist eure gemeinsame Reise erfüllt von der tiefen Liebe zum göttlichen Vater, zur göttlichen Mutter, zu euch selbst und füreinander. Erst jetzt habt ihr die Möglichkeit, das zu verwirklichen, wozu ihr schon einmal hergekommen seid. Damals verlief eure gemeinsame Lebensreise nicht wie geplant. Ihr werdet die Möglichkeit bekommen, darin eine Veränderung vorzunehmen."
In meinem Herzen spürte ich, wie ich selbst Ursache und Wirkung von allen Dingen gleichzeitig war. In meinem dritten Auge sah ich nun ein Bild, ganz vom Anfang der Zeit. Von dieser Zeit sprachen Atonas und Elina immer. In ihren Welten war man sich dieser Realitäten immer bewusst. Es gab keine Trennungen zwischen den Welten, da Zeit nicht existierte.
Ich sah einen Platz, welcher tiefer in die Erde gelegt war. Er sah ein wenig wie eine Mondlandschaft aus. Eben ein Stück Erde, welches sich nach einem Sturm oder einer Geburt, neu formte. Viele Wesen aus verschiedenen Welten hatten sich an diesem Ort in Form eines Kreises versammelt.
Sonke nahm nun meine Hand. Wir gingen zum Fonte di Trevi und setzten uns gegenüber auf seine Mauer. Das Wasser plätscherte sanft. Es hatte eine wunderbare hellblaue Farbe. Sonke schaute tief in meine Seele und ich wusste, dass wir durch die Bilder der Vergangenheit in diesen Augenblicken gemeinsam reisten.
So kehrten wir gemeinsam an den Ort des Kreises zurück und sahen uns an, was geschah.
Die vielen Wesen aus der Galaxie, welche sich versammelt hatten, sagten zu denen, die ganz in der Mitte des Kreises standen: „Die Erfahrungen auf dem Planeten Erde werden nur möglich sein, wenn ihr, die Sternenseelen, die aus den Sternensaaten, euch trennt. Es wird der Tag am Ende der Zeit des Planeten kommen, an welchem ihr wieder miteinander als die Einheit der Liebe verschmelzen werdet. Das Bewusstsein

verschmilzt zur Einheit und alle Seelen, die dann auf dem Planeten inkarniert sind, werden die Erfahrung einer Rückkehr ins göttliche Bewusstsein erleben. Die Rückkehr zu Gott, die Rückkehr zur Liebe. So besteht die Möglichkeit, die Liebe auf höchstmögliche Weise zu erfahren."

Nun sah ich uns mit vielen anderen in der Mitte des Kreises stehen. Wir waren engelsgleiche Wesen, voller Anmut, Barmherzigkeit, Licht und Liebe. Alle Wesen in der Mitte des Kreises zeigten sich durch einen diamantfarbenen Strahl in ihren Herzen miteinander verbunden. Sie bildeten ein riesiges Feld einer fließenden und vereinigten Liebe.

Eins der engelhaften Wesen trat aus dem Kreis hervor und sagte: „Wir sind die Wesen der Liebe. Wir haben die Struktur des Planeten nicht direkt erschaffen, aber wir sind dazu in dieses Universum gekommen, euch dabei zu dienen, dass ihr die Erfahrungen der reinen Liebe machen könnt. Dazu habt ihr euch diese Matrix ausgedacht. Über die Trennung wollt ihr viele tausende Erdenjahre Schmerz und Leid erfahren, damit ihr dadurch die Liebe als noch größer und intensiver spüren könnt. So lasst euch gesagt sein, ihr lieben Wesen dieses ersten Universums: Wir würden einen anderen Weg wählen, aber wir sind hier, um euch zu dienen. Deshalb werden wir das tun, damit ihr diese Erfahrungen erreicht. Für uns Wesen aus den Sternensaaten sind nur wenige Inkarnationen auf dem Planeten Erde möglich. Wir werden uns auf allen Planeten des Universums ausbreiten. Durch unsere tiefe Zusammengehörigkeit und die Kraft der Liebe werden unsere Energien universumsweit und zu jeder Zeit wirken. Es gibt nichts außer Liebe. Auch ihr werdet uns nicht in eine andere Erfahrung bringen." Das engelhafte Wesen verneigte sich.

Ein Wesen außerhalb des Kreises trat nun hervor und sagte grob von oben herab: „Dann werden wir euch nicht nur auf verschiedene Planeten verteilen, sondern wir werden euer Band der Liebe durchschneiden. Dann habt ihr keine Verbindung mehr zueinander."

Der schöne Engelsgleiche, welcher nun hervortrat, schien Atonas sehr ähnlich und sagte zu allen: „Es gibt nichts, was das Band der Liebe der Sternensaaten zu trennen vermag. Auch eure Matrix vermag dies nicht. Wir sind die Liebe selbst und strahlen diese bis in den letzten Winkel jedes Universums, auch wenn ihr unsere Herzen trennt."

Wieder sprach das Wesen außerhalb des Kreises: „Ihr werdet sehen, dass ihr in der Dualität vielleicht überhaupt nicht existieren könnt. Und jetzt werden wir die Trennung vollziehen, damit der Erfahrungsraum beginnen kann. Wir sehen uns wieder, meine Freunde, am Ende der Zeit. So mögt ihr Elfen, Gnome, Akturianer, Venusianer, Sirianer, Orioner und so weiter sein, aber den Kontakt mit Menschen auf der Erde wird euch niemand glauben. Wir treten in eine gottlose und lieblose Zeit ein. Die Menschen werden denken, dass das, was sie füreinander empfinden, Liebe ist. Alle Inkarnationen auf der Erde müssen durch die Felder der Illusionen gehen. Darin werden wir sehen, wie stark eure göttliche Liebe wirklich ist."
Der Engelsgleiche antwortete: „Wir wurden von Gott in dieses Universum gerufen, um euch zu dienen. Mir scheint, ihr wollt uns, die Liebe, zu etwas zwingen. So wisset, dass dies gegen das Gesetz der Liebe ist."
Ich erkannte plötzlich in all' den engelsgleichen Wesen im Inneren des Kreises die Essenzen von Atonas, Sonke, Elina, Arin, meinem Vater, Siam, Teas, Wli, Terai, Anton, Sirina und viele andere wieder. Auch mich selbst.
Das Wesen lachte und sprach: „Gott selbst hat euch also zu uns gerufen. So werdet ihr diesen Dienst in unserem Sinne für uns tun."
Nun antwortete der, der Sonke ähnlich war: „Aber in dieser Form hätte es der göttliche Vater niemals erlaubt! Wir werden uns beraten und dann vielleicht nach Hause zurückkehren."
Wir sahen die Liebesseelen. Sie bildeten die unaussprechliche Einheit im Kosmos. *Sie sind die Flechter des Netzes der Liebe im gesamten Universum.* Mir selbst wurde erst jetzt wirklich klar, warum wir alle auf so vielen verschiedenen Planeten und Realitäten inkarniert waren. So webten wir im Unsichtbaren das Netz der Liebe durchs gesamte Universum! Darum mussten wir auch Menschen und Halbmenschen sein.
Wieder schauten wir in den Kreis. Die Wesen im äußeren Kreis hatten nun ihre Lichtschwerter gezogen. Sie ließen uns im Inneren des Kreises keine Zeit für Beratung. Mit ihren Schwertern durchtrennten sie unser Liebesnetz. Auf der Stelle wurden alle unsere Seelen vereinzelt und auf die verschiedensten Planeten im Universum geschleudert.
Ich spürte bei dieser Trennung durch die dunklen Lichtschwerter so große Schmerzen in meinem physischen Herzen, dass ich

das Gefühl hatte, gleich zu sterben. Sonke hielt mich fest und Engel Raphael ließ sein grüngoldenes Licht in meinen Herzenskelch fließen. Dabei sagte er: „Wisset, dass alles im Universum immer aus Liebe geschah. Auch wenn es aus menschlicher Sicht betrachtet, anders zu sein scheint. Das Leben auf der Erde war bis jetzt ein Traum. Es ist Zeit für die Menschheit aus diesem Traum zu erwachen und die Realität der Liebe zu betreten. Denn aus dieser Realität entspringt eine jede Seele im Universum. So ist es ein Erwachen zu dem, was ein jeder Mensch in Wirklichkeit ist."

Wie in einem Kurzfilm konnten wir verfolgen, wie sich im Lauf der Zeit alle Sternensaatenseelen wiedergefunden hatten. Sie trugen so viel Liebe in sich. Sie inkarnierten auf all den verschiedenen Planeten und in unterschiedlichen Zeitebenen, um das Ende der Zeit einzuläuten. Dies geschah auch schon vor vielen tausend Jahren. Lange Zeit wurde dieses Ereignis, wozu nun auch Sonke und ich auf dem Planeten Erde inkarniert waren, vorbereitet. Ich verstand jetzt, warum unser Leben manchmal gefährdet war. Wir hatten die planetaren Gesetze übertreten. Somit mischten wir uns als Sternensaatfamilie in den interplanetaren Logos ein. Dies war nicht im Sinne des Planes. Allein, dass wir diese halbmenschlichen Körper erschaffen hatten, war ein gefährlicher, gesetzlicher Übertritt. Weil wir als Sternenfamilie dieses Gesetz verletzt hatten, wurden auch wir selbst verletzbar.

Ich dachte kurz an die letzte Zusammenkunft der Lichtkonzile. So wurde vieles in mir noch klarer und deutlicher. Die Lichtkonzile wollten uns alle durch ihre Entscheidungen schützen!

Ich weinte und Sonke strich mir übers Haar: „Wir sind hier, uns zu lieben. Es ist für mich so ein großes Geschenk! Denn in dieser Liebe sind wir mit unseren Sternengeschwistern verbunden. Wann immer wir die Worte der Liebe sprechen, Handlungen der Liebe tun, Gefühle und Gedanken der Liebe haben, weben wir gemeinsam mit unseren Sternengeschwistern am Netz der Liebe weiter. Glaube mir, eines Tages wird das Netz so groß sein, dass alle Planeten im Universum darin baden können!"

Ich spürte noch immer den physischen stechenden Herzschmerz und fragte Sonke: „Hast du überhaut keinen Schmerz?" Er umarmte mich fest und flüsterte mir ins Ohr: „Doch, ich fühle auch deinen Schmerz. Schon sehr lange. Wir sind eins und existieren nicht getrennt voneinander. Für mich ist dieser Schmerz nicht mehr Realität. Irgendwo gibt es noch ein Ereignis

auf unseren Inkarnationswegen. Ich glaube, da haben wir uns beide sehr weh getan. Lass' uns erlauben, dass wir dieses Ereignis anschauen.
Ich fühlte mich zu schwach für noch eine weitere Reise. Sonke hob mich von der Mauer. Er holte ein Geldstück aus seiner Hosentasche und legte es auf seine Hand. „Das hier ist ja der Wunschbrunnen. Ich bitte den göttlichen Vater uns dieses Ereignis, welches unser Herzenslicht noch an einer Stelle trennt zu zeigen und die Bürde von uns zu nehmen.“ Sein Gesicht war in ein stilles inneres Schweigen zum Gebet gehüllt. Ich legte meine Hand auf seine und stimmte mich mit ein. Ich spürte die tiefe Aufrichtigkeit in unserer gemeinsamen Bitte.
Dann warfen wir das Geldstück ins Wasser. Sonke lächelte. „Komm, lass uns ein Eis essen gehen.“ Er nahm mich in seinen linken Arm. Ich kitzelte ihn und wir neckten uns bis zum Eisladen, dass uns die Menschen auf der Straße verständnislos nachsahen.
Das Eis schmeckte köstlich und ich vergaß in diesen Momenten unsere Reise zum Anbeginn der Zeit.
Sonke zeigte sich mir immer mehr als lebensfroher Mensch. Er verstand es, mich mit so einer überschwänglichen Freude aus meinen schweren Gedanken zu reißen, dass sich alles um mich herum augenblicklich verwandelte. Ich war ihm sehr dankbar.
Diese Nacht verbachten wir traumlos. Ich glaube Sonke, schlief überhaupt nicht und machte sich sehr viele Gedanken um diese längst vergangenen Ereignisse. Ich verstand ihn sehr gut. War er doch auch ein Sternensaatkind.
Ich konnte mich immer am Besten durch Schlafen erholen. So legte ich mich in die Geborgenheit der Liebe und ließ den Tag erst einmal los. In diesen Momenten war mir der Schleier des Schlafes der aller treuste Freund und während Sonke sich durch Denken Klarheit erschaffte, schlief ich selig wie ein Baby.

Sonke Jar - Tagebucheintrag 27

Das Alpha und das Omega

In dieser Nacht liefen so viele Gedanken in mir umher. Ich schaute zu Gina. Ihr Gesicht sah leer aus und sie war schon eingeschlafen. Ich küsste sanft ihre Hand und ging hinaus auf den Balkon. Noch einmal kehrte ich zurück zur Zeitreise vom Anbeginn der Zeit und wollte mir ganz bewusst verinnerlichen, was damals geschah.

Ich sah jede Szene und jeden Engel noch einmal ganz genau an. In der Phase der Trennung des Liebesbandes zwischen unseren Sternensaatgeschwistern spürte ich nun auch einen tiefen Herzschmerz. Ich hielt die Bilder an und versuchte herauszufinden, was es damit nun wirklich auf sich hatte.

Ich war so sehr auf der Suche danach das zu finden, was meine geliebte Gina so tief schmerzte. Manchmal bekam ich das Gefühl, dieser Schmerz trennte uns voneinander. Doch ich konnte in den Bildern nichts entdecken, was mir einen Hinweis gegeben hätte. Ich spürte lediglich, wie von ganz weit oben die Ursachen dieses Schmerzes auf uns herabfielen.

Plötzlich trat ein Wesen aus dem Bilderkreis. Eine junge Frau. Ganz in weiße Lichtkleider gehüllt, sprach sie: „Mich kennst du heute als Arin. Da du mir das Leben schon einmal gerettet hast und mich vor der negativen Seite der Schöpfung beschützt hast, möchte ich dir heute erzählen, was damals mit uns allen geschehen ist.

Die Wesen mit ihren Lichtschwertern wollten unser gemeinsames Liebesband trennen. Doch es ist ihnen nicht gelungen. Denn wir sind in unserer Sternensaatfamilie noch immer alle aufs Innigste verbunden! Stattdessen wurden Alpha und Omega der Schöpfung in uns durchtrennt. Das innere männliche und das weibliche Prinzip. Wir wurden in das helle und das dunkle Prinzip der Dualität geteilt. Liebe und Angst, Krieg und Frieden, Krankheit und Gesundheit, und so weiter.

Dies war eine tiefe Verletzung für uns als Kollektiv. Ein Anschlag auf unsere Liebe. Der Versuch, uns das zu nehmen, was wir wirklich sind und weshalb wir in dieses Universum kamen!

Natürlich haben wir damals nicht verstanden, wieso uns Gott nicht geschützt und zurückgerufen hatte. Es brauchte in eurer Zeitrechnung zehntausende Jahre, ehe wir uns von diesem

Schock erholten. Dir mag dies in deinem Erdenleben nun bewusst werden! Darum erzähle ich dir unsere Geschichte.
Als wir uns alle endlich wieder fanden, machten wir einen großen Sternenplan für dieses Universum. Wir wollten unsere Aufgabe, für die uns Gott in dieses Universum gerufen hatte, trotzdem erfüllen. So inkarnierten wir uns auf allen Planeten im Universum. Die höheren Inkarnationen verliefen und verlaufen bis heute problemlos. Wir können unsere Liebeskraft verwirklichen! Natürlich weiß jede Seele um dieses Ereignis. Manchmal spüren wir sie auch oder es erscheint etwas auf unserem Weg, das die Liebe verhindern möchte, wie eine Art Bürde. Doch die Liebe sucht sich immer ihren Weg. Ihre Wahrheit fließt unaufhaltsam seit Äonenzeiten durch alle Galaxien und Universen. Die Liebe erreicht immer ihr Ziel, weil sie an sich ziellos ist.
So leben wir heute in diesen Zeiten, um unseren Auftrag zu vollenden und gemeinsam nach Hause in unsere Galaxie zurückzukehren. Auch du und Gina, denn ihr gehört zu unseren Sternensaaten."
Ich wischte meine Tränen weg. So tief konnte ich die Liebe ihrer Worte spüren. Eine Liebe, die uns als Sternenfamilie unendlich weit miteinander verband. So wurde nicht das Band der Liebe in uns durchtrennt, sondern das Alpha und das Omega der Schöpfung. Nun, was bedeutete das?
Arin lächelte und fuhr fort: „Was dies bedeutet haben wir auch erst in den Inkarnationen niederer Schöpfungsdimensionen erfahren. Wir erkannten, dass uns dadurch in den niederen Schöpfungswelten kaum eine Überlebenschance blieb. Da unsere Liebe kein verbundenes Alpha und Omega mehr besaß, waren wir den dualen Mächten, die zum Beispiel auch auf der Erde wirkten, ausgeliefert. Oft reichte ein Gedanke, um unser Leben zu zerstören. Dadurch haben viele Seelen der Liebe schwieriges Karma auf sich genommen.
Aber wir Wesen der Liebe blieben stets voller Liebe! Besonders du und Gina. Ihr wolltet einen Weg finden, doch auf dem Planeten Erde zu inkarnieren. So tratet ihr einen kleinen Inkarnationszyklus an. Es waren nicht viele Inkarnationen, aber es könnte dir so vorkommen, als wären es viele gewesen, da die Kräfte der Dualität und Illusion so stark in euch wirkten.
Nach den ersten beiden Inkarnationen beschlossen die Lichtkonzile mit euren Seelen gemeinsam, dass ihr auf höheren Dimensionen Langzeit-Inkarnieren solltet. In dieser Inkarnation

wurde eurer Erdenleben für diese Zeit des Wandels geplant. Denn noch immer haben wir die Aufgabe mit unserer Liebe zu dienen. Die Liebe ist die Kraft, die das Alpha und das Omega der Schöpfung, welches einst zerstört wurde, wieder heil werden lässt."
Ich fühlte mich immer noch tief berührt und erkannte plötzlich in meinem inneren Herzen, dass Gina und ich gemeinsam das Alpha und das Omega bildeten. Durch unsere Liebe stellten wir die Einheit der Schöpfung in uns wieder her.
Arin fügte hinzu: „Ja Sonke! So ist es! Du bist, seit du erwacht im Menschsein lebst, das geheilte Alpha und Gina das Omega seit ihrer Geburt. Bitte verstehe, dass Gina dadurch immer diesen Schmerz hatte. Ihr fehlte das Alpha, der Schutz, in welchem die Kraft des göttlichen Vaters fließt. Auch du hattest in diesem Leben einen Schmerz mit deinem Vater. Mit unserem Vater. Jetzt, wo du erwacht bist, kannst du es besser verstehen. Du kannst für Gina dieses Alpha sein. Und sie kann für dich dieses Omega sein. So werdet ihr GANZ und bildet wieder eine EINHEIT der Liebe. *Und dies geht in dieser Weise nur auf Erden!* Das ist ein wunderbarer Dienst, welchen ihr durch euer Sein verwirklicht. Durch so viel Schmerz seid ihr dafür gegangen, um heute auf dem Planeten Erde diese Vision zu verwirklichen und auf diese Weise wieder eure ursprüngliche Kraft zurückzubekommen.
Wisst ihr eigentlich, wie wunderbar ihr seid?"
Noch immer spürte ich in mir selbst einen Schmerz. Tief im Herzen fragte ich mich, warum nicht das Alpha und das Omega in mir selbst und auch in Gina heilen durfte. So wären wir jeder für sich wieder das ursprüngliche Wesen. Ich glaubte fest daran, dass dies unser Ziel war. Möglicherweise war dieses Ziel auch nur auf der Erde zu verwirklichen.
Arin lächelte: „Du bist wahrlich ein Liebender im Menschenkleid! Dies ist das Ziel unserer gesamten Lichtfamilie! Denn nur dann können wir nach Hause in unsere Galaxie zurückkehren. *Wir sind die Schöpfer der Liebe*. Die Liebe konnte in uns nicht zerstört werden, wohl aber das Prinzip, sie überall hervorzubringen, wo sie benötigt wird. Wir entdeckten aber im Laufe der Inkarnationen, dass wir mit unserer Liebe Teile unserer Verkörperung heilen konnten. Dies bedeutet, dass die weiblichen Wesen das Omega heilen und die männlichen Wesen das Alpha. Deshalb ist ein Akt der Vereinigung in unseren höheren Dimensionen immer etwas Heiliges. Dadurch werden wir zu

gemeinsamen Schöpfern der Liebe und wir leben im vollständig geheilten Dasein. Das Leben der Elfen ist so gesehen ewig. Wir sind unsterblich."

Tränen befreiten mich von einem uralten Schmerz vom Anbeginn der Zeit. So tief spürte ich nun meine Liebe zur Sternenfamilie und auch zu Gina, die mit mir das Wagnis eingegangen ist, auf diesen Planeten Erde zu gehen, um Liebe zu schöpfen! *Wir sind Schöpfer der Liebe! Wenn wir uns getrennt fühlen, werden wir von anderen Mächten benutzt! Sie benutzen unsere Liebe für ihre Zwecke!*

Nun wurde es mir ganz bewusst! Gina und ich bildeten eine Einheit. In dieser Einheit begannen wir, Liebe zu schöpfen. Es gab viele Kräfte, die uns beobachteten und ich wusste, dass sie gegen uns arbeiteten. Aber nicht so, wie wir es vermutet hätten. Nein! Es geschah im Stillen! Sie mogelten sich vorsichtig in uns ein, so dass wir es kaum bemerkten. Vielleicht gaben sie sich auch als Liebe aus. Ich wusste es nicht.

Arin trat noch einmal aus dem Kreis und sagte: „Ihr müsst euer Erdenkarma heilen. Schaut euch diese Verletzungen an. Über diese Ebene haben sie Zugriff auf euch."

Ich wusste, dass sie Recht hatte. Sie fügte noch hinzu: „Und vergiss niemals, dass es die Liebe ist, die ihr seid und die euch verbindet, seit Anbeginn der Zeit. Erkenne, dass alles aus Liebe geschah und jede scheinbar zerbrochene Liebe durch das Alpha und das Omega der Schöpfung geheilt werden kann. Ihr beide seid gemeinsam die Schöpfer von Liebe. Dies ist eine der wichtigsten Aufgaben, die von Gott Vater, Gott Mutter an die eigens dafür gezeugten Sternenwesen anvertraut wurden. Wir alle sind in so tiefer Liebe und Demut. Denn wir wurden vom Schöpfer dafür ins Leben geboren. *Geboren, um zu lieben. Geboren, um Liebe zu schöpfen und sie mit der gesamten Schöpfung zu teilen.* Auch mit jenen Schöpfungen, die sich in niederen Lebensbereichen aufhalten. Auch sie möchten wir umarmen, ohne sie für ihre Taten zu verurteilen. Auch wir sind manchmal davor nicht sicher, Dinge zu tun, die zur niederen Seite der Schöpfung gehören. Wir sollten unser Leben achten und im Sinne der Liebe handeln, fern vom Dualitätsgedanken „Gut und Böse". Denn alles ist nur eine Illusion. Das reine Herz wird dies erkennen. Handle danach! Folge der Liebe deines Herzens."

Es war 4 Uhr morgens. Eine kühle Brise wehte über unseren Balkon. Ich ging hinunter in die Hotelhalle und holte mir am Automaten einen Kaffee.
Ich blieb noch eine Weile ruhig in der Hotelhalle sitzen und schlürfte meinen Kaffee. Sehnsüchtig schaute mein Herz ins Elfenland. Dort schmeckte der Kaffee wirklich viel besser! Ich träumte langsam vor mich hin und spürte einen lauen Müdigkeitsanflug. Doch eine leise Vorahnung hielt mich wach.
Später ging ich wieder hinauf ins Zimmer und kuschelte mich zu Gina. Mir fiel auf, dass es unter der Decke heiß, wie an einem Ofen war. Sie schien etwas auszubrüten und ich spürte, diesmal würden die Samen der Liebe in jedem von uns vollständig aufgehen. Raphael hatte Recht, es gab da noch etwas zwischen uns, das wir erfahren mussten.
Seit wir in Rom waren, fühlte ich in mir wieder einmal dieses tiefe Begehren, welches in meinem früheren Leben immer in mir stand, sobald ich einer Frau begegnete. Ich verstand noch nicht ganz, warum es sich immer mal wieder zeigte, gerade jetzt.
Mir kam in den Sinn, dass es mir vielleicht etwas Wichtiges sagen wollte. Ich beschloss, meine Angst, so weit es ging, loszulassen und alles zu beobachten.
So blieb ich neben Gina still liegen und schaute mit selbst zu, wie mein Begehren beständig weiter wuchs und es mir schwer fiel, die Kontrolle zu behalten.
Ich rief im Geiste meinen Vater an. Er gab mir keine Antwort. Meine innere Stimme sagte immer wieder: „folge dem, was ist und liebe dabei, es wird Heilung geschehen." Mein Kopf sagte absolut: „NEIN!" Ich wollte Gina keinesfalls verletzen.
Was sollte ich tun? Ich ging ins Badezimmer und nahm eine Dusche. Doch es nützte nichts. Mein Begehren wurde immer tiefer und wuchs plötzlich zu alle dem an, was ich war oder zu sein schien. Ich war nichts weiter als dieses Begehren. Es war eine enorm große Kraft, welche ich nicht zu kontrollieren vermochte.
Nach langem Zögern beschloss ich, Gina zu wecken. Als ich aus dem Badezimmer zurückkehrte, saß sie bereits aufrecht im Bett. Sie spürte sofort, was in mir los war und flüchtete ins Badezimmer.
Mein Begehren wuchs immer weiter und in diesem Begehren schlummerte eine unendliche Sehnsucht. Ich konnte selbst nicht sehen oder spüren, wonach eigentlich und wusste, wenn ich das

herausfinden wollte, müsste es mit Gina geschehen. Mir war in meiner verlorenen Kontrolle trotzdem sehr klar, dass wir beide dadurch etwas heilen würden, das so tief in uns verborgen lag, dass es nicht einmal die kleinste Maus hätte finden können.
Sie war schon über eine halbe Stunde im Badezimmer. Ich beschloss mit ihr in Wahrheit zu reden und klopfte an die Tür. Sie war von innen verriegelt.
„Gina! Es tut mir leid. Ich habe dieses Begehren schon seit Tagen in mir. Und jetzt ist es so schlimm, dass ich es nicht mehr unter Kontrolle habe. Ich bitte dich, mir zu helfen."
Ich hörte ihr Schluchzen. Leise fragte sie: „Und wie stellst du dir das vor?"
„Gina, ich bitte dich! Du weißt, dass wir uns beide sehr lieben. Und ich weiß, dass wir beide Verletzungen haben. Bitte gib uns die Möglichkeit, dass sie heilen."
Sie antwortete zögerlich: „Ich habe aber solche Angst. Angst davor, dass ich dich danach nicht mehr lieben kann."
Ich konnte ihre tiefe Verletztheit spüren. Etwas, dass in ihr zerbrochen war, ganz so, wie das Alpha und das Omega am Anbeginn der Zeit in jedem von uns getrennt wurde.
Ich sagte leise: „Ich glaube an uns, Gina. Wir können auch das erleben und erfahren. Bitte schenke mir diese Möglichkeit, damit das Tiefste in mir heilen kann."
Ich hörte die Dusche. Nach ein paar Minuten öffnete sich die Tür. Wir setzten uns beide nackt aufs Bett. Gina war noch nass vom Duschwasser. Sie küsste meine Hände und sagte: „Die Liebe in mir sagt, ich darf mich dafür zur Verfügung stellen. Ich bitte dich..."
Ich verschloss ihren Mund mit meinen Küssen. Im Herzen bat ich, dass alle Lichtwesen uns beschützten. Tief in meiner Seele wusste ich, dass es jetzt in diesen Augenblicken unser Weg war. Ich fühlte im Inneren übergroße Freude, mein Begehren mit Gina teilen zu dürfen. Ich spürte mein Glück darüber, dass sie mich akzeptierte! Denn sie war die Frau, die ich liebte. Ich wusste, durch sie würde sich in mir alles verwandeln.
So ließ ich mich los und lebte mein Begehren in Ginas hingebungsvoller Liebe und in unseren Körpern völlig aus.
Noch nie war ich mit einer Frau zusammen, die auf mein Begehren mit Hingabe geantwortet hatte! Zum ersten Mal hatte ich das Gefühl, alle meine männlichen Bedürfnisse ausleben zu können. Sie entleerten sich recht schnell, denn sie waren

allesamt nur Illusionen. Aber sie bewegten sich seit Jahren in mir und ich war über diese Befreiung sehr froh.
Viele mentale Fetzen stiegen in mir auf. Bilder von Kriegen und Gewaltszenen. Mittelalterliche Folterszenen, Lustempfindungen im Schmerz. Vergewaltigungen, Schafott, Scheiterhaufen und Kreuzigungsbilder. Zwischendurch immer wieder mein Begehren. Ich hatte keine Kontrolle, ich ließ Kommen und Gehen. Alles verließ mein System. Ich weinte, alles in mir brannte und ich war wie im Fieber. Altes konnte ich loslassen. Altes Menschheitskarma? Ich fand keine Erklärungen.
Ich verstand in diesen Augenblicken noch besser, warum mir früher Frauen wie Gerda im Leben immer wieder begegneten. Ich zog sie magisch an. In meinem Begehren lag so viel karmischer Schmerz und Gewalt. Gerda war Spiegel vergangener karmischer Erfahrungen, die sich aus mir lösen wollten. Ich erkannte erst jetzt den Sinn dieser Attribute. Und ich wusste plötzlich, wie sehr ich in meinem Leben beschützt wurde, damit genau diese Erfahrung JETZT stattfinden konnte, um all die alten Ereignisse in mir zu heilen.
Es dauerte viele Stunden, bis ich alle meine Begehren bis in die letzten Details durchgearbeitet hatte. Immer wieder war ich erstaunt, wie Gina die ganze Zeit über in einer neutralen und hingebungsvollen Liebe blieb. Ich war mir sicher, dass sie alle Bilder, die in mir aufstiegen, auch wahrnehmen konnte.
Mein Körper schlief schlussendlich total überanstrengt ein. Im Geist träumte ich weiter und genoss das Gefühl der Befreiung.
Als ich wieder aufwachte stand das Frühstück am Bett. Gina setzte sich. Ich sah, dass sie verweinte Augen hatte. Dann lächelte sie mich doch an und fragte: „Wie möchtest du deinen Kaffee, Schatz?“
Ich wunderte mich und fragte: „Wieso fragst du? Ich mache doch meinen Kaffee am liebsten selbst?!“
Sie lächelte wieder, schaute mich an und weinte. Ich nahm sie in meine Arme und ließ sie sich ausweinen. Als sie sich beruhigt hatte, flüsterte sie: „Du bist sieben mal gekommen! Ich glaube, du verdienst eine richtige Erdenfrau, die dein Begehren auch genießen kann. Irgendwie ist mir das nicht möglich.“
Ich umarmte Gina noch fester und flüsterte: „Du hast mir in dieser Nacht eine einzigartige Möglichkeit geschenkt. Ich weiß, dass du diese Art von Begehren nicht leben und empfangen kannst. Und ich verstehe jetzt endlich auch, warum. Weißt du,

wir beide sind das Alpha und das Omega. Wir würden uns diese Situationen der Bilder schöpfen, die ich in mir trug. Doch da ich in der Absicht der Heilung war und du dich mir in Liebe geöffnet hast, durften diese Bilder aus karmischen Verletzungen und uralten Gezeiten aus mir gehen. Ihre Existenz wurde in mir gelöscht! Ich bin unserer Liebe so sehr dankbar!"
Gina kuschelte sich vertrauensvoll in mich hinein und antwortete leise: „Ich habe immer gedacht, dass mich dieses Begehren verletzt und all die Bilder aus dem Ätherreich. Ich konnte nie meine Liebe für einen menschlichen Mann öffnen. Ich hatte immer Angst, dass er meine Liebe für seine Zwecke missbrauchen könnte und wir dann dadurch Schöpfer von Elend und Leid auf der Erde würden. Es kam durch dich als Begehren, das sich als menschliche Liebe ausgab."
Ich ahnte in diesen Momenten, dass Ginas Worte uns zu den eigentlichen Ursachen ihrer Verletzung führten. So kamen wir auch hier dem zerbrochenen Licht in ihr viel näher. Unsere Liebe offenbarte sich immer wieder als größtes Geschenk! Und ich kam nicht umhin, in diesen Augenblicken den Wesen mit den Schwertern zu danken, denn ohne sie hätte ich wohl nie die wahre Liebe in einem menschlichen Körper erfahren!
Nun waren wir langsam bereit dafür, alle Wahrheiten um unsere Seelen zu erfahren und uralte Verletzungen zu heilen. Ich erkannte tief in der Weisheit meiner Seele, dass uns diese Hürden, von den Wesen mit den Schwertern am Anbeginn der Zeit, auferlegt wurden. Und noch tiefer in meiner Seele fühlte ich, dass wir mit den Händen unserer Liebe alle diese Hürden und Mauern überwinden würden.
Ich begriff ganz tief in meiner Seele, wer ich wirklich bin! Ein Schöpfer der Liebe! Hier auf Erden sollten wir in diese Fähigkeit zurück gebracht werden! Alles würde heilen! Alles, was jemals in der Liebe durch Missbrauch der Schöpfung zerbrochen wurde!
Ich streichelte Gina und sagte: „Komm, lass uns heute in die Vatikanstadt gehen."
Gina schaute mich an: „Danke für deine Offenheit. Es fiel mir wirklich sehr schwer, mich dafür zu entscheiden, deine Begehren offen zu empfangen. Ich hatte solche Angst vor diesem Moment!" Du hast ihre Illusionen erkannt und sie geheilt. Ich bin sehr froh!
Ich antwortete: „Wir haben sie geheilt. Allein bin ich noch nicht das Alpha und das Omega."

Gina antwortete: „Ja aber wir arbeiten dran!“ Ich küsste sie. Mein Herzensdank überflutete unser Sein. Ich betete dafür, dass all die Ängste und die tiefe Zerbrochenheit geheilt werden durften. Dafür würde ich alles tun.

GINA AI - Tagebucheintrag 28

Nachwehen

Ich stand unter der Dusche und wusch die letzten Stunden aus mir heraus. Es war als spülte sich mit jedem Wassertropfen eine unendliche Fremde vieler Lebensjahre aus mir. Ich spürte dabei meinen Körper extrem. Jede Zelle blieb mir bewusst. In meinem Unterbauch schienen sich alle Atome spiralförmig auf und ab zu bewegen. Alles fühlte sich samtweich und warm an. Es schien, als könnte ich erst jetzt meinen Körper wirklich als meinen Körper fühlen.

Wir fuhren schweigend in die Vatikanstadt. Als wir durch die Tore der Vatikanstadt schritten, bekam ich ein flaues Gefühl im Magen. Deshalb gingen wir zuerst in den Garten und setzten uns unter einen Baum. Ich nahm Kontakt mit dem Baum auf und bald fühlte ich mich wohler.

Sonke kniete neben mir. Ich sah, dass seine Augen dunkle Ränder zeigten. Das hatte ich seit seiner Heilung vom Krebs nie wieder gesehen, deshalb fragte ich: „Geht es dir nicht gut?“

Er lächelte mich leicht verlegen an und antwortete: „Ich glaube das sind die Nachwehen von letzter Nacht.“

Ich sah in seine Seele und fühlte mich in seinen Energiekörper hinein. In seinem Unterbauchbereich hingen dicke, schwarze Energieklumpen. Ich sah, dass es alles gelöste Energiemuster waren, die von allein nicht von ihm loskamen.

Ich flüsterte: „Komm leg dich kurz auf die Wiese.“

Ich legte meine Hände auf seinen Unterbauch. Dann verdichtete ich die Energie in meinen Händen zu energetischen Magneten, die dann diese Energieklumpen aus seinem Körper zogen. Danach reinigte ich gründlich seine Aura und sagte: „Das sollte eigentlich nicht sein. Irgendwo haben wir etwas nicht beachtet. Als ich vorhin unter der Dusche stand, spülte ich sehr viel fremde Energie aus mir heraus.“

Sonke setzte sich auf und küsste mich. Er fragte verschmitzt: „Vielleicht haben wir nur zu früh aufgehört?!“

Seine Worte lösten eine unendliche Wut in mir aus und wie im Affekt erhob ich meine Hand gegen ihn. Ich war selbst mindestens so schockiert wie er, als ich seine Wange traf. Sofort kamen mir Tränen. Ich entschuldigte mich und rannte weg.

An einer Mauer kam ich zum Stehen. Mein Herz schlug wild bis zum Hals und meine Tränen durchnässten mein Kleid. Was war nur geschehen? Plötzlich verdunkelte sich die Zeit und ich fand mich auf einem Schlachtfeld mit lauter verletzten Männern wieder. Eines fand ich merkwürdig: Sie hatten keine Kriegsverletzungen! Ihre schmerzverzerrten Gesichter starrten mich fordernd an. Manche verdrehten die Augen, andere zeigten auf mich. Wieder andere versuchten, mich zu ergreifen. Ich wollte wieder weglaufen, doch das Feld war zu dicht mit diesen verletzten Männern besetzt. Was war geschehen? Wie war ich so plötzlich hierher gekommen?
Ich bekam immer mehr Angst, aber konnte nicht mehr weglaufen. Einige der Männer hatten mich ergriffen und waren bereits dabei mir die Kleider vom Leib zu reißen. Einer sah mich nun hasserfüllt an und schrie: „Ich gebe dir nun stellvertretend für uns alle den Schmerz, welchen uns Frauen zugefügt haben."
Ich verstand nicht und meine Angst wurde immer größer. Plötzlich tauchte Teas in meinen Gedanken auf. Er sagte: „Wach auf Gina! Dies ist nur ein Traum. Nimm meinen Lichtdiamanten aus deiner Rocktasche und sage ganz laut: *Ich weiß, dass ich träume! Ich will jetzt erwachen*."
Tatsächlich befand sich der Lichtdiamant in meiner Rocktasche. Ich zögerte noch einen Augenblick und schaute zu dem Mann auf dem Schlachtfeld zurück. Die Szenen waren wie in einem Film angehalten. Ich lag in einem stillen Bild und die Männer um mich herum waren immer noch da. Ihre Gesichter und Hände auf mich gerichtet.
So nahm ich den Stein aus der Tasche und sagte: *Dies ist nur ein Traum und ich weiß, dass ich träume! Ich will jetzt erwachen.*
Als ich erwachte, lag ich in Sonkes Armen auf einer Wiese in der Vatikanstadt. Sonke hatte seine Hände um meinen Bauch gelegt und ich spürte die Energien meines Vaters und der halben Elfenstadt.
Was war geschehen? Ich erinnerte mich sofort an meine Wut und wie ich wegrannte. Wieder begann ich zu weinen und flüsterte Sonke zu: „Es tut mir so leid. Bitte verzeih mir."
Er lächelte und antwortete: „Vielleicht hatte ich es verdient?" Ich weinte noch mehr und klammerte mich an Sonke fest. In mir war so eine tiefe Angst, dass mich die Bilder des Traumes wieder einholen würden. Wieso hatte ich nur solche panische Angst davor?

Atonas kam mit seiner lichtvollen Elfenenergie und wehte für kurze Zeit alle Ängste weg. Er sagte: „Gina, wir wissen noch nicht warum! Du hast aus irgendeinem Grund die Dimension gewechselt. Du warst plötzlich in einer niederen Dimension der Dunkelwelten. Das sind Parallelwelten! Sie sind überfüllt mit diesen Gestalten. Vielleicht ist dieser Ort ein Dimensionstor zur Welt der Finsternis. Diese Tore führen tief in die Dunkelwelten hinein. Dorthin, wo sich Unerlöstes abgelagerte, das in einer Resonanz zu euch steht. Über diese Ebenen haben uralte Dämonen Zugriff auf euch."
Ich wurde wieder ganz klar in mir. Sonke fragte: „Was sollen wir jetzt tun?"
Atonas antwortete: „Euch kann nichts geschehen, wenn ihr in der gemeinsamen Liebe bleibt. Geht zu dem Ort, wo die Michelangelo-Gemälde hängen und verweilt dort etwas in eurer gemeinsamen Liebe. Ich erwarte euch später in eurem Hotelzimmer!"
Wir gingen in die Kapelle und fühlten beide, wie ständig Energien zu uns kamen, die uns gegeneinander aufbringen wollten. Es war fast unerträglich und auch Sonke bemerkte, wie ich immer wieder mit einem Fuß in der Dimension der Dunkelwelten stand. Sie versuchten mich in sich hineinzuziehen. Meine Beine wurden immer weicher und Sonke begann, mich plötzlich zu umarmen. Seine Liebe durchstrahlte mich und immer mehr gelangte mein Bewusstsein in diese Welt zurück. Wir blieben lange umarmt stehen und unsere Energiefelder wuchsen zu einer Einheit der Liebe. Diese strahlten wir in die gesamte Kapelle aus und auch nach unten zu Mutter Erde hin. Über uns zum Himmel, welcher bedeckt war mit den wunderschönen Michelangelo-Bildern. Der Raum begann, einen Schutzkreis aus Licht um uns zu bilden.
So fanden wir unsere gemeinsame Liebe wieder und strahlten diese durch Körper, Seele, Geist und Bewusstsein aus. Wir verbanden uns tief mit dem göttlichen Sein. Jede Zelle in uns wurde gesegnet mit dem Licht der Schöpfung.
Eng umschlungen liefen wir den Weg zurück ins Hotel. Niemand sagte ein Wort. Bevor wir unser Zimmer betraten, küsste mich Sonke und sagte: „Bitte vergib mir! Ich habe dich heute Nacht verletzt."
Ich sah ihm in seine offenen Augen und begriff plötzlich, dass er in mir eine uralte Wunde geöffnet hatte. Ich kannte die Ursache für diese tiefe Verletzung, der eine Zerstörung innewohnte, noch

nicht und antwortete: „Die Männer auf dem Schlachtfeld heute in der Dunkelwelt wollten mir ihren Schmerz, welchen ihnen Frauen zugefügt hatten, übertragen. Irgendwie verstehe ich das alles nicht."
Sonke wischte sich eine Träne aus dem Gesicht und sagte: „Das passt zu meinen Erfahrungen heute Nacht. Das Begehren, die Gewalt und alles, was in mir aufstieg. Ich weiß nicht, was mit mir los war. Aber ich dachte, wir haben es geheilt! Wenn ich gewusst hätte, dass ich dich..."
Plötzlich öffnete sich unsere Zimmertür. Vor uns stand hell leuchtend und tiefe Freude ausstrahlend Atonas: „Wollt ihr nicht lieber rein kommen? Das ist kein guter Ort für derlei Diskussionen."
Atonas umarmte uns mit seiner grenzenlosen Liebe. Wir waren beide so froh ihn zu sehen! All die Schatten der letzten Stunden schienen vor uns zu flüchten.
Atonas hatte ein Elfentuch mitgebracht und schlug es in die vier Himmelsrichtungen. Augenblicklich fanden wir uns in einem gemütlichen Raum mit smaragdgrünen Kuschelsofas wieder. Auf dem Tisch standen ein frisch bereiteter Elfenwein und vier goldene Elfenbecher.
Auf einem der Sofas saß Elina. Ich freute mich so sehr, dass sie auch gekommen war! Wir umarmten und küssten uns, ließen uns alle in die gemütlichen Sofas fallen. Atonas erzählte eine Stunde lang wundervolle Geschichten aus der Heimat. Wir lachten viel und freuten uns einfach nur an unserem gemeinsamen Dasein. Unsere Energiefelder und Gedanken wurden so wieder angehoben. Die vergangenen Stunden schienen vergessen.
Plötzlich hielten alle Inne. Sonke hatte meine Hand auf seinen Bauch gelegt und fragte Atonas und Elina mit fester Stimme: „Sollten wir deshalb nach Suidinier gehen?"
Die beiden schwiegen. Atonas erhob sich später und begann im Zimmer auf und ab zu laufen. Elina sagte nach einer Weile leise: „Ihr habt euch durch eure Entscheidung, eure akturianischen Körper für immer zu verlassen, von unserem energetischen Familienschutz abgeschnitten. Im Tempel Suidinier könntet ihr diese Entscheidung rückgängig machen."
Ja natürlich! Mein Herz schmerzte bei dem Gedanken, etwas rückgängig zu machen. Sonke blieb ganz gelassen und fragte: „Was können wir denn jetzt tun?"

Atonas schaute ihn ernst aber freundlich an und stellte auch eine Frage: „Was hast du für eine Vision?"
Sonke antwortete: „Was unsere Körper betrifft, so werden wir mit denen, die wir jetzt haben, nach Akturus zurückkehren! Wir bleiben ja trotzdem die, die wir sind."
Atonas schien mehr als erstaunt über Sonkes Antwort. „Mein Sohn, du bist verrückt! Aber so kann ich besser nachvollziehen, wieso euch so ein Blödsinn, wie letzte Nacht geschieht!"
Ich fragte verwundert: „Wieso?"
Atonas lächelte: „Um mit diesen Körpern in Akturus überleben zu können, müsst ihr einen Umwandlungsprozess eurer DNS und DNA machen. Damit dieser vollständig möglich ist, müssen alle karmischen Ursachen aus den Urzeiten der Zellen bereinigt sein. Die auf Erden und auch das Sternenkarma. Sonst würde es euch bei dem Umwandlungsprozess in tausend Fetzen zerreißen."
Jetzt verstand ich endlich, warum meine Seele es so sehr darauf anlegte, dass ich immer wieder in Situationen geriet, die mich zu unerlösten Schmerzen führten! Dies stand für mich, bis ich Sonke kennenlernte, niemals auf dem Lebensplan, da ich mich nicht so tief in die Erdendimension hinein inkarniert hatte. Doch nun war das anders! Es bedeutete, dass wir durch die dunklen Welten gehen mussten, ohne uns zu verlieren. Zumindest, wenn wir mit unseren Körpern nach Akturus zurückkehren wollten.
Sonke, der meine Gedanken mitlas flüsterte: „Wir sind doch schon ganz gut in Übung. Egal, was auch geschehen mag, wir sind in Liebe. Wir werden uns in die Dunkelheit hineinlieben."
Ich flüsterte zurück: „Jetzt weiß ich zumindest, warum ich so alt werden musste, bevor wir uns wirklich treffen konnten." Sonke küsste mich und sagte schelmisch: „Hatte ich alles geplant...."
Atonas hörte uns belustigt zu und sagte: „Ihr beiden seid unglaublich! Schön, dass ihr über euch selbst lachen könnt." Elina fügte hinzu: „Ich weiß nicht, ob wir an eurer Stelle nicht verloren wären, auf der Erdendimension. Aber ich bin mir ganz sicher, ihr werdet eure Vision und Bestimmung erfüllen!"
Atonas wurde wieder ernst und legte seine Hände auf unsere Schultern: „Ihr müsst acht geben. Vergesst niemals, wie es sich anfühlt, in diesen Ebenen zu sein. Ihr seid deshalb hierher gekommen, weil ihr die Tempelträumer seid. Ihr werdet in der Dunkelheit wandeln, aber es wird immer nur ein Traum sein. Sobald ihr erwachen wollt, dann müsst ihr euch dessen bewusst sein und es aussprechen. Eure Liebe bringt euch zurück ins

Licht. Seid vorsichtig! Solange ihr noch eigene Verletzungen zu heilen habt, könnten eure Ausflüge zu den alten Dämonen auch tödlich ausgehen. Dann wird der Traum, in welchen ihr hineingezogen werdet, zur Realität."
Elina fragte uns: „Vielleicht sollen wir in dieser Zeit doch bei euch bleiben?"
Sonke lächelte und stellte freundlich eine Gegenfrage: „Wie seid ihr so schnell hier gewesen?"
Atonas antwortete: „Das bleibt vorerst unser Geheimnis..."
Mich überkam dabei die leise Ahnung, dass sie sich schon die ganze Zeit über in unserer Nähe aufhielten. Aus irgendeinem Grund sollte es geheim bleiben.
Ich behielt diesen Gedanken bei mir, doch im Herzen wusste ich, dass es genau so war! Elina schaute mich in diesen Augenblicken warnend an und ich fühlte, dass ich diesen Gedanken zu unserer eigenen Sicherheit vergessen musste.
Elina flüsterte in unsere Gedanken: „Wir werden immer bei euch sein. Habt keine Angst! Manchmal könnte es sein, dass ihr unsere Stimmen in der Finsternis nicht hören könnt. Es ist deshalb wichtig, dass ihr euch auch in der größten Dunkelheit an uns und an das Licht erinnert. Dies reicht aus, um mit euch in einer Verbindung zu sein, die mit heilender Liebe beseelt und gesegnet ist!
In mir stieg wieder eine leise Angst auf und ich fragte mich, was uns noch alles bevor stand. Wann fand alles endlich sein Ende? Vielleicht war es auch nur mein Ego, was so dachte. Manchmal fühlte ich mich so unendlich müde! Und doch war es gerade die Liebe, weswegen wir hier auf die Erden kamen! So lange hatten wir diese Zeiten vorbereitet. Ich wollte da sein und manchmal schämte ich mich für meine Müdigkeit und inneren Widerstände. So nahm ich mir vor, noch tiefer in die fließende Liebe meiner Seele einzutauchen.
In den letzten Monaten kam es mir oft so vor, als wäre Sonke viel weiter und tiefer erwacht als ich selbst. Es war nun für mich an der Zeit, durch die menschlichen Prozesse zu gehen. Erst jetzt konnte ich wirklich verstehen, warum ich auf Sonke solange warten musste. Jetzt erst war ich bereit für UNS! Die Liebe des Alphas und Omegas, welches Sonke und ich bildeten, löste viele Rätsel. Vielleicht sollten wir es nicht auf dem Weg des Begehrens über die sexuelle Ebene tun.

Sonke hörte immer noch meine Gedanken und sagte: „Das ist der sicherste und schnellste Weg." Atonas fügte noch schnell hinzu: „Aber auch der Gefährlichste!"
Sonke erhob sich. Er begann nun auch auf und ab zu laufen, wie sein Vater. Zwischen den Schritten bildete sich eine brennende Stille im Raum. Ich konnte sehr klar spüren, was die beiden uns raten wollten. Und für mich war das auch ganz einfach. Ich konnte gut auf die körperlichen Begegnungen mit Sonke verzichten.
„Warum lehnst du mich an dieser Stelle ab, Gina?" Sonke stellte diese Frage laut in den Raum.
Mir war nicht bewusst, dass ich ihn ablehnte und antwortete: „Ich lehne dich nicht ab, Schatz. Ich habe nur nicht das andauernde Bedürfnis nach Sex."
Ich spürte, dass Sonke wütend wurde: „Warum fühle ich mich dann abgelehnt?"
Ich fühlte, wie meine Beine wieder in der Traumwelt auf dem Schlachtfeld standen. Diesmal stand Sonke mit mir gemeinsam auf diesem Feld. Wir tauchten beide ein und als wir dort standen, fragte ich ihn: „Nun, möchtest du auch deinen Schmerz in mir loswerden?"
Sonke starrte mich verwirrt an und schrie: „Spinnst du?" Er wurde wütend und zog aus seiner Tasche ein Lichtschwert. Mit dem Lichtschwert ging er durch die Reihen mit den vielen Männern. Er fragte jeden einzelnen nach seinem Schmerz. Nachdem er erfahren hatte, welchen Schmerz die Männer hatten, nahm er sein Schwert und tötete jeden einzelnen. Er sagte jedes Mal: „Durch dieses Lichtschwert ist dein Leben auf der Erde nun frei. Du bist nicht mehr an diesen Schmerz gebunden. Wähle nun weise, damit du nicht immer wieder hierher zurückkehren musst. Denn es ist deine Wahl. Deine Seele ist frei. Du kannst dich immer entscheiden: Liebe oder Angst."
Nach einiger Zeit war das Schlachtfeld leer. Sonke drehte sich zu mir um und fragte: „Wie fühlst du dich?"
Ich wusste es nicht. Irgendwie leer. Er sagte: „Wir sind hier in deiner Verletzung, Gina und ich suchte den Weg der Heilung. Wir werden gemeinsam diese Felder heilen und verlassen! Sonst wirst du mich niemals so akzeptieren können, wie ich bin."
Seine Worte trafen mich tief. Ich hatte längst vergessen, dass wir träumten und über die Wut von Sonke eingestiegen waren. Uns bereits auf dem Weg in meine tiefste Verletzung befanden. Doch

hatte ich keine Ahnung, wie ich zu diesem Urgrund kommen sollte. Etwas stand im Weg. Etwas erinnerte mich immer wieder! Aber was war es?
Sonke trat zu mir. Er küsste mich und drückte mir sein Lichtschwert in die Hand. Dann kniete er sich nieder und sagte: „Wir befinden uns im Traum! Im Traum der Schatten. Hier und jetzt bin ich dein Schatten. So fordere ich dich auf: Töte mich und der Weg wird frei sein!"
Ich bekam furchtbares Herzklopfen und spürte eine so tief sitzende Angst. Ich begann zu weinen und zu schreien. Teas schaltete sich in meine Gedanken: „Er hat Recht! Tue es. Es ist doch nur ein Schatten." Ich antwortete: „Aber kann ich denn seinen Schatten töten, wenn es eigentlich um meinen eigenen geht?"
Teas lächelte: „Ist das nicht egal? Tue es! Versuche es mit aller Liebe in dir zu tun, denn es wird euch sehr viel weiter tragen. Es bedeutet, dass du bereit bist, dich schlussendlich der tiefsten und allertiefsten letzten Konsequenz der Dunkelheit in dir zu stellen.
Schätzt euch glücklich, dass ihr diesen Weg gemeinsam gehen könnt. Die meisten Menschen dieser Erdenwelt müssen da alleine durch! Sie werden allein geboren und sterben allein. Ihr werdet nicht sterben, sondern gemeinsam ewig leben, weil euer Bewusstsein bis ins tiefste Tal der Liebe reicht. Hier seid ihr so frei und weise und wisst, dass es in Wirklichkeit keinen Tod geben kann."
So hörte ich Teas Worte und fühlte in mein Herz. Konnte ich das, was ich so sehr liebte, wirklich töten? Ich kniete mich ebenfalls nieder und schaute Sonke direkt an. Er sagte mir in Gedanken: „Glaub mir, ich kann es nicht selbst tun, sonst wäre es längst getan!"
Ich küsste ihn und setzte das Schwert auf seine Brust. Dann fragte ich: „Welcher Schatten bist du?" Er antwortete: „Der deiner zerbrochenen Liebe."
Ich begann zu weinen und es kam aus mir heraus: „Aber wie soll ich denn diesen Schatten töten? Er ist doch das Einzige, was ich noch habe!"
Er antwortete: „Wenn du mich nicht tötest, dann werde ich dich töten." Jetzt musste ich wirklich lachen und sagte: „Glaub mir, der Tod macht mir keine Angst. Es wäre leichter, wenn du mich tötest. Denn du bist das Letzte was ich noch habe!"

Er antwortete wieder: „Auch wenn ich dir immer wieder Schmerz zufüge?"
Ich musste wieder weinen. „Wer bist du?"
„Schlimmer als der Tod! Ich gehe weit über diesen Schmerz hinaus", hörte ich seine Antwort. Mich machte das Ganze langsam verrückt und ich wollte einfach, dass es zu Ende ging. Deshalb sagte ich: „Vielleicht ist es doch richtig, wenn ich dich töte! Aber ich brauche dazu deine Kraft, weil ich sie selbst nicht besitze. Du hast all die Jahre meine ganze Lebensfreude bekommen. Ich habe sie dir geschenkt. Jetzt habe ich keine Kraft mehr, dich zu töten. Denn das Einzige, was ich noch besitze, ist die zerbrochene Liebe."
Der Schatten in Sonkes Gestalt antwortete: „Dann gebe ich dir jetzt deine Kraft zurück."
Und so trat der Schatten in mich ein. Ich spürte eine übermächtige Kraft, die mich fast ohnmächtig werden lies. Der Schatten aus mir sprach nun: „Vielleicht ist es für dich einfacher, wenn du dich selbst tötest..."
Ich nahm zögerlich das Lichtschwert und atmete in mein Herz hinein. Ich konnte mich nicht mehr spüren. Alles in mir fühlte sich so fremd an. Plötzlich erinnerte ich mich an Teas und rief ihn zu Hilfe. Teas antwortete sehr schnell: „Nimm den Lichtdiamanten aus deiner Tasche. Dann muss der Schatten aus dir aussteigen. Töte ihn mit dem Lichtdiamanten und sage: Dies ist ein Traum. Ich will sofort erwachen!"
Mein Herz schmerzte zutiefst, weil mir so bewusst wurde, wie sehr ich diesen Schatten liebte. Und auch wenn ich wusste, dass dieser Schatten gehen musste, weil er meiner Liebe zu Sonke im Wege stand, konnte ich ihn nur sehr schwer loslassen. Ich fühlte eine so tiefe Sehnsucht nach Hause! Sie schien noch größer zu sein als meine Liebe... Doch war es wirklich so?
Ich zog den Lichtdiamanten aus der Tasche. Der Schatten begann, sich aus mir zu lösen. Ich konnte ihm nicht ins Gesicht schauen und so berührte ich vorsichtig sein hinteres Herz und ließ das Schwert und den Lichtdiamanten langsam hineingleiten.
Der Schatten zerbröselte langsam zu vielen kleinen Lichtdiamanten. Und auch diese lösten sich im Nichts auf. Dann bebte der Boden, der Himmel und das gesamte Ätherreich. Mitten in meinem Herzen explodierte etwas. Ich versuchte noch über meine Lippen zu bringen: „Ich will aufwachen! Dies ist nur ein Traum!"

In diesen Augenblicken riss mich Atonas aus diesem Traum. Er hielt mich in seiner Umarmung und gab mir die fließende Liebe seiner elfischen Seele. Es dauerte lange, ehe mein Energiefeld diese Liebe annehmen konnte.
Langsam kehrte mein Bewusstsein wieder und ich spürte, wie auch meine Seele mehr und mehr im Körper ankam. Und nun vereinigten sich Atonas und meine Seele zu einer einzigen Einheit. Getragen von einer Umarmung im Licht. Noch nie hatte ich so viel Liebe des göttlichen Vaters durch ein Wesen erfahren! Vielleicht war ich erst jetzt offen dafür. Atonas ließ mich nicht los, bis wir vollständig verschmolzen waren. Ich verlor alle Ängste und Sehnsüchte. Alle Schatten schienen nur dunkle Lichter zu sein. Sie konnten uns nicht berühren.
Die fließende Liebe brannte in mir wie das hellste heilige Feuer. Zum ersten Mal spürte ich in dieser heiligen Vereinigung das wirklich tiefe Bedürfnis den Körper mit einzubeziehen. Ganz ohne Hindernisse!
Ich schaute Atonas an. Er löste unsere Umarmung und legte meine Hand in Sonkes. Er flüsterte: „Das ist nicht meine Aufgabe.“
Ich gab ihm ihn Gedanken zurück: „Das war der Wunsch, der hinter diesem Schatten stand. Weißt du noch, als ich dich fragte, vor meiner Hochzeit? Immer hatte ich das innere Wissen, dass du mich befreist.“
Atonas gab mir zurück: „Du hast dich selbst befreit.“ In diesen Augenblicken erkannte ich, wie Schattenprojektionen entstanden! Es war die Sehnsucht nach dem göttlichen Vater. Die Energieader zu ihm wurde immer durch diesen Schatten in mir blockiert. In mir stiegen noch einige Bilder auf. Teas, Sonke, mein Vater. Wussten sie alle davon?
Ich sah noch, wie Elina und Atonas sich vor uns verneigten und den Raum verließen. Unsere letzte Nacht in Rom würden wir nie vergessen. Denn sie war geprägt von tiefer Befreiung und Achtung. Ich spürte, dass Sonke mich zum ersten Mal wirklich so liebte, wie wir es beide mitfühlten, ohne auf uralten Schatten und Verletzungen durch die Nacht reiten zu müssen.
In diesen Stunden folgten wir *dem Weg unserer Liebe... Sie ist kein Traum...Sie ist Wirklichkeit...*

Sonke Jar - Tagebucheintrag 29

Auf dem Weg nach Hause

In dieser Nacht lagen wir noch lange wach. Ich spürte, dass diese intensive Verschmelzung mit Gina Folgen haben würde, die unser Leben noch mehr veränderten. Viele Vorahnungen zeigten ihre Gesichter. Tief in uns gab es etwas, dass auf Erkenntnis wartete. Ein großer Schleier, welcher sich nun lüften würde? Hinter dem Schleier befand sich etwas von unsagbarer Gestalt. Es hatte noch keine Form, keine Farbe und kein Gefühl. Es suchte nur den Mut in uns zu erlauben, dass dieses Unbekannte uns findet.
Ich spürte Ginas tiefe Angst vor diesem großen Unbekannten, während ich es kaum noch abwarten konnte, dass diese Schleier endlich fallen würden. Ich erkannte in diesen Stunden, wie behütet mein Leben war. Den Schleier und meine Ängste dahinter konnte ich erst jetzt wahrnehmen. Für Gina waren diese Zwischenwelten schon ein Leben lang präsent. Sie behinderten oft ihr positives Lebensgefühl als menschliches Wesen auf dem Planeten Erde. Ich spürte große Dankbarkeit in mir und gleichzeitig ein leises Gefühl von Ungeduld.
Ich musste Gina Zeit lassen, all das zu verarbeiten. Gleichzeitig gingen wir große Schritte in unserem täglichen Leben. Vielleicht einem Leben auf neuen noch unbekannten Pfaden, auf denen uns viele Menschen folgen würden. So fühlte ich große Verantwortung in meinem Herzen.
Ein paar Stunden später saßen wir bereits im Taxi zum Flughafen. Kurz bevor wir den Airport erreichten, schalteten sich unsere Väter in die Gedankenkanäle. Mister Ai sagte: „Ich bitte euch umzukehren! Ihr könnt jetzt nicht nach Hause fliegen."
Wir hatten es bereits geahnt. Mein Vater fügte nun hinzu: „Folgt dem Straßenpfad Richtung Süden. Ich möchte euch etwas zeigen." Er nannte auch einen Orts- und Straßennamen mit Hausnummer, welche wir dem Taxifahrer mitteilten.
Nach 2 Stunden erreichten wir endlich das Ziel. Wir stiegen aus dem Taxi und standen vor einem großen Grundstück mit einer riesigen alten Villa, die sicher in ihrer Substanz Platz für einige Familien hergegeben hätte. Hinter der Villa musste bereits das Meer liegen! Das große Haus stand leer. Vorsichtig betraten wir durch einen defekten Zaunpfahl das riesige Grundstück.

Erst jetzt konnten wir die Villa richtig sehen. Ich schätzte, dass sie in den letzten Jahren gründlich saniert wurde. Ihre Aura verbarg etwas Märchenhaftes und Verwunschenes. Ein schlossähnliches Gebäude mit sieben kleinen rotweißen Türmchen. Hinterm Haus begann ein parkähnlich angelegter Garten, der sich über mehrere Hektar ausdehnte. Ein riesiges Blumenherz aus bunten Rosen schmückte das Gartenende. Es wuchsen viele alte Bäume und alles blühte so herrlich wie im Frühling. In der Mitte des Gartens lag ein großer Teich. Zwei Schwäne schwammen zufrieden in seinen Gewässern. Ein schwarzer und ein weißer Schwan. Der Teich war mit vielen Bergkristallen und Rosenquarzen eingefasst und am Rande sprudelte eine kleine Quelle.
Der gesamte Garten sah sehr gepflegt aus. Er erinnerte mich ein wenig an die Zeit bei Ginas Mutter und langsam begann ich mich zu fragen, was wir hier sollten.
In diesen Augenblicken tauchten ein paar neonfarbige Flugelfchen auf. Ihnen folgten Atonas, Elina und Ginas Vater. Sie waren alle nur als Lichtgestalten erkennbar und doch erschienen sie hier in unserer Erdendimension mit ihren feinstofflichen Körpern.
Die Flugelfchen brachten uns eine wunderbare Elfenmahlzeit und ich genoss wieder einmal diesen herrlichen Kaffee! Niemand konnte besseren Kaffee bereiten, als die Naturwesen! Kaum zu glauben, wo wir doch in Italien waren!
Wir setzten uns an einen Marmortisch am Teich. Die Schwäne schwammen ganz nah zu uns heran und schauten mit ihren schwarzen Knopfaugen gierig auf unseren Tisch. Ich überließ ihnen ein großes Stück vom Elfenbrot. Dankbar schwammen sie, ohne uns aus den Augen zu lassen, auf die andere Teichseite.
Nach dem Essen führten uns mein Vater und Elina durch das riesige Haus. Es ähnelte im Innenraum in einigen Teilen dem Elfenkönigshaus. Ein wenig geheimnisvoll und Dunkelheit im Herzen tragend fühlte sich das Haus an. Vielleicht weil es nicht ganz aus Licht bestand, sondern aus Steinen erbaut wurde. Es war taghell, mit vielen Lichtfarben, Edelsteinen, Vorhängen, goldenen Tapeten und etlichen elfischen Utensilien geschmückt. Überall zeigten Glas- und Marmorböden den Prunk des alten Hauses. Manche waren mit dicken Teppichen überdeckt. In jedem Zimmer befand sich ein Kamin.
Vieles in diesem Haus erschien auch uralt. Gemälde, Kamine, das Treppenhaus. Alte schwere Bäder, mit großen Badewannen

und Goldamaturen. Und dann wieder die Leichtigkeit der Elfenwelt. Elfische Schwimmbäder, nichtirdische Zimmerpflanzen, seltsame Gesteine, überall sprudelnde Quellen und ganze Lager voller Elfenwein!
In einem Zimmer, welches sich ungefähr in der Mitte des Hauses befand, setzten wir uns. Es war rund und alle Wände, Decken und Böden verspiegelt. Es hatte keine Fenster. In dem großen Raum standen acht Sofas, welche samthellgrüngoldene Überzüge trugen. Die Farben glichen denen von Engel Raphael. Doch die Machart der von Hand gewebten Überwürfe zeigten deutlich eine jahrhunderte alte Antiquität.
Ich fragte mich, wozu wir hierher gekommen waren. In diesem Haus trafen sich zwei Welten in einer Mischung, die mich einerseits lieblich anzog und mir andererseits unheimlich war.
Mein Vater lächelte, legte einen goldenen Schlüssel auf den Tisch und sagte: „Ich möchte euch einladen, in diesem Haus einige Zeit zu verweilen. Es mag vielleicht auf den ersten Blick etwas verwunschen wirken, aber ihr befindet euch hier auch an einem besonderen und speziellen Ort. Durch das Eingangsportal unterm Haus in die innere Erde und zu den Flugobjekten habt ihr auch eine direkte Verbindung zu vielen Welten."
Ich spürte sofort ein leichtes Unbehagen. Irgendetwas an diesem Haus gefiel mir nicht und ich antwortete zögerlich: „Danke Vater! Aber ich würde eigentlich gern wieder nach Hause zurückkehren. Es fühlt sich hier unheimlich an. Ich kann es kaum erwarten, dass wir wieder singen können."
Mein Vater lächelte. „Mein lieber Sonke. *Diesmal könnt ihr nicht aussuchen!* Bereitet euch also darauf vor, einige Zeit hier zu sein und nicht zu arbeiten."
Mein Unbehagen wurde noch größer. „Vater, was soll das? Ich möchte sofort nach Hause!" Erst jetzt schaute ich zu Gina. Sie schien mich die ganze Zeit schon sehr neutral zu beobachten. Sie sagte: „Also ich finde es hier ganz interessant. So eine Mischung aus alt und neu, schwarz und weiß, irdisch und nichtirdisch übt auf mich eine magische Anziehung aus. Dieses Haus ist irgendwie ein wenig wie ich. Vielleicht komme ich schlussendlich hier an diesem Ort drauf, was es in mir ist. Vielleicht zeigt das Haus einen Weg! Denn in ihm wohnt auch ein Teil von uns."
Mein Unbehagen wuchs weiter. Gina kam zu mir und nahm meine Hand. Sie fühlte sich fremd an. Ich wusste nicht warum.

Sie küsste mich und es fühlte sich fremd an. Ich wusste wieder nicht warum!
Vielleicht hatte sie Recht. Ich spürte es! Auf schmerzliche Weise wurde mir wieder bewusst gemacht, dass wir Mischwesen waren. So, wie in diesem Haus hier alles aus verschiedenen Welten zusammen gewürfelt war- *das sind wir!* Es schien tatsächlich wichtig, dass ich mich damit auseinandersetzte.
Dennoch gab es etwas in diesem Haus, das mir Angst machte. War es die Kühle in den Zwischenräumen oder die Leere zwischen der einen und der anderen Welt? War es nicht genau das, was wir zu fürchten hatten? Waren es nicht genau diese Zwischendimensionen? Die Trennung zwischen unseren Familien? All die Schatten, die zwischen der einen und der anderen Welt lauerten, uns in ihre unergründlichen Tiefen zu reißen und daran zu hindern, unsere eigentlichen Aufgaben zu erfüllen!
Mein Vater schaute mich durchdringend an. „Du bist sehr schnell, mein Sohn." Ich spürte seinen Blick in meinem Herzen und konnte seiner Kraft kaum standhalten. Er fuhr fort: „Dieses Haus bietet jetzt die Möglichkeit, euch in den Zwischenräumen aufzuhalten und sie kennen zu lernen. Wir können euch nicht länger davor bewahren, dass ihr in sie immer wieder eintretet. Aber ihr könnt lernen, in ihnen Meister zu werden."
Gina schaute mich staunend an und fragte meinen Vater: „Warum das alles simulieren?"
Atonas schwieg eine Weile. Er lief ein paar Minuten im Raum auf und ab. Dann antwortete er bestimmt: „Ihr müsst euren Schatten begegnen. Hier im Haus könnt ihr das relativ geschützt tun. Mir war bis gestern auch nicht bewusst, wie tief diese Ebenen der menschlichen Muster von Gedanken, Emotionen und Karma in euch verwurzelt sind. Ihr bringt die Fähigkeiten der Tempelträumer mit. Ihr müsst lernen, allen Schatten und Zwischenwelten dieses Universums mit Klarheit, bedingungsloser Liebe und in eurer ehrlichen Kraft zu begegnen. Verwandelt eure Körper in Licht, wenn ihr nach Akturus zurückkehren wollt. Betrachtet diese Zeit hier als Schule des Lebens für Halbmenschen auf der Erde. Wir sind für euch da, falls ihr uns braucht." Die drei verneigten sich und verschwanden. Die Flugelfchen blieben.
Mir war noch immer unbehaglich. Noch nie hatte ich mich in einem Haus so gefürchtet, wie in diesem. So ging ich erst einmal

in den Garten und reparierte einige Zaunslatten, die aus der Reihe gesprungen waren. In einem Gartengeräteraum fand ich noch viele neue Zaunpfähle. Ich band sie zusammen und baute ein kleines Jurtengerüst daraus. Aus dem Haus holte ich viele Wolldecken und deckte damit die Hütte rundum ab. Ich hatte nicht vor, in diesem Haus zu bleiben.
Nach einiger Zeit fiel mir auf, dass ich Gina während meiner gesamten Bauzeit im Garten nicht mehr gesehen hatte. So beschloss ich, im Haus nach ihr zu sehen.
Als ich ins Haus gelangte, duftete es verführerisch nach frischen Blüten und einem Essen ganz nach Gnomenart. Ich folgte dem Geruch bis in die Küche. Lit sprang mir freudig entgegen und sagte: „Oh! Ich konnte euch doch hier nicht allein lassen."
Ich umarmte ihn und antwortete: „Weißt du, wie froh ich bin, dass du da bist! Du machst dieses unheimliche Haus hier zu einem annehmbaren Zuhause."
In der Küche sah es richtig gemütlich aus. An sie schloss sich ein riesiger Wintergarten an. Gina lag auf einem weißen Sofa und schaute aus dem Fenster auf meine selbst gebaute Jurte. Ich lächelte in mich hinein und fragte: „Hast du mir die ganze Zeit über zugesehen?"
Gina sagte, ohne ihren Blick von der Jurte loszulassen oder mich anzusehen: „Ich spürte Angst in deinen Händen." Ich küsste sie sanft und antwortete: „Bitte entschuldige.", und kuschelte mich zu ihr aufs Sofa.
Wir blieben eine Weile wortlos liegen. Dann flüsterte sie: „Weißt du, ich habe auch Angst. Aber wenn du bei mir bist, dann weiß ich, dass wir es gemeinsam all die Ängste verwandeln. Verwandeln in Liebe. Als du da draußen im Garten gebaut hast, warst du wie abgeschnitten von mir. Ich konnte die Zeit wieder erleben, als du noch nicht bei mir warst. Alles ist Fiktion. Alles ist Illusion und du kamst mir so fremd vor. Ich weiß noch nicht, was genau wir verstehen sollen. Viel lieber würde auch ich wieder zu Hause sein und mit den Menschen die Energien unserer Herkunft teilen."
Mir wurde bewusst, dass ich Gina jetzt plötzlich wieder spüren konnte und sie mir nicht mehr fremd war. Ich antwortete: „Vielleicht müssen wir uns auch nur in jeder Welt oder Situation daran erinnern, dass wir liebende Wesen sind. Denn Liebe heilt alles und bringt auch wieder zusammen, was scheinbar getrennt oder zerstört wurde. Vielleicht ist dies die ganze Übung. Uns zu

lieben, gemeinsam im Sinne der Liebe zu leben und zu handeln. Egal, in welcher Situation wir uns gerade befinden."
Gina wischte sich eine Träne weg: „Das tun wir doch schon die ganze Zeit und dabei geraten wir immer tiefer in etwas hinein, worüber niemand mehr Herr zu sein scheint. Auch unsere Familien nicht. Weißt du, wir sollten nach Hause fahren. Wir brauchen das Haus hier nicht, um unsere Schatten zu entdecken. Ich möchte sie in unserem gemeinsamen Leben erkennen."
Ich gab Gina Recht und musste zugeben, dass ich inzwischen auch nach einer anderen Art von Abenteuer suchte, als immer wieder neue Schatten aufzuspüren. Hier in diesem unheimlichen Haus fühlte ich mich unfrei und wie eingesperrt. Mein Herz rief immer wieder nach den Klängen, um die Stimmen zu erheben für Licht, Frieden und Liebe, um das bedeutungsvolle Mitfühlen zu erleben und unter die Leute zu bringen!
Wir kuschelten uns noch tiefer ineinander und ich flüsterte Gina ins Ohr: „Vielleicht sollten wir jetzt gleich einfach heimlich verschwinden. Irgendwohin, wo uns niemand mehr findet."
Gina blickte mich an und antwortete belustigt: „Jetzt redest du ja schon wie ich. Weißt du, ich bin bereit für die Familie zu handeln und im Sinne der Liebe zu leben. Aber ein bisschen mehr Freiheit, wie ich das tue, wünsche ich mir dennoch! Und so glaube ich, dass ich keine Häuser mit künstlich erbauten Zwischenwelten brauche. Ich weiß, wir können diesen Zwischenwelten auch im realen Leben ganz gut begegnen. Für mein Leben brauche ich einfach mein geborgenes Zuhause. Ich vermisse Siams schützenden Stern über meinem Bett."
Jetzt musste ich wirklich lauthals lachen. Was für eine seltsame Begegnung mit uns selbst, in den Spiegeln dieses Hauses! „Du hast Recht. Lass uns sofort nach Hause fahren. Denn wenn wir wirklich eine Lektion zu lernen haben, dann können wir es auch im täglichen Leben."
Wir sprangen vom Sofa und nahmen unsere Sachen. Ich schaute zur Küche: „Lit, kommst du mit uns? Wir fahren nach Hause!"

So verließen wir zu dritt die alte und unheimliche Villa. In ihren Zwischenräumen lauerten unzählige künstlich angelegte Schatten. Als die Eingangstür in die Angel fiel, sprachen wir alle drei: „Mögen diese Zwischenwelten für immer aus unseren Träumen verschwinden. Wir betrachten alle Schatten in unserem

Dasein als geheilt. Wir handeln aus Liebe und im Sinne zum Wohle allen Lebens in diesem Universum. Wir bitten Vater-Mutter-Gott um Weisheit und liebevolle Unterstützung auf unserem Weg."

Als wir den Garten hinter uns ließen und uns später noch einmal umschauten, war die alte Villa verschwunden. Nur die neonfarbigen Flugelfchen tanzten über dem Grundstück. Gina lag in meinen Armen. Wir weinten gemeinsam und wussten nicht einmal warum.

GINA AI - Tagebucheintrag 30

Halbmensch – der Weg aus den Sternen

Ich freute mich wieder zu Hause zu sein. Mir wurde sonnenklar, dass sich etwas in unserem Leben verändern musste. Vielleicht brauchte es diese innere Entscheidung, welche ich bisher nie selbst getroffen hatte. Immer war mein Leben fremdbestimmt. Von meinem Vater, von Teas, den Elfen und all den anderen Wesen, die nicht vom Planeten Erde kamen. Und doch gab es für das Leben hier auf Erden das Grundrecht der freien Wahl für jedes Lebewesen. Ich hatte nie das Gefühl, wirklich für mich selbst etwas entscheiden zu können. Und so wollte ich jetzt von diesem Wahlrecht Gebrauch machen.

Darin begriff ich meine innere Zerrissenheit! Sie zog sich durch mein gesamtes Leben und kam einfach daher, dass ich immer das Gefühl hatte, mich als Mensch nie für etwas frei entscheiden zu dürfen. Alles wurde mir gesagt, geplant und ich führte es aus. Natürlich war mir bewusst, dass mein Leben in einem höheren Dienst stand. Dennoch spürte ich dieses tiefe Bedürfnis, einfach einmal nur ich selbst zu sein. Je inniger die Beziehung mit Sonke wurde, desto tiefer erwachte in mir die Weiblichkeit, das Menschsein und das Bedürfnis, auf diesem Planeten ein erfülltes Leben zu erfahren.

Ich kann mir selbst zwar noch nicht vorstellen wie dieses Leben aussehen soll, doch das Gefühl und die Liebe in mir können das, was ich wirklich bin, nicht länger zurückhalten. Es kommt einfach aus mir heraus und möchte überfließen mit all der sinnlichen, kreativen Liebeskraft in meinem Herzen. Ich möchte dieses Leben genießen und mich darüber freuen, dass ich einfach nur da bin!

Doch die Verpflichtungen meiner Familie gegenüber waren mir immer am wichtigsten. Die Dunkelheiten und Zwischenwelten schienen wie Brücken von Mensch zu Elfe oder Mensch zu akturianischen Flugobjekten.

Ich selbst, als Halbmensch, bin auch eine Brücke und bilde eine Zwischenwelt. Eine Ebene, die Botschaften und Träume von hier nach dort bringt.

Über alles machte ich mir zu viele Gedanken. Ich fragte mich, wie wir uns damals auf Akturus unseren Erdentraum kreierten. Zum ersten Mal kam mir in den Sinn, dass alle meine schwierigen

Erfahrungen mit der Zerstörung unserer akturianischen Körper zu tun hatten. Vielleicht übertraten wir damals unwissentlich ein weiteres Gesetz? Vielleicht sollten wir doch den Tempel Suidinier aufsuchen?
Ich grübelte und wusste nicht mehr, was wirklich richtig für mich war. Alles in mir schien sich im Kreis zu drehen. Ich suchte vergeblich nach Ursachen. Dabei wollten sich eigentlich nur die in Rom gemachten Erfahrungen in mir verarbeiten und integrieren.
„Hör auf, dir Gedanken zu machen Gina. Sie sind es, die dich in die Zwischenwelten und Zweifel führen.“ Sonke lächelte. Ich bezweifelte nicht, dass er Recht hatte. Immerhin übermittelte ich vielen Menschen diese Botschaften und heute war ich selbst in diesen Zweifeln gefangen!
Nun, zumindest erlebte ich eine richtige Menschseinserfahrung! Ich war tatsächlich dabei, das Menschwerden zu integrieren. Sonke lächelte immer noch: „Gina nein! Die Menschen zweifeln an unserer Realität. Wir sind deshalb hier. Jetzt hör endlich auf, an dir selbst zu zweifeln! Du bist real! Ich bin real!“
Ich stand auf und sagte: „Dann lass uns irgendwas tun, damit ich diese Zweifel vergesse.“
Sonke nahm mich in seine Arme und flüsterte: „Ich habe mir mein Heimstudio anliefern lassen. Ich möchte alles, was ich in den letzten Monaten wahrgenommen habe, ausdrücken. Es ist eine Hommage an alle Wesen. Denn niemand weiß wirklich, was ich als Halbmensch und Halbelf wahrnehme. Wie es mir wirklich geht. Ich möchte dich dazu einladen, diese Klangreise mit mir zu unternehmen. Wir werden unseren Familien durch unsere Musik zeigen, was es bedeutet ein Halbmensch zu sein. Ein Wesen aus zwei Welten. Ich bin sehr gespannt darauf, wie wir klingen!“
Ich weinte. Manchmal schien in mir alles unmöglich zu sein und doch wusste ich, dass wir hier auf diesem Planeten waren, um die Welten, Dimensionen und alle Wesenheiten wieder miteinander zu verbinden. Kontakte zwischen Mensch und Naturwesen, Außerirdischen und Engeln sollten, wie in höher entwickelten Zivilisationen dieses Universums, ganz normal werden. Ich wollte diese Brücken bauen!
So traten wir sofort diese wundersame gemeinsame Reise an, bauten das Studio im Wohnzimmer auf und begannen die ersten Töne einzuspielen.
In dieser Zeit vermieden wir jeglichen Kontakt zu unseren Familien. Sirina und Anton reisten ins Elfenland, da sie zu dieser

Zeit ihr Baby erwarteten. Nur Lit blieb und versorgte uns mit seinen köstlichen Mahlzeiten.
Diese Wochen waren für mich sehr intensiv und lehrreich zugleich. Denn noch nie hatte ich etwas Kreatives hervorgebracht, *was nur ich bin!!! Nur ich als Halbmensch Gina. Keine Energie aus den Raumschiffen. Kein Elfengesang und keine Engel!*
Wir saßen an der Technik und kreierten unsere Soundwelten. Diese Zeit verging viel zu schnell und es überraschte mich, wie genau unsere kreativen Sinne auch für uns selbst funktionierten! Als seien wir nur ein Wesen in zwei Hälften geteilt, die sich perfekt ergänzten. Eine derartige Erfahrung ohne Energietransporte zwischen den Welten war für mich völlig neu. Wir erblühten in einem ganz neuen Licht. Vielleicht war es wichtig, dass wir unserem gesamten Potenzial dadurch in uns freien Lauf ließen. So flossen in die CD alle dunklen und lichtvollen Momente. Die schwachen und die starken Experimente. Unsere Liebe und all die Schrägheit, aus welcher wir hierher auf diesen Planeten kamen und uns blind wiederfinden mussten. Manchmal wussten wir selbst nicht, ob die Wege, denen wir folgten, wirklich unser höheres Ziel verfolgten. Und doch gab es etwas in uns, das uns führte und dem wir vertrauten. Wir hatten keine Wahl. Denn wir selbst waren das Experiment!
Die Grundfundamente der Aufnahmen für eine CD schafften wir innerhalb von wenigen Tagen. Die Sounds flossen nur so aus uns heraus. Es war kein Ausdenken von Melodien, sondern ein Fließen in jeder Hinsicht. Keine Aufnahme wurde wiederholt. Nichts verändert. Es war einfach eine CD von uns, für uns und alle Wesen im Universum, die uns über die Jahre begleiteten. Ein wahres Geschenk der Liebe. Ein Geschenk der Kunst, wie von einem Kind, das seinen Eltern im Kindergarten ein Bild malt.
In dieser Zeit versanken wir völlig in unserem Ursprung und tauchten in unsere Herkunft ein, welche wir durch die Klänge kreativ hörbar machten. Dies war zuerst einmal für uns selbst spannend. Zum ersten Mal konnten wir uns einfach selbst, über das was wir kreativ hervorbrachten, hören. In jedem Ton lag das Geheimnis unseres Universums. In jedem Ton sang das universelle Wissen und die Liebe. Und wieder einmal schloss sich das Alpha und Omega der Schöpfung. Wir arbeiteten, wie auf

einer leichten Welle gleitend, fast Tag und Nacht durch. Natürlich, ohne es zu bemerken.
Immer mehr konnte ich Sonke in seinem früheren Musikerdasein verstehen! Diese Art zu arbeiten, war lange Zeit sein Leben. Er machte Erfahrungen und stellte sich in Resonanz zu ihnen. Das war der kreative Prozess! Es erschien mir wie ein Wunder. Noch nie in meinem Leben als Mensch auf der Erde hatte ich mich so tief angenommen und geliebt gefühlt. Ich durfte alles tun und aus mir herauslassen, denn auch die schrägen Töne hatten ihren Sinn. Ich lernte, mich und mein Leben von Grund auf zu akzeptieren. Mein inneres Kind feierte und ging im Regen zu den Pfützen, um im Schlamm sein Licht zu tanzen! Ich fühlte mich frei und wirklich gesegnet! Nichts tat weh! Keine dunklen Gedanken und keine Zweifel. Nur ein behutsames, achtsames Miteinander-Gehen und -Wirken, um was wir fühlten zu verwirklichen und weiterzugeben.
Ich konnte für mich selbst das Leben als Geschenk annehmen, in aller Ganzheit und Tiefe, bis in den letzten Zipfel meiner Menschlichkeit. Mit der Musik durchwanderten wir die Täler der Zwischenwelten. Ihre Klänge verrieten uns, dass sie keine Bedrohung waren, sondern eine Notwendigkeit des dualen Lebens auf Mutter Erde. Die Soundwelten entschlüsselten uns, dass unser Ursprung nicht so weit entfernt von uns lag, wie wir immer dachten. Denn er wuchs direkt in uns selbst, als Same der Liebe, der mit jeder kreativen Spur, welche wir hervorbrachten, größer wurde. Eines Tages würde auch er sich öffnen und Wurzeln bilden.
Als unser Projekt fertig war, wollten wir es für alle zugänglich machen und unsere Erfahrungen teilen.
Und so wurde diese gemeinsame Musik zu einer CD namens „Halbmensch – Der Weg aus den Sternen". Wir hofften, damit vielen Lebewesen helfen zu können, sich selbst besser zu verstehen. Die Klänge erzählten unsere Geschichte. Wer zuhörte, konnte vielleicht sich selbst wiederfinden.
Wir gründeten selbst mit Hilfe von Sascha und Susi ein kleines Label. Alles war für uns neu. Besonders für mich, denn eine Firma auf der Erde zu führen, war mit allerlei Dingen verbunden, von denen ich keinen blassen Schimmer hatte. Aber ich lernte sehr schnell, *dass es oft wirklich gut ist*, *nicht viel zu wissen*. Denn dadurch hatten wir so viel Raum zur Verfügung, Ideen umzusetzen, wo ein Profi sagen würde: Bloß nicht!

Ganz allmählich bekamen wir das Gefühl auf UNSEREM Weg zu sein. Ich spürte Dankbarkeit für die Menschen, die uns umgaben und uns bei der Verwirklichung dieser kreativen Arbeit unterstützten. Und was wirklich ganz erstaunlich war: Ich vermisste meine Familie nicht einen Augenblick lang. Im Gegenteil: Ich hatte sehr schnell mein früheres Leben vergessen und fragte mich ernsthaft, ob es nicht so bleiben sollte. Mir gefiel mein Leben! Aus dem Herzen und der Liebe heraus Kreatives zu erschaffen. Es lag darin soviel Freude und Akzeptanz. Vielleicht war dies der Sinn meines Lebens und vielleicht hatte meine Familie schon immer befürchtet, dass ich es eines Tages entdecken würde und mich auf meinen eigenen Weg machte.
Ich tauschte mich sehr intensiv darüber mit Sonke aus. Wir kamen beide zu dem Entschluss, dass wir unsere Familien liebten und sie akzeptierten. Aber wir wollten in diesem Sinne nicht mehr als Botschafter für ihre Zwecke arbeiten. Es musste ein wahres gemeinsames Wirken entstehen, denn wir waren genau wie sie. Natürlich bis auf unser menschliches Kleid...
Es gab keine Gründe mehr dafür zu leiden!
Das würde für alle im Universum eine Herausforderung sein! Da gab es so viele Prägungen über die Jahrtausende.
Durch diese kreativen Prozesse hatten wir den Zugang zu unserer Herkunft neu definiert und integriert. Ich war sehr gespannt darauf, wie der erste, neue Kontakt mit unseren Familien verlaufen würde. *Können sie uns als das akzeptieren, was wir wirklich sind? Wir sind sie und sie sind auch wie wir!*
Jede Dimension hatte ihre Gesetzmäßigkeiten. Wir spürten instinktiv, dass wir eigentlich auch einer eigenen Dimension angehörten. Wir bewegten uns irgendwo zwischen den Welten. Mal waren wir auf der Erde mit den irdischen Gesetzen und mal im Elfenland mit den elfischen Gesetzen. Doch für unser eigenes, kreatives Leben schrieben wir von nun an unsere eigenen Gesetzesblätter und vorerst standen da nur wenige Worte darauf:
Wir leben in Liebe und Akzeptanz! Wir leben in Wahrheit und Freude. Wir drücken Wahrheit und Liebe aus! Wir sind kreative Wesen der Schöpfung und unsere Schöpfung ist Liebe. Es ist uns eine Freude, zu Gast auf dem Planeten Erde zu sein. Wir achten und ehren diesen wundervollen Planeten dadurch, dass wir mit uns und allen anderen Lebewesen achtsam umgehen und in Akzeptanz miteinander Wahrheit leben. So entsteht ein neuer

Frieden, der auch wirklich Frieden ist. Eine neue Barmherzigkeit, die sich warm und echt anfühlt. Eine neue Art der Begegnung, welcherr tiefste Seelenberührung innewohnt. Wir schenken uns gegenseitig die Freude und das Wissen, welches wir brauchen, uns selbst zu verwirklichen. Denn alles liegt bereits in uns und wenn wir einander teilen, dann schöpft sich das, was wir sind, gemeinsam ins Licht. Manchmal mögen wir das nicht bemerken. Aber so ist es...

Es ist nur ein Schritt in diese Offenheit, in welcher uns alles im Leben begegnet und findet, was wir benötigen uns in *Integrität* auszudrücken. Ich bin heute sehr dankbar, denn ich habe verstanden, dass es um *Integrität* geht. Dazu ist es sicher notwendig, den einen oder anderen Gedanken nicht zu denken. Die Zweifel ziehen zu lassen und der Hoffnung die Erlaubnis zu geben, das Herz zu öffnen. Denn wenn wir offen bleiben, wird jeder Augenblick zu einem Geschenk! Egal, wem wir begegnen oder wer uns begegnet. Die Liebe führt alles zusammen. Ganz in ihrer eigenen Ordnung! Ganz so, wie es in unser Leben hinein wirken darf!

Ich habe lange gebraucht das Leben als Geschenk der Liebe zu akzeptieren. Denn das ist es! Es wartet darauf, entdeckt zu werden, denn so wird sich alles Neue auf dem Planeten direkt aus dem Herzen der Lebewesen selbst schöpfen. Es gibt keine andere Möglichkeit als diese! Liebe schenkt uns allen diese Möglichkeiten, ohne uns vorzuschreiben, wie unsere Lebensgeschichten ausgehen oder verlaufen sollen. Das dürfen wir selbst entscheiden und so lange wir lieben, werden uns auch alle diese Entscheidungen Konsequenzen zurückbringen, die wir in Leichtigkeit tragen und leben können.

So lange wir lieben, brauchen wir uns vor nichts zu fürchten.

Sonke Jar - Tagebucheintrag 31

Die Weiße Bruderschaft

An diesem Morgen erwachte ich sehr früh. Etwas von mir kehrte aus einer anderen Welt zurück in meinen Körper. Ich erinnerte mich langsam wieder an meinen Traum.

Genau 44 Wesen bildeten einen riesigen Kreis! Jedes trug ein anderes, farbiges Lichtkleid. Ihre Auren bestanden aus diamanthellem und goldenem Licht. Sie waren alle untereinander wie ein Netz verbunden und miteinander durch verschiedenste geometrische Formen aus Licht verwebt. In der Mitte des Kreises sah ich mich selbst in einer goldenblauen Aura stehen, welche in silbernen Schnüren an meinen Energiekörper verbunden war. Er zeigte alle Regenbogenfarben.

Eines der Wesen trat nun ein Stück in den Kreis hinein und sprach Worte in der Lichtsprache. Als Mensch hätte man diese Sprache nicht verstehen können. Doch tief in meiner Seele spürte ich die Sprache des Universums. Ich konnte jedes Wort als geometrischen Code in meinem Herzen wahrnehmen und verstehen.

„Wir sind die Weiße Bruderschaft. Meinen Namen würdet ihr auf der Erde mit Kuthumi übersetzen. Viele kennen mich als einen aufgestiegenen Meister oder das heilige Herz aller Naturwesen. Wir sind alle aus einem Seelenlicht und verbunden im Herzen durch Gottes Atem, welcher uns dieses Leben einhauchte. Wir sind so viele Lichtjahre alt und haben die gesamte Geschichte dieses Universums beobachtet und in ihr mitgewirkt. Wir sind große Lichter der Liebe und stehen immer dort zur Verfügung, wo es darum geht, etwas zu verwandeln. *Wir kennen viele Wahrheiten, aber nur eine Liebe*. Wir handeln nur nach einem Gesetz, dem Gesetz der Liebe. Unser Sein ist von so unendlicher Kraft und Schönheit, dass sich kein Mensch auf Erden vorstellen kann, wer wir sind. Denn wir wirken außerhalb von Raum und Zeit, da wir nicht begrenzt sind. So mögen wir für viele Menschen nur als Vorstellung existieren. Doch ist keine von diesen Vorstellungen wahr! Denn wir sind, wer wir sind. "

Es ging ein sehr klares Licht von Kuthumi aus. Seine Strahlkraft und Liebe überwältigten mich. Er kam immer näher zu mir und berührte mein Aurakleid. Die Liebe, welche ich nun spürte, ging über jede Grenze hinaus und ich nahm meine Verbundenheit mit

dem gesamten Universum wahr. *Ich spüre eine tiefe Schönheit, die in jedem Detail mit Leichtigkeit beseelt ist. Ich fühle mich so tief eins mit der Welt. Alle Begrenzungen verschwinden. Ich spüre, dass ich Unendlichkeit bin.*
Kuthumi sprach weiter: „Geliebtes Licht, welches du dich auf diese Reise durch Raum und Zeit begeben hast. Wir möchten dich bitten, einen Schritt weiter zu gehen und unsere Energie durch dich wirken zu lassen. Wir haben viele Informationen für die Menschen und wir suchen jemanden, der diese Informationen mit den Menschen als Botschafter des Lichtes teilen möchte. Ich, Kuthumi, war auch schon einmal auf dem Planeten Erde zu Gast. Wir alle gingen einst wie du viele Wege voraus. Diese Wege waren für die heutige Zeit bestimmt. Denn auch wir wirken seit dem Anbeginn der Zeit, um den Wandel in eine neue Bewusstheit mit vorzubereiten. Auch Du kennst mich in deinem Herzen. Diese Reise haben wir gemeinsam bestimmt."
Mich überkam ein leichtes Zittern und ich antwortete: „Lieber Kuthumi, wir dienen unseren Familien des Lichtes. Doch sind wir auch Menschen auf der Erde. Wir möchten auch gern ein Leben auf der Erde leben. Es ist so eine interessante Erfahrung, einfach nur Mensch zu sein."
Kuthumi lächelte mich liebevoll an: „Ich verstehe dich, mein lieber Sonke! Auch ich wandelte einmal als Mensch auf Erden! Aber sage mir: Gibt es jemanden im Universum, der jemals gesagt hätte, ihr dürft nicht Mensch sein? Lieber Sonke, wir, *die Weiße Bruderschaft,* sind sehr froh, dass es euch auf dem Planeten Erde gibt! Ihr seid mit wunderbaren Fähigkeiten ausgestattet und könnt sehr reine und klare Botschafter für das Licht sein. Auch die Naturwesen verbinden sich mit unseren Lichtwelten, um sie wirken zu lassen. Wir sind ihre Familie. Auch du gehörst zur Familie. Wir bieten dir nun an, als direkter Botschafter zu wirken. So wird das Zusammenwirken und der Fluss der Energien zu Mutter Erde und den Menschen noch viel stärker sein."
In mir regte sich ein leiser Schauer und ich fragte mich, ob ich Botschafter sein wollte. Ich dachte an die Aufnahmen und Erkenntnisse zu unserem Projekt „Halbmensch" und sagte leise: „Kuthumi, wir möchten das Gefühl bekommen, eine wirklich freie Wahl zu haben. Besonders Gina fühlte sich nie frei in ihrem Wirken. Einerseits hat sie eine tiefe Liebe zu ihrer Herkunft, den Akturianern. Andererseits sucht sie ein Leben auf der Erde, unabhängig von diesen Energien. Doch ist es ihr nicht möglich.

Etwas bringt sie immer wieder in das Verständnis und Gefühl, benutzt zu werden."
Ich war selbst überrascht, dass ich hier so sehr für Gina sprach. Kuthumi lächelte wieder. Er nahm seine Lichthand und der Strahl verlängerte sich. Ich sah, wie dieser zur Erde strahlte und unser Haus berührte. Ich sah unser Bett und wie wir beide darin schliefen. Er brachte den Lichtkörper und Teile der Seele von Gina wieder mit zurück und stellte sie mit in unseren Kreis. Ihre Aura zeigte ein ebenso goldenes blau wie meine. Regenbogenfarben leuchteten aus ihrer Mitte.
Kuthumi sagte: „Geliebte Gina, geliebtes Lichtkind, bitte erkenne uns. Wir gehören zu den höchsten Lichtern dieses Universums. Wir bitten dich, uns als die Botschafterin die du bist, mit deinen Fähigkeiten zu dienen."
Gina lächelte zurück und antwortete: „Oh liebster Kuthumi. Schau in mein Leben! Da ist eine Kraft! Sie kontrolliert mein Herz und manchmal auch meinen Verstand. Ich glaube nicht, dass ich euch als reiner Botschafter dienen kann, ohne dass ich von dieser Kontrolle befreit werde. Denn dadurch habe ich immer das Gefühl, von dem, was durch mich wirkt, eine Art Besetzung zu erfahren. Ich weiß nicht, wo diese Kraft herkommt. Sie zieht mich in die Dunkelheit und zerdrückt mein Herz, mein Fühlen, mein Denken. Ich würde gern in aller Freiheit meiner Seele *der Weißen Bruderschaft* dienen. Doch ist mir dies nicht in Wahrheit möglich. Bitte, lieber Kuthumi, schau in mein Herz und sieh selbst!
Kuthumi legte nun seine Lichthand auf Ginas Herz. Er fragte behutsam: „Warum hast du das Gefühl, etwas zu sein was nicht sein soll?"
Gina antwortete: „Weil ich es bin. Ich bin etwas, das ich nicht sein soll."
Kuthumi lächelte: „Vielleicht ist es nur deine Vorstellung und alles ist ganz anders! Die menschliche Psyche ordnet viele Erlebnisse, Erfahrungen und Ereignisse in Schubladen. Sie holt sie dann wieder hervor, um im Leben Entscheidungen zu beeinflussen. Willst du das weiterhin zulassen? Ist es nicht Zeit, über den Halbmensch Gina Ai hinauszuwachsen?"
Gina antwortete leise: „Ich verstehe nicht ganz. Du meinst ich habe eine falsche Vorstellung von dem, was ich wirklich bin? Dann sag mir Kuthumi, wer bin ich wirklich?"
Kuthumi antwortete: „Ich kann dir nicht sagen, wer du wirklich bist. Niemand kann das. Du kannst es nur selbst erfahren. So

schließe nun die Augen und fühle einfach. Erlaube, dass in dir diese Erfahrung geschieht."
Kuthumi legte nun seine rechte Lichthand in Ginas Aura über dem Kopf und die linke Hand auf die Aura in Höhe des Herzens auf ihrem Rücken. Auch die anderen Lichtwesen aus der Weißen Bruderschaft sendeten ihr Licht über das Herzzentrum von Kuthumi. Er trug es über seine Hände weiter in Ginas Lichtkörper.
Ihr Lichtkörper begann zu vibrieren und wurde immer heller und heller. Nach ein paar Minuten beobachtete ich, wie von oben herab zwei riesige Lichthände kamen und unseren gesamten Kreis hielten. Tiefe Geborgenheit umgab uns. Ein Gefühl des innigsten Verschmelzens mit dem göttlichen Vater fand in meinem Herzen statt.
Ich wurde so sehr erfüllt mit Liebe und Gnade, dass ich jegliche Grenze verlor und aufwachte.
So bemerkte ich erst jetzt, dass ich wieder in meinem Körper war und im Bett lag. Ich spürte grenzenlose Glückseligkeit in jeder Zelle. Viele Tränen der Freude verließen mein Herz. Mein Körper wurde mit fließender Liebe durchflutet. Ich atmete Liebe mit jedem Atemzug ein und aus. Ich berührte meine Hände, meine Beine, mein Gesicht. Alles schien so anders als sonst gewohnt.
Ich befand mich in einer so tiefen Glückseligkeit der Liebe selbst und konnte meine eigene Aura sehen und berühren. Alles strahlte und leuchtete in einer liebevollen Anmut und heiligen Kraft.
Ich schaute zu Gina rüber. Sie schlief noch. Aber auch in ihr konnte ich Veränderungen wahrnehmen. Vorsichtig streichelte ich über ihr Haar. Es begann zu leuchten. In diesen Augenblicken hatte ich das Gefühl, von ihr vollständig angenommen und akzeptiert zu sein.
Ich spürte meinen Körper und ihren Körper, wie noch niemals zuvor. In einer vollkommenen Freiheit und doch auch in einer nie dagewesenen Einheit von Liebe. Nun fühlte ich unsere gemeinsame Schönheit, unsere gemeinsame Liebe und unsere wahre Kraft. Wir waren Schöpfer dieses Universums in einem menschlichen Kleid!
Um die reine Schöpferkraft zu leben, mussten wir vieles überwinden und noch mehr, um es mit anderen teilen zu können. Ich erkannte die Kraft all meiner Ängste, Zweifel, allen Schmerz und Hoffnungslosigkeit. Sie waren nur Illusionen unserer Psyche.

Aus ihr entstanden die immer wieder kehrenden leidvollen Erfahrungen.
In jenen Augenblicken, in welchen wir erkennen, dass wir göttliche Wesen sind und uns von den Händen Gottes getragen und umarmt fühlen, kommt dieses tiefe Gefühl des Vertrauens zum Leben. Wir spüren intensiv, was unsere Aufgabe zu dieser Zeit im Leben ist und beginnen, dem Schöpfer in uns selbst das Zepter zu übergeben. Von diesem Augenblick an sind wir wirklich freie Wesen. Wir müssen keine Unterschiede mehr machen zwischen Licht und Dunkel, weil wir erkannt haben, dass beides auf unserem Weg liegt, um in die Hände Gottes zurückzukehren. Wir erfahren mit Leib und Seele, dass wir ALLE das EINE sind. So ist das, was wir sind, stets geführt und gesegnet. Wir sind selbst Teil des Einen.
Ich legte mich dichter zu Gina und spürte, wie die Hände der Liebe uns trugen und sich unsere Seelen und Auren in eine Einheit webten. Eine Einheit im Lichte Gottes. Und dieses Licht strahlte durch uns selbst. Ich genoss diese wunderbare Glückseligkeit in mir, welche nun auch noch von ekstatischen Wellen durchströmt wurde. Ich spürte das ganze Universum in meinem Herzen.
Ich fühlte jede Zelle, jedes Atom und alles war miteinander in Liebe verbunden. Ich flüsterte Worte der Liebe und ein jedes manifestierte sich in unseren Körpern. Von da aus mehrten sich die Worte der Liebe und verteilten sich zuerst im gesamten Haus, dann im Garten, dann bis zur Stadt, in ganz Deutschland, über die gesamte Erde und zum Schluss im Universum. Ich spürte, wie wir von den Händen der Liebe getragen wurden und wie ich selbst das Gefühl hatte, all das in meinem Herzen zu halten. Ich teilte diese Kraft mit dem gesamten Universum. Zeitgleich hatte ich das Empfinden, vom ganzen Universum und allen Lebewesen Liebe zu empfangen.
Gina war inzwischen wach geworden und erinnerte sich an unseren gemeinsamen Traum. Auch durch sie strömte die Kraft der göttlichen Liebe.
Wir schauten uns stundenlang in die Augen. Noch nie hatte ich so tief gespürt, wie sehr ich mich selbst berührte, wenn ich Gina streichelte oder Worte der Liebe sprach. Mir wurde sehr bewusst, dass ich über Gina lernte, mich selbst zu lieben. *Alle Schatten, die wir im anderen entdecken und helfen zu heilen, heilen wir schlussendlich in diesen Momenten auch in uns selbst.*

Es ist auch überhaupt nicht wichtig, ob wir die Schatten von anderen oder uns selbst heilen. Lediglich die Erfahrung, Erkenntnis und Akzeptanz, dass wir reine, göttliche Wesen sind, befreit die Psyche von falschen Vorstellungen. Vorstellungen, die uns von Gott oder der Liebe trennen und damit von uns selbst und allen Wesen im gesamten Universum. Das Bewusstsein hat eine Struktur. Je höher wir auf dieser Leiter klettern, desto tiefer fallen wir. Erst, wenn wir begreifen, dass dies eine für uns gemachte Struktur der Psyche ist, verstehen wir, wer wir sind. Das reine Bewusstsein ist wie ein Anker in den Ebenen der Verkörperungen. Es führt uns auf unendlich viele Wege. Doch irgendwann beginnt sich seine Struktur zu lösen und in grenzenloser Liebe als etwas Neues zu erwachen. Erst jetzt können wir damit beginnen, ein integriertes Dasein als sich selbst akzeptierendes göttliches Wesen dieses Universums zu erfahren.
Diese Schritte scheinen unmöglich und doch sind sie wahr. Wir sind Schöpfer. Gott wohnt in uns selbst! Gott ist Liebe. Wir sind diese Liebe.
Zunami sprang zu uns in Bett und legte sich ans Fußende. Sie streckte sich zufrieden aus und kuschelte sich in die Decke. Gina lächelte und fragte:
„Bin ich nun für immer frei?"
Ich küsste sie und antwortete: „Du bist die Liebe meines Lebens und ich glaube, du musst nur die Schritte der Liebe tun..."

GINA AI - Tagebucheintrag 32

Das Experiment

Am nächsten Tag lud uns mein Vater zur Perlenwiese auf die SHIMEK ein.

„Wir befinden uns mitten in einem Experiment, Gina." Mein Vater sah mich klar und liebevoll an. Ich konnte fühlen, dass er mir jetzt einige Wahrheiten übermitteln wollte, für die ich aus seiner Sicht erst reif werden musste.

„Schau mal, mein liebes Kind, durch die Begegnung in deinem Leben mit Sonke ist so vieles geschehen. Ihr habt Entscheidungen getroffen, welche sich auf alle auswirken. Ich möchte dich unbedingt darauf aufmerksam machen, welche Verantwortung in eurem Leben auf der Erde liegt.

Du hast noch nicht erkannt, dass die Kraft, die du von uns in Verschmelzung mit den menschlichen Genen auf den Planeten bringst, manches, was bisher unmöglich war, möglich macht.

Tausendfach verstärkt werden diese Möglichkeiten durch die Liebe. Wird die göttliche Liebe durch zwei Menschen erfahren und über alle Ebenen gelebt, dann werden sie selbst zu *Gott der Möglichkeiten* auf Erden. Bitte, verstehe endlich mein liebes Kind, welche Verantwortung ein jeder von euch trägt!"

Ich lehnte mich in den Kapitänssessel zurück und schaute aus dem Fenster des Raumschiffes auf die Perlenwiese. Ich hatte so viele Fragen und ein innerer Druck besetzte mein Herz. So fragte ich: „Vater, vor ein paar Tagen hatten Sonke und ich einen gemeinsamen Traum. Es sprach in dem Traum ein Wesen namens Kuthumi mit uns. Er forderte uns auf, für sie zu arbeiten. Bitte sag mir doch, was es mit diesen Welten auf sich hat!"

Mein Vater schaute mich lange an, bevor er mir antwortete: „Mein liebes Kind. Wir sind mit der Weißen Bruderschaft sehr innig verbunden. Für uns sind diese für euch höheren Wesen eine gleichwertige Realität. Natürlich muss man beachten, dass auf der Erde niedere Dimensionen aktiv sind und du diese Anteile in den Zellen deines Körpers abgespeichert hast. Diese führen dich immer wieder in Realitäten, welche es für Wesen, die in höheren Dimensionen leben, überhaupt nicht gibt. Sie sind Illusionen des Verstandes. Deshalb ist es so wichtig für euch, diese Illusionen zu erkennen und sie einfach hinter euch zu lassen. Es gibt keinen Grund mehr, euch mit ihnen zu verbinden.

Diese Meisterschaft müsst ihr finden. Dabei wird euch die Weiße Bruderschaft aktiv zur Seite stehen. Denn sie ist dafür da, dass ihr euren menschlichen Geist mit ihren Dimensionen dauerhaft verbinden könnt. In dieser Aktivität geschieht eine Neuanbindung des Verstandes. Diese Neuanbindung wird fünfdimensional sein. Sobald ihr immer mit eurem menschlichen Verstand fünfdimensional denken könnt, werden alle eure Potenziale und Eigenschaften aus allen Dimension eins. Ab diesem Zeitpunkt werden euch alle eure Potenziale vollkommen zur Verfügung stehen. Ihr werdet zu verantwortungsvollen Wesen erwachen, die ihre Liebe für die Evolution des gesamten Planeten Erde einsetzen und damit auch zum Wohl des Universums. Es ist Zeit, Kriege, Hunger, Zerstörung und Ausbeutung auf der Erde zu beenden."

Mein Vater nahm meine Hände und küsste sie sanft. Ich schaute ihn fragend an, während in mir eine Art geistige Verschmelzung stattfand. Dann betrat Sonke den Raum und setzte sich still neben mich. Mein Vater legte unsere Hände übereinander und sagte: „Ihr beiden seid ein Experiment. Ihr selbst habt diesem Experiment zugestimmt. Wir alle wissen nicht, ob es funktionieren wird. Aber wir gehen davon aus, dass die Liebe alles möglich macht. Durch die Vermischung der menschlichen, elfischen und außerirdischen Gene stehen euch große Potenziale zur Verfügung. Jedoch werden diese nur durch die Liebe aktiviert. Das ist es, was ihr selbst beschlossen habt, bevor ihr auf den Planeten Erde gekommen seid. Natürlich habt ihr vorher nicht gewusst, was euch *im Fühlen als Mensch* erwartet. Aber das Leben im Universum ist ein Abenteuer und ich freue mich, dass wir es gemeinsam erleben und erfahren dürfen."

Ich spürte in meinem Herzen, dass wir genau in diesem Moment ganz bewusst in einen neuen Zyklus eintraten. Eine Zeit, in der wir viel Verantwortung für uns selbst und das, was wir *sind,* übernehmen mussten. Mir wurde auf einmal sehr bewusst, warum ich all die Jahre durch diese extrem dunklen Zwischenwelten gehen musste. Denn auch sie musste ich bis ins letzte Detail kennenlernen, damit sie mich auf dem nun beginnenden Weg nicht mehr behindern konnten. Ich erkannte das starke Profil meines Erdendaseins. Es war so direkt mit den Akturianern, den Elfen, den Sirianern, den Menschen und auch der Weißen Bruderschaft verknüpft. In diesen Augenblicken

spürte ich, wie die Dunkelheit zaghaft zu Licht wurde. Ich schloss die Menschheit in mein Herz und begann, sie zu lieben.
Mit einem Mal befand ich mich in einem Erleuchtungsprozess und sah mehrere hundert Bilder gleichzeitig. Sie zeigten mir mein ganzes Leben zurück - innerhalb weniger Sekunden, bis zu meiner Geburt und darüber hinaus. Ich wurde plötzlich mit so einer starken Kraft beseelt, dass Kopf und Herz in mir brannten und mein Bewusstsein in Flammen aufging. Dieses Feuer verbrannte alles, was mich bisher abhielt, die Wahrheit zu erkennen und zu akzeptieren.
Ich spürte in meinem Herzen ein riesiges Erwachen. Das Erwachen der universellen Wahrheit. Sie stand in mir mit so einer tiefen und großen Liebe auf, wie aus einem tausendjährigen Schlaf gekommen. Ich spürte in meiner Seele, dass es diese Liebe war, die ich immer in mir gefühlt hatte und nie wusste, wie ich sie mit anderen teilen konnte. Die Liebe der universellen Wahrheit, die alles Wissen des Universums in ihrem Schoss hielt, um sie denjenigen zu öffnen, die bereit waren zu akzeptieren und sie bedingungslos zu empfangen.
Das was wir taten, konnten nur wir tun. Es war den Wesen, die höher entwickelt waren als ein Mensch, nicht möglich auf diese Weise zu handeln. Etwas befand sich in den menschlichen Genen, vielleicht in der Art Mensch zu sein, was das gesamte Universum brauchte, um diesen gigantischen Umwandlungsprozess zu überleben. Wir waren ein Experiment und gleichzeitig der Schlüssel für eine andere Dimension und Lebensform auf Mutter Erde. Ich begriff in meinem Herzen zutiefst, welch große Verantwortung wir trugen und verstand nun auch, wieso ich mein ganzes Leben lang, immer von meiner Familie begleitet und beschützt wurde.
Ich habe so vieles nie verstanden und jetzt mit einem Mal öffnet sich in mir das Tor zur universellen Wahrheit. Und auch, wenn ich keine Worte dafür finde, so weiß ich, dass sie der Weg ist, im gesamten Universum Frieden und eine gemeinschaftliche Zivilisation aller Lebewesen zu erschaffen. Denn diese Wahrheit besteht bereits. Durch meine Erkenntnisse aktiviere ich gerade ihr Potenzial. Diese Wahrheit ist Liebe. Ich fühle diese Liebe. Mein Geist fühlt. Mein Körperwesen nimmt diese Liebe in jeder Zelle auf. Sie ist Nahrung und sie ist die Botschaft für diese Zeit, die uns tief hinein begleitet in die Wahrheit unserer eigenen Seele und uns in eine neue Ära führt.

Die Menschen würden ihr Bewusstsein wandeln. Genau wie ich, in diesen Momenten, könnten sie diese universelle Wahrheit erfahren und darin erkennen, wie wichtig jede einzelne Seele für den Planeten und das Universum ist! Sie alle würden diese Transformation des Verstandes erfahren, welche die große universelle Perspektive in ihren Herzen öffnen könnte.

Wir gehen diesen beschwerlichen Weg voraus! Mit den Gaben und Fähigkeiten der außerirdischen Zivilisationen helfen wir der Menschheit bei der Transformation ihres Geistes, ihres Bewusstseins, ihres Verstandes und ihrer Emotionen. Es entsteht durch uns alle eine neue Zeitlinie, eine neue Erde, eine andere Welt. Die Welt der Liebe oder die goldene Zeit.
Tief in mir begriff ich nun auch, warum ich diesen Weg gehen musste. Denn nur so war es dem Universum möglich zu sehen, dass dieser Transformationsprozess wirklich real möglich war! *Es ist möglich, dass die Menschen diesen Bewusstseinswandel vollziehen und wir werden ihnen dabei helfen und sie mit unseren Fähigkeiten unterstützen, um ihre eigenen zu entdecken.*
Unsere Liebe wird allen Mut geben. Die Liebe ist es, nach der alle Menschen suchen. Die Liebe ist es, die sie im Gegenüber suchen und doch nur in sich selbst finden können. Erst wenn sie diese Liebe in sich selbst gefunden haben, werden sie fähig sein, Partnerschaften zu aktivieren, wie Sonke und meine. Dies ist das nahe Ziel der Menschheit. So werden nicht wir den Planeten verwandeln, sondern die Menschen werden es selbst tun. Aber wir werden sie darin mit unserer ganzen Kraft unterstützen.
Mein Vater lächelte: „Viel Zeit bleibt euch nicht mehr. Wir werden alles tun, um euch zu helfen, meine lieben Kinder! Ich fühle in meinem Herzen so eine starke Liebe, die uns vereint. In dieser Liebe ist unser zu Hause. Wir werden sie über das gesamte Universum ausdehnen und in den schweren Tagen, die bevorstehen zu Mutter Erde senden. Wir lieben die Menschheit so sehr, auch, wenn sie wie kleine Kinder, Spiele gespielt haben, die den Planeten fast vernichtet hätten. Nun ist es Zeit, erwachsen zu werden und aufzuwachen. Die Menschheit ist nicht allein im Universum. Wir alle sind miteinander verbunden. Jedem Wesen sollte bewusst sein, dass es mit all seinen Handlungen, Gedanken und Gefühlen immer auch das große Ganze beeinflusst. Und in dem Maße, wie jedes Wesen diese

Wahrheit in sich entdeckt, wird die Menschheit in ihrem Bewusstsein wachsen.
Ganz plötzlich können sich Dinge auf dem Planeten völlig anders gestalten und verwandeln. Es ist eine Zeit angebrochen, in welcher der Wandel sich sehr schnell vollziehen kann. Es ist die Epoche der Liebe und der Wiederentdeckung der göttlichen Potenziale. Kein Lebewesen im Universum, das diesen Grad des Erwachens erreicht, würde dann noch etwas tun, was einem anderen Wesen schaden könnte. Denn es weiß in seinem Herzen, dass es damit sich selbst am meisten schadet. Wir existieren nicht getrennt voneinander. Wir sind erschaffen von einem Schöpfer und dieser Schöpfer lebt in und durch uns. Es gibt Wesen in diesem Universum, wie beispielsweise der Mensch, welche sich von dem göttlichen Fluss der Liebe in ihren Herzen abgeschnitten hatten. Doch mehr und mehr spüren einige Menschen das Bedürfnis nach dieser Verbindung. Wir alle im Universum werden sie darin unterstützen, diese Verbindungen wieder zu entdecken und sie zu entfalten."
Ich fühlte tief in meinem Herzen, dass ich genau diesen Weg in meinem Leben gegangen war. 34 Jahre hatte ich für diese Erfahrungen gebraucht. Bis zum heutigen Tag meines vollständigen Erwachens. Daher wusste ich sehr genau, was jedem einzelnen Menschen bevor stand.
Jetzt gerade, in diesen Augenblicken, waren wir in den großen Umwandlungsprozess des gesamten Universums eingetreten. Wir hatten es geschafft! Der erste Teil unserer Aufgabe war erfüllt. Ich war sehr gespannt auf den nächsten.
Nach dem Abendessen waren wir für den Abschied bereit. Mein Vater umarmte uns innig. „Die Weiße Bruderschaft wird euch helfen, alles zu integrieren und einen dauerhaften Zugang für die Menschen in die Fünfdimensionalität zu erschaffen. Dort werden sie sich verankern und dann kann der Bewusstseinswandel für viele stattfinden. Ich liebe euch beide so sehr und obwohl ich immer Bedenken zu diesem Experiment hatte, bin ich so froh, dass ihr es gewagt habt. Gemeinsam mit all den anderen kosmischen Zivilisationen werden wir nun voller Mut und Vertrauen in ein ganz neues Zeitalter hineinwachsen. Denn wir wissen durch euch beide, dass dies möglich ist. Das Bewusstsein der Menschheit wird alles verwandeln. Der blaue Planet Erde kann in Licht und Liebe erstrahlen und im Kosmos seinen ursprünglichen Platz wieder einnehmen. Wir alle sind

Kinder der Liebe. So lasst uns in Einheit, Wahrheit und Mitgefühl miteinander handeln!“

Wir verließen das Raumschiff und ich war nicht mehr dieselbe, wie zuvor. Alles in meinem Leben, was nie Sinn machte, wurde nun plötzlich zum Teil eines großen Ganzen. Tief in meinem Inneren schloss ich mit allem Frieden. Genau dieser Frieden war Vorrausetzung für das Leben, welches nun auf uns wartete. Mein Herz öffnete sich weit und alle Lebewesen fanden darin ihren Platz. Mit viel Mitgefühl konnte ich nun den beschwerlichen Weg des Menschseins betrachten.
Mit all meiner Kraft wollte ich dem Leben dienen. Mein Herz fühlte sich frei und ich spürte, wie unsere zukünftige Vision bereits erfüllt war.

Die Perlenwiese erstrahlte in einer ungewöhnlichen Helligkeit, wie in ein goldrotes Licht getaucht. Wir sahen das Raumschiff meines Vaters am Horizont verschwinden.

ENDE BUCH 2

Personen und Namensregister

Gina Ai - Halbmensch
Sonke Jar - Halbmensch
Atonas - Elfenkönig, Sonkes Vater
Elina - Elfenkönigin
Arin - Tochter von Atonas und Elina
Melek Leeis Ai - Kommandant des Lichtschiffes SHIMEK & Ginas Vater
Jeanna - Ginas Erdenmutter
Peter - Mann von Jeanna
Terai - Akturianerin, Leeis Ais Mutter
Arena - Elfenfrau von Leeis Ai
Teas - Akturianer
Lovley - Engelwesen
Al'Aneuis - Präsident der Lichtkonzile
Elos - Oberster Energiewächter und Energiemediziner auf der SHIMEK
Aios - Energiewächter und Energiemediziner auf der SHIMEK
Siam - Oberster Wächter von der Venus
Wli - Energetiker, Energiesucher, Energiewächter und Botschafter der Venus, Forscher, Energieheiler & Wissenschaftler auf Akturus.
Chie - Wesenheit von der Venus
Lit - Gnom
Selma - Kobra
Melinn - Einhorn
Lies - Einhorn
Antara - Einhorn
Mala - Elfe auf Sirius
Li - Elfe auf Sirius
Greda - Elfe auf Sirius
Suri - Elfe auf Sirius
Laranana - Weißer Drache aus dem Elfenland
Gerda - Menschenfrau
Kurt - Halbmensch
Sirina - Halbmensch
Roha'ai - Elfenfrau (Mutter von Sirina)
Anton - Halbmensch
Hal'Ataros - Akturianer (Vater von Anton)
Santos - Botschafter der Menschen der inneren Erde
Raphael - Erzengel
Sascha - Mensch
Susi - Mensch
Matthias - Musiker
Zunami - Waschbär
Kuthumi - Lichtwesen
Petra - Mensch
Thomas Mensch

Orte und Stoffe

Suidinier - Tempel der Vereinigung (ein geheimer, heiliger Ort)
Lumor - Geheimer Planet der Venus
Sirius - Planet außerirdischen Lebens
Venus - Planet außerirdischen Lebens
Akturus - Planet außerirdischen Lebens
Sqaranit - Gebäudestoff auf Sirius
Innere Erde - die innere Erde ist bewohnt

Und zum Schluss
Ganz neue Dimensionen eröffnen sich für uns

Liebe Leser,
von mir sei Euch diesmal ein Nachwort gewidmet, in dem es um die obertonreichen Klänge geht. Einige von Euch kennen mich auch als Klangkünstlerin oder haben schon einmal eine Einzelstunde auf meiner Klangliege genossen. Und da es in diesem Buch auch um Klang, Stimme und Musik geht, lege jedem Menschen die Klänge ans Herz...
Klänge verbinden – nicht nur – mit anderen Dimensionen. Sie sind wie die Kinder einer neuen Zeit. In jedem einzelnen Ton, der durch die eigene Stimme, die Elfenharfe, das Piano, die Kristallinstrumente oder der vielen anderen Stimmen erklingt, spüre ich den tiefen Klang des Seins und der Liebe, welche durch diese Frequenzen die Erde berühren möchten.
Ich frage mich, ob die Klänge ankommen? Werden sie gehört? Könnt ihr die Liebe ebenso spüren wie ich?
Als kleines Kind habe ich mich oft gefragt, ob es jemanden gibt, der die Welt so wahrnimmt wie ich. Am ehesten fühlte ich mich darin mit den Pflanzen, Tieren, der Erde und den Naturwesen verbunden. In ihrer Schlichtheit schienen sie mir ebenso offen wie ich selbst, um all' die wunderbaren Informationen zu empfangen und weiterzugeben, welche in ALLEM tief drinnen stecken.
Diese Informationen sind nicht für den Verstand, sondern eher für die Seele. Es ist nicht möglich, sie über den Kopf zu verarbeiten. Aber es ist wichtig, dass wir uns Zeit nehmen, diese Informationen für die Seele zu empfangen und sie auch zu teilen.
Dafür sind die Klänge da.
Ich spüre das Leben als das wunderbarste Geschenk, durch das wir Erfahrungen und inzwischen sogar Quantensprünge machen können. Je einfacher ich es lebe, desto mehr kann sich von allen anderen Dimensionen durch mich verwirklichen. Viele Menschen beginnen aufmerksam zu werden und zuzuhören. Sie betrachten die Dinge, die sie dadurch bekommen, mehr und mehr als Geschenke, als Freude und positive Botschaft für ihr Hiersein auf diesem wunderbaren Planeten Erde.
Und so bin ich einfach verbunden mit allem was ist. In dieser Wahrnehmung spricht in einem Augenblick das ganze Universum zu mir. All' die Liebe, all' das Wissen - es ist einfach in mir. Und

auch der Klang! Durch das Spielen (und Singen) der Klänge entstehen die wunderbarsten Resonanzen und Schwingungen. Denn, wenn ich etwas auf feinstofflicher Ebene höre und verbinde es in der Materie durch einen für alle wahrnehmbaren Klang oder Ton, beginnt das ganze Universum in mir zu singen. Ein wunderbarer Austausch findet statt! Das Innere und das Äußere schwingen mit der Zeit im vollkommenen Einklang.
Und ganz in der Tiefe der Seele im Herzen, ergeben diese Vibrationen, Resonanzen und Schwingungen einen einzigen, wunderbaren Ton. Dieser bildet die Welle, die ansteigt und sich mit allen Frequenzen der Liebe dieses Universums und aller Wesen vereinigt.
Dies ist eine so einzigartige Erfahrung! Und ich kann nur immer wieder sagen: Töne und Klänge sind für unser Leben so wichtig! Bitte verinnerlicht dies immer wieder. Sie sind oft wie die leise Stimme Eures Herzens, die im Lärm der Welt überhört wird. Durch die Töne lernt Ihr das ganze Universum zu erfühlen!
Ich lege jedem Menschen die Klänge ans Herz. Hört und fühlt! Wertschätzt bitte neu! Lass euch darauf ein. Es ist ein wunderbares Erwachen und ein stetiges Fließen im Sein des gesamten Kosmos! Klänge sind heilend und absolut Balsam für die Seele. Besonders in diesen Zeiten ein Geschenk, welches die Dimensionen und Welten vereint, anstatt sie zu trennen.

Ich grüße Euch von Herzen

Manuela Ina Kirchberger (MIK)

CD Kristallklangwelten – Was bleibt ist der Moment"

Manuela Ina Kirchberger & Thomas Plum

Manuela Ina Kirchberger & Thomas Plum bieten mit ihrer Kristallmusik einzigartige Klangkompositionen. Die Kristallmusik entsteht aus besonderen Instrumenten, welche durch Beschaffenheit, Klang und Obertonreichtum überzeugen

„Herzlich willkommen zu unseren Kristallklangwelten. Wir laden dich nun ein, mit uns gemeinsam die Kristallklangwelten zu entdecken. Bitte entspanne dich, schließe deine Augen und fühle einfach die besonderen Töne der Kristallmusikinstrumente in deinem Körper."

Mit diesen Worten, begleitet vom sanften Glockenspiel einer Bergkristallharfe, öffnen sich die Tore in neue Klangdimensionen von „Was bleibt ist der Moment." Die besondere Instrumentierung mittels Kristallklangpyramiden, Kristallharfe, Kristallklangschalen, Kristalldidgeridoo, Hang, Gongs, Elfenharfen, Monochord und Stimmen von Buckelwalen, begleiten den Hörer in ganz ungewöhnliche Klangdimensionen. Während die Kristallmusik spielt und alles ins Licht hebt, bringen kleine Klangspielereien und menschliche Gesänge die schallwellenartigen Kristallsounds immer wieder auf festen Boden zurück und verweben dabei metallische und kristalline Schwingungen zwischen Himmel und Erde miteinander. Am Ende rundet ein gesprochener Text das Gesamtwerk ab und lädt ein, die Heimat im HIER und JETZT zu betreten.

Aktuelle CD zu bestellen unter: www.klangtempel.net

Das Klangnetzwerk -

weltweite Vernetzung der Klangtempel zu Voll- und Neumond

Werde Fördermitglied im Klangnetzwerk e.V.

Das Klangfestival -

Jedes Jahr zum 1. Oktoberwochenende findet das „Festival der Klänge" auf Schloss Rochsburg in Sachsen statt

CAMPANA - FESTIVAL DER KLÄNGE

-ERSTES OKTOBERWOCHENENDE AUF SCHLOSS ROCHSBURG-

DIDGERIDOOS, TROMMELN, GONGS
KLANGREISEN UND KONZERTE
MITMACH-WORKSHOPS
HANDGEMACHT UND URGEWALTIG
KINDERPROGRAMM
ENTSPANNUNG

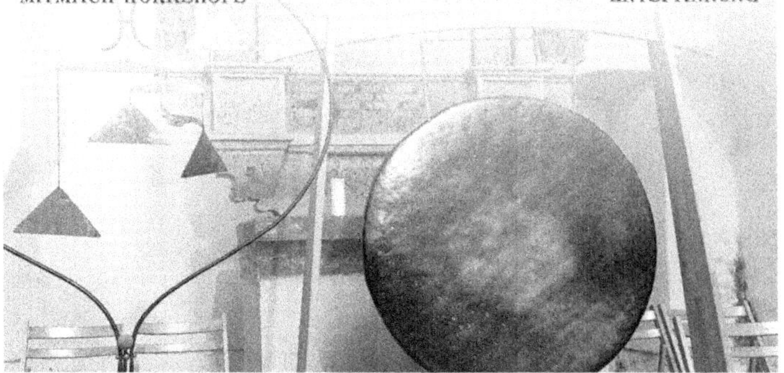

weitere Infos unter www.campana-festival.de

Begegnung mit dem inneren Kind

Götz Wittneben, MIK, Thomas Plum

Die Sprache der Klänge und ihre Resonanzen bieten unendliche Möglichkeiten mit uns selbst eine tiefere Verbindung einzugehen.

Dies ist eine wunderbare geführte Meditation zur Begegnung mit deinem inneren Kind. Die obertonreichen Klänge beflügeln diese wundersame Reise, gesprochen von Götz Wittneben, und führen dich im Anschluss an die geführte Meditation in ein tiefes Entspannungserlebnis mit einer zusätzlichen 30- minütigen Meditation.

CD bestellen oder downloaden unter www.klangtempel.net

Soundperformance Vol. 2 STILLE

STILLE – Endlich Stille. In Zusammenarbeit mit STARTECK® und den Klangkünstlern Manuela Ina Kirchberger und Thomas Plum, ist eine wundervolle CD entstanden. Unsere Klänge und die programmierten Felder der Ruhe von STARTECK® haben in einer einzigartigen Komposition dieses neue Werk geschaffen.

CD bestellen: www.klangtempel.net.

Workshops mit MIK & Thomas

- Einführung ins intuitive Elfenharfen- & Monochordspiel
- Einführung ins intuitive Handpanspiel
- Die innere Stimme - finden - singen - mit Elfenharfen

Weitere Infos, Termine und Anmeldung unter

www.klangtempel.net

Elfenharfen- und Monochordbau

Atelier-Licht-Klang Rolf und Rosemarie Krieger

www.atelier-licht-klang.de

Healing sounds and loving vibrations

MIK & Thomas

Diese besondere Klangheilreise ist in seinen Klangfarben, Energien und der Instrumentierung für diese schwierigen Zeiten gemacht! In die Klangmuster dieser hochwertig aufgenommene CD kannst du, so oft du willst, tief eintauchen und auf deine eigene Klangheilreise gehen. 20 Obertoninstrumente, dazu Violine und Gesang bringen dich in eine tiefe Reise und Verbundenheit mit dir selbst.

Titel 1: Willkommen. Titel 2: Eine Reise beginnt. Titel 3: Klänge in der Kristallhöhle. Titel 4: Reise zur Quelle. Titel 5: Sphärentore öffnen sich. Titel 6: Klangebet. Titel 7: Lichtblicke. Titel 8: Herzerdung. Titel 9: Der Weg nach Hause.